中国文学课

(下)

陈思和　郜元宝　张新颖等 著

四川人民出版社

第六单元　在路上

当你面对阅读中的世界的时候，只是用文字、用思想，基本上可以以自己的能力和自己的感受，或者以自己的思维去回答、去解答阅读中所带来的世界的问题。

但是，面对现实世界的时候，一切不仅仅是那么简单了，因为这个世界它的可变性，它的复杂性，其实是远远要超过你的阅读体系。

其实看世界，不光是看地理，看别人的文化，看别人的面孔，其实更有意义的是，多看这个世界，可以看到世界更多的线条和色彩，以及潜藏在线条和色彩当中的那个内容。

——苏童

当东方才子，遇到西方佳人
段怀清讲王韬《漫游随录》《淞隐漫录》

在讨论王韬的作品之前，我们先来谈点其他相关作品。

看过香港系列电影《黄飞鸿》的观众，都不会忘记里面那位"十三姨"。十三姨是一位有过留洋经历的"新女性"。她不仅是黄飞鸿及其周围的中国人看西洋的"中介"，也是电影《黄飞鸿》的观众看"西洋"的中介。尽管今天的观众，也许已经不再像黄飞鸿时代的那些中国人那样，需要十三姨这样一个中介；又或者说，"十三姨"就是今天观众的一个百年前的替身，通过"十三姨"，今天的电影观众不仅获得了一种在电影里的"存在感"，而且还通过"十三姨"，实现了与黄飞鸿及其时代的"对话"可能。

如果说电影《黄飞鸿》是通过想象和虚构，来反映清末广州地区华洋杂处、新旧交织的历史与生活场景的话，那么清末德龄公主的故事，则近乎真实地揭示出晚清皇宫里高高在上的慈禧太后借助于德龄公主姐妹以及她们的哥哥的照相术，开始接触中国之外的西洋世界的种种细节。其中不少描述颇为引人注目而且令人印象深刻，譬如已经年过古稀的慈禧，因为喜欢上照相术，有一段时间几乎天天盼着德龄公主的哥哥进宫来为她拍照片，甚至一度冷淡了对于朝堂政务的热衷关注。

为什么有一个"十三姨"，黄飞鸿和他周围的人们对于洋人及洋务的抵触乃至敌视，就大大地减轻了呢？同样地，似乎有了德龄公主姐妹和她们的哥哥，一度极为恐惧而且反感洋人的慈禧太后，对于洋人制造的玩意儿，也表现出了非同以往的好感乃至兴趣。其中的原因又是什么呢？如果说电影《黄飞鸿》表现的是清末中国南方口岸地区市民阶层及社会对于外来新鲜事物的好奇及关注的话，德龄公主的故事，显然将这一故事的场景，转换到了高高在上的庙堂宫廷之内，更是通过慈禧太后在后宫之中的种种行为，揭示出晚清西方进入到中国的一条隐秘的途径，以及一种通常为人们所不晓或者忽略的方式。

其实，上述两个案例中，不仅仅呈现了晚清中国高高在上的皇宫庙堂与开埠口岸城市民间社会与外部世界尤其是西方世界接触的情形，更重要的是，在这一接触中，都出现了有过西洋游历及游学经历的知识女性，即十三姨和德龄这样的晚清"新女性"。作为一种既中又西的"文化中间人"，她们事实上担当了中西之间"文化中介"的作用。

相较于《黄飞鸿》系列和十三姨，"清宫"系列（《清宫二年记》《瀛台泣血记》《御香缥缈录》等）及其作者德龄，晚清作家王韬及其《漫游随录》等文学作品，为我们呈现了既与之相近亦有所差别的一幅幅晚清个体生活与时代历史的鲜活生动图景。

2

作为一部民间文人的个人海外游记，《漫游随录》最引人注目之处，并非是它对于西洋都市繁华走马观花、浮光掠影式的描写——这种描写在晚清都市阅读的时代语境中几乎是无法避免的——而是这部作品中所出现的大量有关漫游者与英法平民女性接触交往的叙述。

《漫游随录》中所出现并描写的异国女性，有街头酒馆咖啡馆里的侍女，有巴黎红磨坊里的舞女，有从英伦前来巴黎办学执教的女教师，有苏格兰的大家闺秀，有邀请并欢迎王韬来访的当地女子团体，甚至还有始终陪同王韬在苏格兰地区参访游玩的女导游。这里不妨摘取其中三个场景，来看看王韬所发现并描写的法国都市女性。

其一是马赛街头的法式小酒馆。文中有这样一段文字，不仅描写了法式酒馆里的风俗习惯，更引人注目的是，其中所描写的酒馆里的陪酒女郎：

> 偶入一馆沽饮，见馆中趋承奔走者，皆十六七岁丽姝，貌比花嫣，眼同波媚。见余自中华至，咸来问讯。因余衣服丽都，啧啧称羡，几欲解而观之。须臾，一女子捧银盘至，……余曰："此所谓'葡萄美酒夜光杯'也。"女子举以饮余，一吸而尽。余曰："此彼姝之所以饷客者，然酬酢之礼不可缺也。"亦呼馆人具酒如前。女子饮量甚豪，一罄数爵。

其二是巴黎博物馆中的一场邂逅：

> 余至画苑，见有数女子入而临画……余近视之，真觉与之毕肖。有一女子年仅十五六，所画已得六七幅，皆山

水也，悉着青绿色，浓淡远近，意趣天然。余偶赞之，女子与导余入者固相识，特持一幅以转赠余，殊可感也。

其三是巴黎大剧场中观看红磨坊里的歌舞表演：

女优率皆姿首美丽，登台之时袒胸及肩……或于汪洋大海中涌现千万朵莲花，一花中立一美人，色相庄严，祥光下注，一时观者莫不抚掌称叹，其奇妙如此。

这些新女性，尤其是后来王韬在英国所见到的那些女性，在晚清中国的现实生活之中是极为罕见的，对于普通民众来说，也是难以理解和接受的。可以想象，当王韬踏进西方世界，发现法国、英国社会中这些新女性之时内心深处所引发的惊异还有惊喜。

这些女性形象，既不同于中国才子佳人小说中的"佳人才女"，也不同于帝王宫廷里的嫔妃侍女，更不同于《水浒传》中的那些"女强人"，而是当时西方都市社会中可以抛头露面、自谋职业、不避男女的新女性。从《漫游随录》的描写叙事来看，叙事者似乎并没有因为彼此之间存在着的巨大文化差异而产生多大交流障碍，相反，漫游者对于这种交游往来，一直保持着浓厚的兴趣乃至喜悦，有一种超越自有文化的封闭圈、在全新的个人经验中获得自我释放和自我经验及价值重构的自由感。

而这些叙事，既有群体、浅层的社交应酬，亦有个体间的频繁密切往来。这些社交应酬及密切往来，或许并非全部属实，其中难免会有一些想象、夸张及虚构，但仍然极大地弥补了晚清以来中国人与西方人交往中的"性别空白"或"性别缺陷"，极大地满足了本土都市读者的阅读好奇。更重要的是，这种叙述，也成为晚清中西交往叙事中从群像式的浅层描写叙事，深入到对于个体及富于个性的人物面貌、言语、性情、思想、行为等的描写叙述的一个重要见证及书写尝试，并在非虚构的游记文学书写及想象虚构性文学书写之间，初步搭起了一个深入他者语境、体验异国文化及日常生活的书写桥梁，为清末民初"异国""他乡"式的文学想象与叙事，提供了具有探索意味及文学意义的先锋经验。

《漫游随录》中所叙述的海外漫游事件，发生在19世纪60年代末、70年代初，而对于这段经历的回忆、书写及发表出版，则是在二十多年之后。这种时间上的间隔或延迟本身，就为这种回忆及书写，提供了不少因为语境或书写者自我处境的改变而带来的沉淀性、差异化叙述。其中最突出的一点，就是《漫游随录》中对于此次海外漫游的态度，以及对于在法国、英国所遇见的异国女性的态度。如果一定要对这一态度予以明确界定，那就是"喜相逢"，或者说愉快地"再相逢"。

— 3 —

同样值得关注的是，《漫游随录》中所描写的有些女性形象，后来又改头换面出现在了王韬的笔记小说《媚梨小传》中。

《媚梨小传》是王韬文言小说集《淞隐漫录》中的一篇。

这部完全虚构的浪漫传奇，描写一位英国新女性为逃避自己并不满意的婚姻而离开英国、乘船前往中国上，并在船上与一位中土青年士子邂逅生情、双双携手回到中国的故事。它不仅极为罕见地叙述了一个晚清中国的"异国恋"故事，更关键的是在汉语中文的文学语境中，塑造了一个有知识、有主见、能够独立谋生而且性别权利意识明确的西方新女性。

小说描写英国伦敦女子媚梨在乘轮船逃婚到中土途中，邂逅一华人士子自英旋华，此子姓丰名玉田，"容貌魁伟，衣冠煊赫"。二人在船上一见钟情，媚梨甚至主动示爱，愿意跟随玉田到中国，而且申言自己经济上完全可以自立，并不依赖玉田。最终两人同居沪上。

小说中最为引人注目之处，是媚梨"尤善测量""能令枪炮命中及远，无一虚发"。媚梨劝说玉田出而为国服务。在二人一起搭乘军舰到福建途中遇见海盗船数艘，"方劫掠商船，扬帆疾驶"。媚梨遂以纪限镜仪测量远近，并在船上水兵们的迂笑之中，"命客装储药弹若干，炮移置若干度，三发而沉三舟，众于是乃叹其神"。这也是一个西方知识女性用自己的技术能力以及人格力量，获得中国士兵叹服的近代故事。

某种意义上，媚梨集中了《漫游随录》中那些生活中众多西方女性身上的诸多近代特点，譬如接受过学校教育、掌握了科技知识、具有独立生活的能力和健康人格，而且具有不同于流俗的世界意识和民族国别意识。如果说"十三姨"是黄飞鸿体验并理解西方和近代的一道活生生的"桥梁"，那么媚梨无疑就是王韬想象西方和东方之间人际关系的一种尝试。

王韬上述作品中所出现或描写的西方女性数量众多，多达数十位。这些女性既有普通都市市民，也有接受过良好教育的知识女性。她们不仅形象地体现了西方现代社会和现代文化中的某些进步方面，更关键的是，她们给正在睁眼看西方乃至世界的王韬们，带来了一种活生生的现实生活景观，也为他们反观当时的中国社会以及想象中国的未来，提供了借鉴与启示。

思想为什么会比旅途更遥远

段怀清讲梁启超《欧游心影录》

―――――◇ 1 ◇―――――

晚清以来中国的历史，某种意义上就是中国不断与外部世界接触并逐渐融入其中的历史。所不同的是，今天的中国，已经成为国际社会不可或缺的重要一员，而今天的中国人了解外部世界的方式途径，也越来越丰富多样，还有越来越多的中国人，直接选择走出国门去周游世界。

不过，晚清有机会走出国门的人毕竟是极少数，中国人了解外部世界尤其是西方的方式，除了报刊，还有另外两种途径。一种是来华西方人的著述介绍，或者翻译西方人的相关著作；另一种是中国人外出，归来之后所撰写的有关西方漫游的著述，类似于玄奘的《大唐西域记》。这些著述，对于塑造晚清中国对于西方的想象甚至对于未来中国的想象愿景，提供了思想启发、现实借鉴以及实现路径。也因此，这类著述虽然一直都不是畅销书，但也不乏读者，尤其是一些资深读者。而在此类著述中，梁启超的《新大陆游记》与《欧游心影录》颇引人注目。

我们都知道，清末戊戌变法失败之后，梁启超曾亡命日本。在20世纪的最初十年，梁启超又分别游历过美国和欧洲，这在当时无疑算得上是一个走得远、见得多、识得广的人了。

在日本，梁启超写出了他对未来中国的想象愿景的《新中国未来记》——尽管这是一部未曾完成的政治小说，但从中可见海外游历对于梁启超思想及写作的影响；而游历美国之后，有了《新大陆游记》；1918—1919年的欧洲之行，又有了《欧游心影录》。这三部作品，尽管有小说、有游记，但彼此之间又有所关联，它们从另一个角度或者用另一种方式，将梁启超对于中国、西方以及世界的诸多思想，通过旅行这样一种时间、空间的双重转移方式而表达出来。

有关欧洲之行的目的，梁启超在《欧游心影录》中说得很清楚：

> 我们出游目的，第一件是想自己求一点学问，而且看看这空前绝后的历史剧怎样收场；第二件也因为正在做正义人道的外交梦，以为这次和会，真是要把全世界不合理的国际关系根本改造，立个永久和平的基础。

只是如此一来，一般游客心目当中的游山玩水，在梁启超这里却承担起了家国之重。也因此，《欧游心影录》这部游记，自然不同于一般纯粹的山水游记或环球漫游，也因此，其中所涉及到的人与事，景与物，自然亦就不同于一般游记文学。

换言之，也可以说梁启超的欧陆之旅，从一开始就是一次考察与验证之旅——考察欧洲社会的现状，验证梁启超们从《天演论》《国富论》等西方著述中所接受、认同、信仰的思想学说，及其所造就的人民与国家。

于是，《欧游心影录》也就注定不会是一部寻常的旅行游记。尽管用不着过于强调肯定《欧游心影录》这种游记的特殊性或者意义价值，但有一点还是值得一提，那就是无论是对于今天的读者，还是对于今天的旅行者，像《欧游心影录》这样的游记，显然是越来越少见了。今天的游记越写越轻松，也越写越个人，而在梁启超以及《欧游心影录》的时代，一个知识分子的内心世界里难以承受之重却是如此之多，亦是如此之重，也就是所谓的"进也忧，退也忧"。

然则何时而乐哉？不得而知。

─── 2 ───

如果我们读《欧游心影录》的前半部分，会发现梁启超的欧洲之行在抵达英国之前，与晚清王韬、袁祖志等人的欧洲之行的旅行路线基本一致。都是出中国南海进入到新加坡、马六甲，再过苏伊士运河进地中海。所不同的是，晚清大多数西行的中国官员及文士基本上选择在法国南部的马赛上岸，然后由此搭乘火车经里昂去巴黎，再转道去英国或德国等欧洲其他国家。而梁启超的行程略有不同。他并没有在马赛离船上岸，而是经地中海、出直布罗陀海峡进入大西洋，之后一路北上，经英吉利海峡抵达英国。

上述两条路线，也是亚欧之间航空航线开通之前，中欧之间往来最常见的邮轮航道。往来奔波于这一航道上的中国人从晚清到民国不绝如缕，甚至就连钱锺书的《围城》里的方鸿渐、苏文纨、鲍小姐等留法学生，当年回国也是走的这条航线。这条航线，也成就了从晚清到民国时期这近百年的中国文学的"一带一路"。

如果单就《欧游心影录》这部游记的旅游部分而言,大多数读者可能会觉得一点都不好玩——游得不好玩,写得也不好玩。不过,如果能够转换一下阅读视角或者调整一下阅读习惯,追问一下梁启超为什么这样游而且这样写,或许会有一番别有洞天的开朗感。

可以肯定一点,同样是游欧洲,《欧游心影录》里所游所写,无论是与王韬的《漫游随录》相比,还是与《申报》主笔袁祖志游历法国所写的那些旅途诗文相比,都显得过于沉重,当然亦过于思想化。但恰恰是这种"沉重"与"思想化",成为了《欧游心影录》不同于一般游记的独特之处。

有人曾说徐志摩的《再别康桥》一类的海外诗"淡得像一缕轻烟",当然徐志摩也不是没有写过当年的留学生的悲哀,他的诗中也不都是"轻轻地来""轻轻地走"一类的"轻轻松松"。《再别康桥》之前五六年,徐志摩就曾在《康桥再会吧》一诗中,沉痛地写过"青年!你为什么沉湎于悲哀?你为什么耽乐于悲哀?你不幸为今世的青年,你的天是沉碧奈何天!"一类的诗句。无可否认的是,梁启超的《欧游心影录》一类的作品,则显得辽阔、遥远、深沉而丰富。梁启超甚至将游记也变成了一种思想表达的文体,这让人不禁想起他当年那篇一时洛阳纸贵的《少年中国说》。

其实,《欧游心影录》中也写了不少旅途中的所见所感,譬如1918年的伦敦的"雾霾"。如果说王韬在咖啡馆里看到的女性、袁祖志乘坐的电梯火车,给读者们留下了一定印象的话,那么梁启超的《欧游心影录》中对伦敦一战结束之际物资极度匮乏、民生凋敝、城市空气严重污染等景象的描写,则令人印象深刻。

3

其实，对于游记一类文本所以吸引读者的那些套路，梁启超心知肚明。但他显然无心于异域山水、都市风光，所以在旅途中常见的"走马看花，疲于奔命"之余，梁启超还是日日枯坐在巴黎近郊白鲁威的一间陋室之中，傍着一只不生不灭的火炉，写出了《欧游中之一般观察及一般感想》这一思想长篇。这其实也正是《欧游心影录》中最有价值的部分——梁启超的时代，有关伦敦雾霾、巴黎缺吃少穿一类的描写，报纸上早已是屡见不鲜，但一个中国知识分子一路行来的心路历程，却在巴黎郊区的"天地肃杀、万物萧索"之间得以自由而奔放地书写呈现。

该长篇分上下两篇。

上篇十一节，所涉及到的不仅仅是为什么欧洲会爆发第一次世界大战这样一个严峻的问题，而且也对晚清以来中国的洋务派、维新派及启蒙改良派的欧洲观、世界观乃至文明观进行了深刻的反思与批判，几乎重新建构了20世纪初期具有梁启超个人思想色彩的"西方观""世界观"以及中国与世界之关系。其中"人类历史的转捩""社会革命暗潮""思想之矛盾与悲观""新文明再造之前途""物质的再造及欧局现势"等问题的分析阐述令人印象深刻。

下篇围绕"中国人之自觉"这一核心展开，讨论了"世界主义的国家""中国不亡""着急不得""思想解放""组织能力及法治精神""中国人对于世界文明之大责任"等重大而现实的问题。其中"中国人对于世界文明之大责任"这一提法，将晚清以来中国被动学习、追赶以及超越西方的立场诉求，调整提升到中国人对于世界文明应该担负的大责任这一史无前例的高度，其视野之开阔、思想之深邃、情感之深沉，真可谓雄冠古今，影响深远。

也就是说,《欧游心影录》的不同一般之处,是在旅游的所见所感之外,大量地、近乎毫无顾忌地铺写梁启超自己的所思所想以及所悟所信——欧洲之行也罢,《欧游心影录》也罢,其实成了梁启超激发思想、展开思想、书写思想和完成思想的契机。

而在《欧游心影录》之后,梁启超的思想——无论是他的西方文明观还是中国文明观——近乎一变。《欧游心影录》成了梁启超个人思想及写作史上的一个分水岭,它宣告维新变法时期的梁启超的思想及写作落下帷幕。之后我们所读到的,是他的《中国历史研究法》以及他在清华国学研究院那些对中国文学的重新解读阐释。

我们可以说,《欧游心影录》让我们看到了一个周游世界之后的中国知识分子的"蓦然回首",当然,这一回首不再是在世界之外,而是就在世界之中。也就是说,晚清以来中国人、中国与世界对立,将自己置身于世界之外的习惯思维打破了或者终结了,中国终于走入到世界之中并成为世界的一部分,并承担起了她所应该担负的责任。

"愤青"老舍的异国探险

孙洁讲老舍《二马》

　　《二马》是中国新文学比较早的长篇小说创获，1929年发表于《小说月报》。

　　20世纪20年代的某一天，老马和小马为了继承一个古玩铺子来到伦敦，展开了他们的异国探险。与此同时，这段经历的讲述人老舍，正在进行他自己的异国探险。

　　老舍是北京人。二十五岁那年，他离开故乡北京，远渡重洋来到伦敦谋生。在伦敦，他一气待了六年。写作《二马》的1928年，正是老舍在伦敦教书的第五个年头，也是他进行长篇小说写作的第三个年头。

　　对于伦敦，这个一连气待了五年的地方，老舍有槽要吐，有话要说：对于这个傲慢国度的人们对中国人的蔑视，老舍积蓄了太多的愤懑；对同样来自中国到此地讨生活的同胞们的生活百态，他收藏了太多的感慨。这些愤懑和感慨堆积在一起，混杂在一处，加上老舍的长篇小说写作正在渐入佳境的摸索之中，成就了《二马》这部别样的早期海外华人小说。

这部小说正是以马则仁（老马）和马威（小马）这一对从北京来的父子为主人公展开叙述的。

1

那一年，马威二十二岁，父亲老马将将五十岁，马威的伯父、老马的哥哥故世，给这对父子留下了一个小古玩铺子。老马，这位一百年前的北京"大爷"，就这样粉墨登场了。老马看不起买卖人，又完全不懂怎么做买卖，现在却要做一个古玩铺子的掌柜的，加上他对房东温都太太由巴结到暗生情愫，因此竟隔三岔五地从铺子里拿一些"小玩意儿"去给温都太太献殷勤。

二马父子住在温都母女家里。那是一对带着老英国人的傲慢基因的善良母女，她们和当时所有的英国人一样，对中国人心存傲慢与偏见，却看在钱的面子上容留了二马父子，相处的时间长了，发现中国人不但"不吃老鼠"，反而也有那么点儿可爱。

二马父子和温都母女由敌对、别扭到产生爱的火花，老马和温都太太坠入情网，小马对温都姑娘（玛力小姐）产生无法自拔的单相思。但是在20世纪20年代，英国人和中国人的巨大鸿沟是无法跨越的。父子双双落败。

2

老舍把二马感情失败的原因归结于英国人的种族歧视和中国人的国民性问题。

从两次鸦片战争起，世界/英国对中国的歧视是二马父子落败的强外因。老舍在英国教书期间，强烈地感受到这种歧视，并把这种感受写入了《二马》。二马来英国的中间人伊牧师就是这样一个地地道道的英国人，老舍说：

> 他真爱中国人：半夜睡不着的时候，总是祷告上帝快快的叫中国变成英国的属国；他含着热泪告诉上帝：中国人要不叫英国人管起来，这群黄脸黑头发的东西，怎么也升不了天堂！

在这种时时刻刻受到白眼的环境中，"愤青"老舍总结道：

> 在伦敦的中国人，大概可以分作两等，工人和学生。工人多半是住在东伦敦，最给中国人丢脸的中国城。没钱到东方旅行的德国人、法国人、美国人，到伦敦的时候，总要到中国城去看一眼，为的是找些写小说、日记、新闻的材料。中国城并没有什么出奇的地方，住着的工人也没有什么了不得的举动。就是因为那里住着中国人，所以他们要瞧一瞧。就是因为中国是个弱国，所以他们随便给那群勤苦耐劳，在异域找饭吃的华人加上一切的罪名。中国城要是住着二十个中国人，他们的记载上一定是五千；而且这五千黄脸鬼是个个抽大烟，私运军火，害死人把尸首往床底下藏，强奸妇女不问老少，和做一切至少该千刀万剐的事情的。作小说的、写戏剧的、作电影的，描写中国人全根据着这种传说和报告。然后看戏、看电影、念小说的姑娘，老太太，小孩子，和英国皇帝，把这种出乎情理

的事牢牢的记在脑子里，于是中国人就变成世界上最阴险、最污浊、最讨厌、最卑鄙的一种两条腿儿的动物！

20世纪"人"的地位是与"国家"的相对应的：强国的人是"人"，弱国的呢？狗！

中国是个弱国，中国"人"呢？是——！

中国人！你们该睁开眼看一看了，到了该睁眼的时候了！你们该挺挺腰板了，到了挺腰板的时候了！——除非你们愿意永远当狗！

由此我们也看到，老舍把中国人的不争不进，归纳为马威父子落败的强内因。小说里老马的种种表现，无不印证了老舍当时的这一观点。

3

中国人李子荣和英国人凯萨林是老舍给这个难解的痼疾——中英两国人各自存在的民族病症——开出的药方。

李子荣是一个实干的青年，他很早就来到英国，所以习得了英国人办事实事求是的一面，同时又有中国人的勤恳苦干的优点。

老舍这样介绍李子荣："他只看着事情，眼前的事情，眼前的那一丁点事情，不想别的，于是也就没有烦恼。……他的世界里只有工作，没有理想；只有男女，没有爱情；只有物质，没有玄幻；只有颜色，没有艺术！然而他快乐，能快乐的便是豪杰！"这个人物虽然非常脸谱化，但是展示了老舍对能改变中国面貌的理想人格的期许。这是老舍经常写到的一种人物类型。老舍对这样的新人物

(《赵子曰》的李景纯、《二马》的李子荣、《黑白李》的白李、《铁牛与病鸭》的王明远、《不成问题的问题》的尤大兴、《四世同堂》的瑞全等）充满了马威式的敬畏，他们像神一样在他的作品里存在着，是老舍心目中的理想新人的形态。在《二马》里，马则仁和李子荣就是旧和新的两极，"愤青"老舍认为，老马的一切都是无知的、落后的、可笑的，而他的对立面李子荣的理念和行为方式则是讲理的、先进的、可敬的。

凯萨林则是一群人云亦云、格局狭小的英国人当中的一枝独秀。她尊奉的理念是："和平，自由；打破婚姻，宗教；不要窄狭的爱国；不要贵族式的代议政治。"如果说李子荣是《二马》里理想的中国人，凯萨林就是这部小说里理想的英国人。当然，因为背负了太多的理念，寄托了太多的期许，这两个人物的塑造相对来说也是比较平庸、缺乏生气的。

4

《二马》是老舍早期长篇小说探索的第三个作品。老舍本人对《二马》的写作比较满意。在《我怎样写〈二马〉》这篇文章里，老舍把这部小说的优点归纳为两点，一是"像康拉德那样把故事看成一个球，从任何地方起始它总会滚动的"，这是在小说的写作方法上开始用心琢磨，精心策划；二是借用英国人的烹调术，"不假其他材料的帮助，而把肉与蔬菜的原味，真正的香味，烧出来"。由此，老舍立下宏愿："把白话的真正香味烧出来。"

这两个意愿不但让《二马》焕发出了光彩，而且导向了老舍写作之路的正轨。一方面，他越来越在写作本身上精益求精；一方面他在语言的运用上日趋成熟,"把白话的真正香味烧出来"成为老舍一生在文学语言上的自我要求。

在《我怎样写〈二马〉》里,老舍说:"我试试看:一个洋车夫用自己的言语能否形容一个晚晴或雪景呢?假如他不能的话,让我代他来试试。什么'潺湲'咧,'凄凉'咧,'萧条'咧……我都不用,而用顶俗浅的字另想主意。设若我能这样形容得出呢,那就是本事,反之则宁可不去描写。"我们已经了解到在多年后的《骆驼祥子》里,老舍确实做到了代洋车夫祥子,用"顶俗浅的字"写出他的世界,《二马》是通向这个境界的一次认真的努力。

在幽默写作上,《二马》也能摆脱《老张的哲学》和《赵子曰》的浮浅,把"有趣"融入情境中,又不显生硬。我们来看这一段:

> 其实,马老先生只把话说了半截:他写的是个"美"字,温都太太绣好之后,给钉倒了,看着——美——好像"大王八"三个字,"大"字拿着顶。他笑开了,从到英国还没这么痛快的笑过一回!"啊!真可笑!外国妇女们!脑袋上顶着'大王八',大字还拿着顶!哎哟,可笑!可笑!"一边笑!一边摇头!把笑出来的眼泪全抡出去老远!

这是老马和温都太太一次其乐融融的互动,温都太太把老马给她写的中国字"美"缝在帽子上,玛力得意扬扬地戴着出门去了。但是帽子上的"美"字给缝倒了,在老马眼里,就变成"大王八"三个字,这回轮到老马傲慢一回了,他偷偷地笑出了眼泪。但是,这种傲慢的机会是出现在老马(中国人)无时无刻不被英国人鄙薄、轻视的缝隙中的,老马笑着笑着终于难过起来。就是这样哭着笑,笑着哭，这个小小的无害的错讹，牵出了老马的乡愁。老舍的幽默写作也和他的白话写作一起，步入了正轨。

5

小说是某一时段、某一地域的风情风貌的活化石。如同村松梢风的《魔都》意外地保留了20世纪20年代的上海风貌，《二马》也意外地保留了20世纪20年代的伦敦风貌。

写作《二马》时，老舍在伦敦已经住了五年。彼时，伦敦正是老舍除了故乡北京之外最熟悉的城市。在二马父子、温都母女、凯萨林、李子荣……他们时时处处留下身影的地方，老舍进行了写实主义的复刻，并加以北京人的幽默调侃："马威低着头儿往玉石牌楼走。""玉石牌楼"是 Marble Arch，大理石拱门；"两个进了猴儿笨大街的一家首饰店。""猴儿笨大街"是 Holborn Street，霍尔本大街。如此种种带有调侃意味的翻译增加了小说的趣味性。

展卷《二马》，随着老马、小马的视点的迁移，如同在这些街衢中穿行。掩卷《二马》，细细地感知百年前伦敦的衣食住行、风花雪月，回放那些欲说还休的华人谋生故事，马威，那个满腔愁闷的中国青年，他究竟要到哪里去呢？

唯一成功的日本人形象

郜元宝讲鲁迅《藤野先生》

1

鲁迅在日本生活了七年半时间（1902.3—1909.8），但他专门回忆这近八载青春年华的文学作品却只有《藤野先生》。

不仅如此，就中国现代作家真正成功地塑造日本人形象这一点而言，《藤野先生》在百年中国新文学史上也是绝无仅有的。

中国和日本一衣带水，近代以来接触频繁，中国方面因此也产生了不少"知日者"或"日本通"，但比起日本对中国的了解还是逊色许多。1931年"九一八"事变后，上海突然出现了不少有关日本的论著。这本来是好事，所谓"知己知彼"。但鲁迅发现除了"日本应称为贼邦""日本古名倭奴"之类"低能的谈论"，稍有内容的论著，竟然都是剽窃在上海的日本书店所售卖的日本人的著作！

鲁迅因此正告天下："这不是中国人的日本研究，是日本人的日本研究，是中国人大偷其日本人的研究日本的文章了。倘使日本人不做关于他本国，关于满蒙的书，我们中国的出版界便没有这般热闹。"他还不避忌讳地大声疾呼:"在这排日声中,我敢坚决的向中国的青年进一个忠告,就是:日本人是很有值得我们效法之处的。譬如关于他的本国和东三省,他们平时就有很多的书","关于外国的,那自然更不消说"[1]。其实,鲁迅这里也只是概乎言之,从中日甲午战争前后直到1930年代,日本图谋中国已久,各方面关于中国的"研究"何可胜数,而关于他们本国的"研究"自然更不在话下,这是鲁迅提醒国人必须要向日本人学习的地方。1934年鲁迅还说,"我常常坐在内山书店里,看看中国人的买书,觉得可叹的现象也不少。例如罢,倘有大批的关于日本的书(日本人自己做的)买去了,不久便有《日本研究》之类出版"[2],可见鲁迅对这个问题始终保持着高度的重视。

中国学术著作与普及读物缺乏属于中国人自己的"日本研究",那么文学创作方面有关日本的情况又如何呢?

近代以来,中国作家写到日本和日本人的固然不少,比如1916年开始陆续发表的平江不肖生(向恺然)的《留东外史》,郁达夫1920年代初创作的短篇小说《沉沦》以及同名的短篇小说集,1930年代兴起、至今仍十分蓬勃的"抗日小说"和抗日影视。这些文学和影视作品都各有特色,但一个共同的遗憾就是都没有成功地塑造能够让广大读者和观众印象深刻的日本人的形象。

《藤野先生》几乎是迄今为止唯一的例外。鲁迅以纪实手法塑造的"藤野先生",不仅中国读者十分喜爱,也为广大日本读者所推崇。仅此一点,就足以说明这篇短文在中国新文学史上独特的地位和意义了。

---

[1]《"日本研究"之外》,《鲁迅全集》(8),人民文学出版社,2005年11月第1版,第358页。
[2] 鲁迅1934年6月3日致杨霁云信,《鲁迅全集》(13),人民文学出版社,2005年11月第1版,第138页。

2

《藤野先生》涉及作为现代科学分支之一的"医学",比如中日两国接受西方医学在时间上孰先孰后,跟医学有关的中国民间信仰,中国妇女过去的缠足,清末中国留学生的政策,当时日本社会对中国留学生的态度,还有以明遗民朱舜水为代表的以往中日两国文化与人员的交往。

这都是"日本研究"的好话题,但所有这些在《藤野先生》中只是以"我"与藤野先生感情交流为核心辐射开去的材料,作者并未顺藤摸瓜,对这些问题展开学术性的"日本研究"。

鲁迅创作《藤野先生》的兴趣点是中日两国普通人之间跨越民族国家界限的心灵沟通,也包括其反面,即中日两国普通人之间的极易发生的心灵隔阂。文章"主题"正是从这正反两面获得凸显。

比如,"清国留学生"的速成班既然兴趣全在赏樱花、盘辫子、学跳舞,等到他们"学成归国",自然腹中空空,不仅不会有什么真正的"日本研究",更不会增进中日两国人民的心灵沟通。

比如,朱舜水因为在那时的意义上"爱国"而被迫东渡日本,成了中日两国民间交流的典范。但往者已矣,眼前只有"成群结队的'清国留学生'的速成班"了!

至于"我"初抵仙台备受"优待",乃是自觉优越的某些日方人士不容分说的恩赐,"我"只能以超然的自嘲和幽默敬谨接受,彼此还谈不上心心相印。

民族国家间的隔阂在"漏题(找茬)事件"和"幻灯事件"中达到顶峰。所谓"漏题事件",就是指鲁迅在仙台医专的某些日本同学认为,藤野先生在给鲁迅修改听课笔记时,顺便也向鲁迅泄露了考试的题目,以至于鲁迅能在考试中获得比较高的成绩。所谓"幻灯事件",是指鲁迅在仙台医专的课间放映的幻灯片中,看到在中国东北展开的"日俄战争"中，日军抓捕了一个据说是给俄国人做间谍的中国人，于是将这名中国人当众斩首，而围观的竟然都是些麻木不仁的中国人。这两件事都激起了鲁迅的强烈的民族主义和爱国主义的思想，也使得他强烈地感到中日两国即使是普通的民众之间也存在着极深的隔阂。

但恰恰就在这两个恶性事件的前后，"我"与藤野先生竟然意外地产生了心灵的沟通。

从心灵隔阂走到心灵沟通，正是《藤野先生》一文最大的亮点和"主题"。

3

鲁迅塑造藤野先生，有几个细节尤其值得仔细品味。

首先是"修改讲义"的细节。藤野先生上课照本宣科，西洋医学名词和各类图表则一律板书，所以鲁迅抄下的讲义、图表和医学名词很少错误，但因为那时候日语听力毕竟力有未逮，笔记中有关藤野先生讲解的内容确有不少遗漏与误解[3]，需藤野先生"从头到尾，都用红笔改过"。研究鲁迅"医学笔记"的专家们一致认为，藤野先生的修改几乎到了偏执狂的地步——不仅涉及医学方面的遗漏与误解，也包括日文本身。藤野先生这样做的苦心，是希望"我"将来能够带给中国最好的现代医学。那时候即使仙台医专这样的学校也很少有系统的医学参考书供学生借阅，因此教员的讲义显得尤为重要。藤野先生

---

[3] 本百百幸雄《〈解剖学笔记〉读后感》、大村泉《"小而言之，是为中国……大而言之，是为学术"是藤野先生的话》都指出了这一逝世，分别见《鲁迅与仙台》（"'鲁迅的起点：仙台的记忆'国际学术研讨会会议论文集"），第153-154页，第157-161页，中国大百科全书出版社2005年版。

替"我"改正讲义,"小而言之,是为中国,就是希望中国有新的医学;大而言之,是为学术,就是希望新的医学传到中国去":据说对一般中国读者而言有些古怪的这一表述正是藤野先生的原话[4]。

某些学者认为鲁迅暗示自己"弃医从文"是学医太吃力而做出不得已的抉择。这未免过于荒唐,不仅无视鲁迅反复述说的"弃医从文"的思想转变,罔顾鲁迅在仙台医专以中国留学生身份取得中等偏上学习成绩的事实,更忽略了鲁迅所歌颂的藤野先生一心"为中国"、"为学术"的高尚精神。

九十多年来,《藤野先生》感动千千万万读者的地方,主要就是鲁迅以一系列细节描写所渲染的藤野先生的高尚精神。"改正讲义"固然是浓墨重彩的一笔,而其他细节也值得我们仔细咀嚼。

比如,藤野先生让助手邀请"我"去他的研究室会面,讨论关于"讲义"的事,完全出于他的主动。可能他一开始就注意到"我"在听写能力上的欠缺,所以主动给予帮助,这等于免费"开小灶"。遇到"我"口头答应而心里"不服气"时,则耐心地予以规劝和解释,但也并不强求对方立即接受。

藤野先生虽然担心"我"因为"敬重鬼"而"不肯解剖身体",事先却没有一点表示,直到事后知道"我"并非如此,这才"总算放心了"。可见他对"我"这个异国学生的尊重,生怕言语不妥,伤害对方的感情。

经过这一回之后,藤野先生也许觉得师生之间可以无所不谈了,就坦然地向"我"打听中国女人缠足的细节,想从他正在讲授的医学的角度研究缠足之后"足骨变成怎样的畸形"。殊不知这个问题"使

---

[4] 大村泉《"小而言之,是为中国……大而言之,是为学术"是藤野先生的话》,收入《鲁迅与仙台》("'鲁迅的起点:仙台的记忆'国际学术研讨会会议论文集"),第157–161页,中国大百科全书出版社2005年版。

我很为难"——多少还是触动了"我"的自尊心吧——藤野先生所得到的回答也很不充分,而他竟毫无意识,还顾自叹息:"总要看一看才知道。究竟是怎么一回事呢?"心无芥蒂的书生气质跃然纸上。

再比如,等到知道"我"决定放弃医学离开仙台,藤野先生的惊讶失望可想而知。尽管如此,藤野先生并未当面对"我"说出他的惊讶和失望,"他的脸色仿佛有些悲哀,似乎想说话,但竟没有说。"他只是特地叫"我"去他家,赠"我"一张照片,背后郑重地写上"惜别"二字,并希望"我"也给他留一张。这是怎样的古道热肠啊!

当时"我"对这一切还是有些麻木。离别之后,经历了文章没有明说的许许多多人生的波折,"我"才越来越感到当时跟藤野先生之间的这份师生情谊的可贵,越来越感到藤野先生人性的良善与人格的伟大。"他所改正的讲义,我曾经订成三厚本,收藏着的,将作为永久的纪念。"鲁迅对医学讲义的极端重视和珍惜是真的,文章中说这"三厚本"搬家时很可惜遗失了,但实际上讲义(现在统称"医学笔记")并未遗失,而是在1950年代筹建绍兴鲁迅纪念馆时,由鲁迅1919年存放书物的乡邻张梓生交给许广平,再由许广平捐献给刚成立不久的北京鲁迅博物馆,因此见证鲁迅和藤野先生师生情谊的这份珍贵文献就长留天壤之间了。

鲁迅对藤野先生的怀念与日俱增,不仅预备将"医学笔记"当作"永久的记念",还将他的照片挂在书桌对面的墙上,几乎每日瞻仰,从而激发"良心",得到生存和战斗的勇气。

人与人之间的真心交流,求之于家人、朋友、同乡、同胞,往往也很难得，何况求之于不同国家的师生之间，何况师生相处还不到两年，后来相互之间也不曾通过音讯！

鲁迅对藤野先生一直怀念不已，并非撰写一篇纪念文章就完事了。1934年日本《岩波文库》预备出版增田涉、佐藤春夫编译的《鲁迅选集》，鲁迅对特为此事征求意见的增田涉说："《某氏集》（按指日文版《鲁迅选集》）请全权处理。我看要放进去的，一篇也没有了。只有《藤野先生》一文，请译出补进去。"[5]

1935年《鲁迅选集》即将出版，鲁迅又对《岩波文库》专程来上海看望他的人说，"一切随意，但希望能把《藤野先生》选录进去。"他生怕遗漏这一篇。

1935年6月27日致日本友人山本初枝夫人的信又说："藤野先生是大约三十年前仙台医学专门学校的解剖学教授，是真名实姓。该校现在已成为大学了，三四年前曾托友人去打听过，他已不在那里了。是否还在世，也不得而知。倘仍健在，已七十左右了。"1936年夏，病中的鲁迅又向前来探视的增田涉询问藤野先生的情况，得知尚未取得联系，就叹息道："藤野先生大概已经不在世了吧。"

1936年2月，在鲁迅生命的最后一年，也是中日全面交战的前夜，日本《改造》杂志社向鲁迅约稿，希望鲁迅在那种局面下说些什么。鲁迅扶病用日语所作的杂文的题目竟是《我要骗人》（同时译为中文发表）。他觉得，那时候"要彼此看见和了解真实的心"谈何容易，无论在中国抑或在日本都"还不是披沥真实的心的时光"。说这话时，被鲁迅尊为"在我所认为我师的之中，他是最使我感激，给我鼓励的一个"的藤野先生的音容笑貌，连同那"缓慢而很有顿

---

[5] 1934年12月2日鲁迅致增田涉信，《鲁迅全集》(14)，人民文学出版社，2005年11月第1版，第328页。

挫的声调",是否又在他的心中闪现了呢?

这一年7月,在给捷克青年汉学家普实克的《呐喊》捷克译本所作序言中,鲁迅再次重申他的文学(也是人生)的主张:

> 自然,人类最好是彼此不隔膜,相关心。然而最平正的道路,却只有用文艺来沟通,可惜走这条道路的人又少得很。

文艺如何让人类"彼此不隔膜,相关心"?《藤野先生》里面应该就有答案吧。

还有一个细节值得一说,就是鲁迅当初对于究竟应该给这篇文章取怎样一个标题,还是颇费踌躇的。手稿原题"吾师藤野先生",鲁迅先涂掉"吾师",似觉不妥,索性连"藤野"也涂掉,而且涂得墨色极浓(除非用极先进的光学分析技术也很难看出被涂改的内容),旁边再另书"藤野"二字,这才有了今天大家看到的定名[6]。学者们纷纷研究鲁迅为何如此涂改,希望找出其中的深意。其实如果鲁迅起初就用"吾师藤野"为题,大家也会接受,而"藤野先生"之前也已经隐含了"吾师""我师""我与"之类的前缀。"吾师藤野"和"藤野先生"二者并无多大的差别。但是,有一点可以肯定,即鲁迅在斟酌如何给这篇文章确立一个他自己认为比较合适的标题时,态度是多么的虔敬啊。

正因为有这种极端虔敬的态度,才能写出可爱的藤野先生的形象,至今仍然感动着无数读者的心。

---

[6] 佐藤明久《发现被涂去的文字"吾师藤野"之后——2011年9月25日后的起点》,《中国现代作家手稿及文献国际学术研讨会文集》,上海鲁迅纪念馆编,2014年8月14日。

"少年中国"的精神气象

郜元宝讲王独清《我在欧洲的生活》《独清自选集》

⸻ ◇ / ◇ ⸻

王独清（1898—1940），陕西长安（今西安）人，自幼聪慧好学，九岁能诗，十五岁被当地一份报纸聘为主笔。"五四"前后留学日本，不久回上海继续编报纸。20世纪20年代初再由上海去法国留学。

王独清本来学自然科学，到法国后接触到欧洲现代文学，加上留学生活的刺激，才正式开始新文学创作，并与郭沫若等人通信，在"创造社"刊物上大量发表作品，成为以日本、上海为基地的"创造社"在欧洲的唯一成员。王独清的文学活动与"创造社"相始终，他当时的名气仅次于郭沫若、郁达夫和成仿吾这三位"创造社"元老。

20世纪30年代初，王独清加入"托派"，"创造社"的大部分同人则转向左翼文化运动。他们和王独清分道扬镳后，把以往内部矛盾的责任全部推给王独清，郭沫若还给他起了个绰号叫"王独昏"。王独清本名王诚，号笃卿，他昔日的战友们说他既不"诚"，也不"笃"。与此同时，作为托派分子的王独清又饱受国民党政府的打压。两面夹击，迫使他放弃文学活动，隐居上海。1940年，四十二岁的王独清在贫病孤独中溘然长逝。

《我在欧洲的生活》写于1931年底，是王独清1920年初至1925年底旅欧生活的回忆录。王独清在这本书的"自序"中说，"我的命运或者是注定了要在一个被人虐待的氛围中老死而去"，真是一语成谶。此后很长时间，王独清在文学史上的地位一直被低估。有关他生平事迹的说法以讹传讹，错误百出。

这种局面直到20世纪90年代才有所改观，但学术界研究王独清旅欧生活的细节，目前主要的参考材料，还只有他本人的这本自传。书中人物全用谐音的化名，但所记皆真人真事，我们据此大致可以了解，那时候一个中国知识青年在欧洲一住六年，究竟都干了些什么。

2

王独清一到巴黎，首先接触的并非法国人，而是中国人。这一点和初次出国的绝大多数中国人没什么两样。

当时在法国的中国人，有一战之后留下来的"华工"。王独清在上海接触过归国的"华工"，他去法国时，身上还带着一份"中华工会"要他组织欧洲分会的委任状。但他到了法国才知道，华工工会很难开展活动。因此他一到法国，便无人接头，顿时陷入困境。

王独清只好求助于同样身份的留法中国学生，其中有公费、半公费，更多则是勤工俭学的自费生。这些人大多数参加过"少年中国学会"，有无政府主义者、国家主义者，以及后来的共产主义者，如蔡和森、蔡畅、王若飞、周恩来、邓小平等。王独清的求助对象还有少数外交官和学界名流如吴稚晖、蔡元培等。交游广阔这一特点，就使得《我在欧洲的生活》成为研究20世纪20年代中国留法学生与旅欧华人不可多得的一部纪实作品。

该书文学性也很高，语言生动活泼，作者笔下旅欧中国人的生活富于传奇色彩，用他自己的话说，"我所遇的人都太过是小说中的人物了。"

当时除了少数公费生，勤工俭学的自费生必须四处寻工，维持生存。王独清是自费生，王家又是"从小康人家而坠入困顿的"，无钱接济，所以他偶尔也会做工。比如，有一位在巴黎大学一起听课的同学请他去他家在瑞士的庄园管理账务。没干几天，王独清就和这位同学的母亲吵架，拂袖而去。还有人介绍他去里昂郊外的一家私人花园做园丁。他想趁机研究植物学，但工头派他做苦工，还只能住贫民窟。这令他大失所望，熬了半年便落荒而逃。

既然不肯死心塌地做苦工，那么王独清在欧洲主要靠什么生活呢？

说来你也许不信，除了偶尔从国内汇来一点稿费，或者向欧洲本地报刊投稿，得到少许报酬，王独清主要靠借债度日。他向中国外交官和学界名流借，也向勤工俭学的学生借。经常寅吃卯粮，拆东墙补西墙。有时候他借宿于法国人或意大利人的家里，在拿波里还曾经出入某个贵妇人的沙龙，又喜欢泡酒吧和咖啡馆，但大部分时间还是生活于贫困线以下。这有点像杜甫，一度也曾"肥马轻裘""壮游"四方，更多则四处流窜，"朝扣富儿门，暮随肥马尘。残羹与冷炙，到处潜悲辛。"

王独清确实喜欢以杜甫自况，或自称是在欧洲到处流浪的"波西米亚人"。这种心境跟破落户旧家子弟的习气有关，但也是因为失恋导致了精神颓废。

原来在从上海到法国的邮轮上，他爱上了同船留学的一位四川女子。该女子未婚夫很快也来欧洲留学，但该女子一不做二不休，索性将王独清与未婚夫统统甩掉，伴上新的如意郎君。这位女神不是别人，乃是"五四"时期在四川"只手打倒孔家店"的吴虞的女儿吴若膺。那位不幸的未婚夫则是中国现代音乐学奠基人王光祈。王光祈黯然离开法国，去德国专攻音乐。王独清则到处流荡，用忧郁的眼睛观察欧洲，也用流血的心眷恋故土，由此写下许多脍炙人口的诗篇。

在异国他乡，一个中国女子伤了两个中国男人的心，却促成他们各自的事业。这多像是一篇小说啊。

王独清的爱情故事，是他游历欧洲的一项主要内容。和吴若膺分手后，王独清又先后跟四名外国女子恋爱。他的许多诗篇都是为这些女子而作。

在巴黎近郊蒙达尔城，房东摩莱先生向王独清开放丰富的藏书，引他进入法国文学的圣殿。摩莱先生多情的女儿玛格丽特则向他频频发出爱的信号。尚未走出失恋阴影的王独清不敢接受玛格丽特的爱，只好落荒而逃。

在里昂附近的V城，法国姑娘茜绿特又要他做"终身寄托的人"。但他只能辜负人家的好意，始终跟她维持着"亲密的友爱"关系。

在威尼斯，他倒差点跟一位意大利姑娘阿李丝私奔。但阿李丝的继母也爱上了他。王独清当然不肯就范，因此这位继母棒打鸳鸯，硬是拆散了他和阿李丝。

在罗马，他又爱上了歌剧家谢狄梅里的女儿马丽亚，还用意大利语给马丽亚写过一首热情似火的恋歌，马丽亚为之润色，谢狄梅里先生则把这首情歌用在他的一出悲剧中。另一首情歌《玫瑰花》则是写他和马丽亚痛苦的分手：

> 啊，玫瑰花！我暗暗地表示谢忱：/ 你把她的粉泽送近了我的颤唇，/ 你使我们俩底呼吸合葬在你芳魂之中，/ 你使我们俩在你底香骸内接吻！

王独清融汇中国传统香艳诗与法国浪漫主义和现代主义诗歌，造成一种颓废而唯美的效果。他创作于欧洲的许多爱情诗，基本上都是这种风格。

3

除了恋爱，王独清更多时间则是漫游。他先后游历了法国、比利时、西班牙、英国、德国、瑞士、希腊、意大利，接触各界人士，研究各种学问。他的漫游是游历，也是游学。

在巴黎，他既跟诺贝尔文学奖得主法朗士、西班牙著名作家伊本涅支侃侃而谈，也跟贫民窟的三教九流沉瀣一气。

在罗马，他通过对意大利建筑的实地考察，对法国学者丹纳的艺术史理论提出质疑。

在柏林，一位德国老教授指导他钻研历史、地理、考古。他还自学弗洛伊德心理学，马克思的经济学，康德、黑格尔的美学，还对星相学产生浓厚兴趣。德国老教授非常欣赏他撰写的一半英文一半法文的星相学小册子，鼓励他攻读博士学位。但他志不在此，含笑婉拒了。

他先后学习了法文、英文、德文、意大利文、西班牙文、拉丁文和希腊文。如果这一切都属实的话,其语言天赋真是惊人。

但他那颗颓废而浪漫的心,岂能满足于学问?学问给了他快乐,却不能阻挡他"奔放的诗情"。他说"我底诗是那样的充满浪人底呼吸,我底生活也完全是Boheme底生活"。

王独清的同乡、"创造社"主要成员之一郑伯奇曾说,王独清的所谓留学法国,主要就是在法国的咖啡馆里成天地鬼混。这显然是不负责任的诽谤。且看王独清那首有名的《我从CAFÉ中出来——》,如何描写Café带给他的灵感——

> 我从Café中出来,/身上添了/中酒的/疲乏,/我不知道/向哪一处去才是我底/暂时的家——/啊,冷静的街衢,/黄昏,细雨!

这位被咖啡灌醉的中国人身在欧洲,心系祖国。他觉得自己既不属于欧洲,又快要被祖国抛弃,所以走出咖啡馆,便无家可归了。王独清就是带着这种无家可归的破碎的心漫游欧洲,所到之处,触景生情。

他在长诗《吊罗马》中说——

> 既然这儿像长安一样,陷入了衰颓败倾,/既然这儿像长安一样埋着旧时的文明,/我,我怎能不把我底热泪,我nostalgia底热泪,/借用来,借用来尽心地洒,尽心地挥?/雨只是这样迷蒙的不停,/我已与伏在雨中的罗马接近:/啊啊,伟大的罗马,威严的罗马,雄浑的罗马!/我真想把

我哭昏，拼我这一生来给你招魂……

看到流落欧洲的埃及人，王独清又想起处境类似的中国和他自己，在《埃及人》中写道——

唉，埃及人，埃及人，埃及人，埃及人！／知不知道你们应该负创造文明的光荣？／知不知道你们祖先是最初的天才，英雄？／知不知道你们立过人类第一次的信仰？／知不知道你们建过那夸耀盛世的庙堂？／知不知道你们有过最可惊的黄金时代？／知不知道你们底土地有最神圣的余灰？

在巴黎，在他旅欧生活的中心，王独清又看到什么呢？

到巴黎的第一天，他兴奋得手舞足蹈，雇了辆汽车到处逛，弄得一贫如洗。但最初的兴奋很快过去，巴黎向他展示了另一面。《Seine 河边的冬夜》写他看到冷酷的冬夜，"行人稀少的 Seine 河边，有几个贫民酣眠在败叶之中。""风，尽管是悲鸣，悲鸣，就好像在向人们昭示，昭示这近代文明之区是一个罪恶的深坑。但是这几个兄弟就尽管睡在这儿，睡在这儿，不醒，不醒，不醒，——唉，我恨不得，恨不得放起火来，把这繁华的巴黎，烧一个干净！"

在这样的巴黎住得越久，他就越思念中国。长诗《动身归国的时候》就是这种情绪的总爆发——

怪可怜的，怪可怜的是我在这儿滥用了的感情！／怪可怜的，怪可怜的是我在这儿浪费了的聪明！／怪可怜的，怪可怜的是我在这儿丢弃了的青春！/怪可怜，怪可怜的是我在这儿失掉了的真心！/……/唉，还是归去，归去，迅速而不迟疑地归去！

王独清是在巴黎咖啡馆看到法国报纸报道"五卅运动"，才毅然决定回国，并写下这首《动身归国的时候》。这首诗用不着多分析。最好的欣赏不是分析，而是反复地去吟味。

值得一提的是，告别欧洲、准备回国的王独清，并不因为看到欧洲现代文明种种病象，就把阔别已久的故国想象成温柔富贵乡。他既不像梁启超，批判了欧洲的现代病，就轻率地举出东方文化的大旗来自我标榜。他也不像老舍，因为在异国他乡饱受屈辱，就把祖国的现实想象得过于美好。王独清要告别漫游六年的欧洲，回归故国，只是一任爱国心的牵引，而在理智上，他对于即将归去的祖国的现状，并无任何美好的幻想，他甚至设想"我底故国"快要成为"火后的废墟"，故国的土地将要被烧成一片"焦黑"，而他自己此时此刻的归国，其结果很可能只是"寻辱"，只是要在那儿"埋我底尸身"。尽管如此，他还是决意归去，"迅速而不迟疑地归去！"

在中国新文学三大海外发源地美国、日本和巴黎，王独清的旅欧诗篇以及《我在欧洲的生活》这本自传，可谓独树一帜，不可多得，其中洋溢着20世纪20年代浪迹天涯的中国青年的幻想与激情，忠实记录了一代人的痛苦、迷茫与种种可悲可笑，也显示了几乎无法复制的"少年中国"不计名利、上下求索、大胆创造的那样一种勇敢、热情、率真、浪漫的精神气象。

什么样的城市是美的

陈晓兰讲朱自清《欧游杂记》

―――― / ――――

中国有着源远流长的远游的历史，也有着光荣而漫长的记游的历史。绝地通天，幻游天国；远蹈异域，步东极与西极。遁隐于山水之间，游移于尘垢之外。远游以求道，远游以谋生，远游以行侠，或者宦游他乡，或者流放于边疆僻地……可以说，"游"的记叙与想象贯穿于中国文学史。丰富多姿的游记体现了中国人远游的独特经验和精神追求，即对于自然奥秘的探索，对于天地万物、时间的永恒和个体生命的短暂的感悟与哲思，有限的身体对于无限的精神自由的追求。

中国人的远游和游记写作自19世纪后期开始发生了本质性的转变，一种新型的游记形式——海外游记——兴起。游的地理范围、游的经验、游记的内容、记游的目的和传播形式，都发生了本质性的转变。行旅的地理范围从海内走向海外，旅行者的足迹远及亚、非、拉、美、欧诸国。这些游记描绘异国的山川风貌、城镇社区、风俗习惯、物质文明。行游与写作转向"世俗化",由传统的自然山水为主导转向以世俗世界(如城镇)为主导,从人类普遍性的经验表达转向对于当下现实问题的讨论。游记写作被赋予了经世致用和启蒙的任务。

这样的海外游记写作,在20世纪前半个世纪迎来了它的黄金时期,几十年间产生了数以百计的作品,所涉及的区域涵盖四十多国,北至芬兰,南及智利,可以看到现代早期中国人世界旅行的地理范围和思想视野之广。这些游记将世界地理的抽象知识和概念具体化了,使遥远的地理想象化为亲历实地的经验。这些游记书写去国离乡的悲喜交集,穿越印度洋、地中海、大西洋、太平洋的海行经验,记录旅行者的旅途见闻、日常生活、工作学习,描绘异国的奇异风光和奇特的行旅经验。这些游记借助现代媒体,成为未出国门的普通读者获取异国信息、瞭望世界的窗口。

不同于今天大众旅游时代,普通人也会有能力、有机会出国旅游,甚至写游记公开发表,20世纪早期的海外旅行者主要是中央和地方政府、教育文化机构、公共媒体派遣的外交人员、军政界要员、政府机构官员、实业家、教育家、社会活动家、驻外记者、自由知识分子、作家艺术家、留学生,等等。因此,可以说,他们都是掌握实权和话语权的社会、文化精英,对于中国现代的政治、社会和文化具有直接的影响力。

我们要讲的朱自清只是其中的一位。

2

提起朱自清,我们立刻就会想到他的美文《荷塘月色》《绿》《背影》等名篇。

朱自清出生于1898年，去世于1948年，在漂泊不定中度过短暂的人生。从北京大学哲学系毕业后，二十三岁的朱自清辗转于杭州、扬州、上海、台州、温州、宁波等地，先后在杭州第一师范、扬州第八中学、宁波浙江省立第四中学等学校任教。直到1925年8月，二十七岁的朱自清赴清华大学国文系任教，才开始了一生中比较安定的人生岁月。

1931年，朱自清有幸获得了公费出国留学的机会，在英国伦敦留学一年。他于当年8月22日从北平火车站启程，经哈尔滨、满洲里、赤塔，一路向西，车行七日穿过苍茫的西伯利亚大平原，领略了广袤荒凉的西伯利亚风光、举世闻名的贝加尔湖。列车于9月2日夜晚到达莫斯科站，但朱自清在莫斯科未作停留，而是继续向波兰行驶。第二天到达波兰，换乘前往巴黎的火车，行两昼夜抵达巴黎。

也就是说，当时，从北平乘火车经西伯利亚、莫斯科、柏林至巴黎，大约需要十四五天的时间。朱自清在巴黎停留三日，游览了卢浮宫、凡尔赛宫、巴黎圣母院、埃菲尔铁塔等经典名胜，再从巴黎乘火车穿越海峡去伦敦，只需半天时间。可见，当时中国前往欧洲的陆上交通已经十分发达和便捷了。

朱自清在伦敦学习一年，主修语言学与英国文学，课余时间游历了伦敦、牛津以及莎士比亚的故乡斯特拉福镇等地。1932年5、6月间，朱自清回国之前，在欧洲大陆漫游了两个月，按他自己的说法，游历了法国、德国、荷兰、瑞士、意大利五个国家的十二个地方。他于7月7日由威尼斯乘船，经地中海过苏伊士运河、红海、印度洋回国，航行二十五天，于7月31日抵达上海吴淞码头。

朱自清的《欧游杂记》《伦敦杂记》记录了他旅居欧洲期间的

所见所闻、所思所感，向中国读者描绘了迥异于中国的风景。这些充满异国情调的美文，先是以"西行通讯"的形式发表在叶圣陶主编的《中学生》杂志，后来结集出版，《欧游杂记》于1934年9月由开明书店出版，《伦敦杂记》直到1943年才出版。

在今天，大众旅游兴盛的时代，跨国旅游，已经成为最大的国际产业，而周游世界，甚至成了一些人的生活理想。我们去国离乡，跨过万水千山，究竟要在异国他乡寻找什么？发现什么呢？我们是被什么东西感动又是如何想象异国的呢？

透过朱自清的《欧游杂记》，可以看到20世纪30年代朱自清的异国体验以及他对于美的另一种思考，特别是他对于城市的思考，对于我们今天有着特别的现实意义。在旅居欧洲的一年间，朱自清游历了伦敦、牛津等英国城镇，后来在回国前的两个月间，又游历了巴黎、柏林、罗马、威尼斯、佛罗伦萨、庞贝等城市，他的游记描绘了完全不同的欧洲城市图景和他心目中美好的城市应该有的样貌。

3

在朱自清看来，一个城市的美，首先在于她的别致，这种别致体现在城市的自然环境、悠久的历史、独特的建筑以及市民生活的一切领域。他说，佛罗伦萨让人忘不掉的，是她的色调鲜明的大教堂和高耸入云的钟楼。人们从世界各地络绎不绝地来到罗马，罗马吸引他们的，正是她的古城墙、法庭、神庙、住宅的遗迹，七零八落的废墟、断壁残垣、角斗场，还有罗马城西南角上的英国坟场、艺术家的墓地。罗马城独一无二的个性就体现在这些历史遗迹中，罗马人就生活在这些历史遗迹中,也可以说就生活在历史的废墟中,而历史也成为现实的罗马不可分割的组成部分。

而威尼斯的别致则是她那天然的、独一无二的个性。他写道:

> 威尼斯是一个别致地方。出了火车站,你立刻便会觉得:这里没有汽车,要到哪儿,不是搭小火轮,便是雇"刚多拉"。大运河穿过威尼斯像反写的S,这就是大街。另有小河道四百八十条,这些就是小胡同。轮船像公共汽车,在大街上走;"刚多拉"是一种摇橹的小船,威尼斯所特有,它哪儿都去。威尼斯并非没有桥:三百七十八座,有的是。只要不怕转弯抹角,哪儿都走得到,用不着下河去。
>
> 威尼斯是"海中的城",在意大利半岛的东北角上,是一群小岛。……在圣马可广场的钟楼上看,团花锦簇似的东一块西一块,在绿波里荡漾着。远处是水天相接,一片茫茫。这里没有什么煤烟,天空干干净净;在温和的日光中,一切都是透明的。

对于色彩极其敏感的朱自清,特别强调威尼斯别致的色调。他说:威尼斯人是着色的能手,威尼斯建筑的白色大理石与玫瑰红的素朴的方纹,"在日光里鲜明得像少女一般"。威尼斯的色彩是艳而雅,艳丽而不失雅致,热闹而又不失庄严。圣马可广场是最热闹的地方,一天到晚人流络绎不绝,同时,这里也是最庄严的地方。

他特别强调这里所有的建筑都有三百年以上的历史,圣马可教堂则在那里耸立了八九百年,11世纪时按照拜占庭风格建造,14世纪时增加了哥特式的装饰,17世纪又饰以文艺复兴的风格,融庄严、肃穆与华妙为一体。他认为,整个圣马可广场体现了威尼斯人特有的审美趣味:结构精巧的建筑再加上雅而艳的色彩,让人产生恍惚迷离之感。庄严与华妙、自然与浪漫、现实与梦幻的和谐统一,正是威尼斯人充满活力而又不失优雅,注重现实而又不失浪漫的性格表征。

今天的中国人以城市的高大为美。而在朱自清看来,城市的美,不在大也不在繁华热闹,而在于小,在于静,在于质朴自然。

他在《欧游杂记》中特别礼赞德国、瑞士那些小巧玲珑、质朴宁静的城市。瑞士,被称为"欧洲的公园",自然山水之美可谓大自然之美的巅峰,"瑞士的美一半出于天然,一半来自人为","瑞士除了好风景还是好风景"。那些玲珑可爱的小城镇,被森林包裹,或者临河而建,或者像是浮在湖上,人们轻轻地说话,轻轻地走路。

同样,荷兰,也给人以寂静和肃穆的感觉,建筑、厂房、住宅,都体现出一种肃穆和艺术的韵味。他写道:"淡淡的天色,寂寂的田野,火车走着,像没人理会一般。偶尔看见天尽头的风车,也是一动不动。"即使荷兰的京城海牙,地方不大,却是清静。"走在街上,在淡淡的阳光里,觉得什么都可以忘记。""荷兰人也是同样的会着色,而且是举世闻名地会盖房子。"灰色的田野映衬着红的、黄的、鲜艳的房屋,别有一番风味。即使是现代化大工厂的厂房,也不失其美的样式和风格,"一条条连接不断的横线,一眼看去,流畅而痛快之极";商铺和出租的公寓大厦也是精心设计,十分的精致:"鲜艳的色彩配以浓重的装饰风格,显出清秀玲珑的调子。"他甚至特别地注意到那些建筑的细节,他描绘一幢出租公寓:"每层楼的栏杆,长的涂以蓝色,方的涂以白色,衬以黄色的窗户,活泼明丽而不失雅致,而整栋大厦则呈不规则的几何形,就像是一只轮船,而大厦前是水池,池子的尽头永远不忘放一座雕像。"

德国的德累斯顿留给他的最深刻的印象也是它的寂静。人们在街上"从从容容地走路,斯斯文文地说话"。易北河穿城而过,古建筑、博物院林立的德累斯顿素有"德国的佛罗伦萨"之称,18世纪巴洛克式的、华丽炫目的城堡宫殿,驰名世界的博物院和国家画院"藏有两千五百件名画,排列得比哪里都整齐清楚,这就是德国人的脾气"。至于柏林,"宽大干净的街道,你尽可以从容自由地走路和呼吸,不用东张西望躲躲闪闪。""最阔的大街菩提树下",排列着大学、国家图书馆、国家画院、国家歌剧院……,西连勃兰登堡门,东接大教堂、故宫和博物院洲(那里集中了七个博物院)。同样,巴黎本身就是一个博物馆,一个艺术之城。他说:"巴黎人身上都长着一两根雅骨,巴黎人的风雅是骨子里的风雅。在巴黎的公园里、大街上,几乎像呼吸空气一样呼吸着艺术的气息,巴黎人自然而然就雅起来了。"

可以看到,朱自清这种强调城市个性、历史感、艺术意蕴的审美趣味和城市观,对于当代中国的城市改造、景观设计、欣赏城市的美学趣味,都具有参考价值。

美国社会学家刘易斯·芒福德说,"城市,象征地看,就是一个世界"。20世纪的"世界","从许多实际内容来看,已变为一座城市。"

两个欧洲的撕裂与并存
郜元宝讲艾青《芦笛》《巴黎》《马赛》

/

说到诗人艾青，熟悉中国现当代诗歌的读者会想到他的许多名篇，如《大堰河，我的保姆》《雪落在中国的土地上》《我爱这土地》《北方》，等等。从20世纪30年代初登上文坛到1996年逝世，艾青贡献给我们的优秀诗篇实在太多了，但我们这里只讲他三首有关欧洲和法国的诗歌，就是有名的《芦笛》，和分别以法国两大城市命名、或许不那么有名的《巴黎》与《马赛》。

把这三首诗放在一起说，是因为它们都写于艾青诗歌创作的起步期，即1932至1935年他被羁押于国民党监狱的那段日子，而且这三首诗都是以艾青1929年初至1932年初留学法国的经历为背景，都表达了诗人对现代欧洲文明的复杂情感。这对我们今天重新认识欧洲、重新思考中国与欧洲的关系，仍然不无启迪。

2

先来看看艾青对法国南部著名港口城市"马赛"的吟诵。这首诗的篇名就叫《马赛》,开头是这样写的——

如今,/无定的行程已把我抛在这/陌生的海角的边滩上了。

诗人好像不肯告诉读者,他从前有过什么经历,一上来就说"如今"。但他对"如今"的诉说,仍然提到"从前",就是即将结束于马赛的那"无定的行程"。诗人在法国的留学生活究竟怎样"无定",真是欲说还休。后来我们知道,那是多么艰辛、多么屈辱的"从前"!

接下来,诗人的目光很快转向眼前的现实,转向"无定的行程"再次将他抛来的这座天涯海角的陌生城市。这是怎样一座城市?先看它的街道——

这城市的街道/摇荡着,/货车也像醉汉一样颠扑,

街道怎么会"摇荡"?原来坑坑洼洼极不平坦的路面使行驶的车辆像醉汉一样剧烈颠簸,从坐在车上的司机或乘客看来,街道可不就是在"摇荡"吗?

如此描写马赛街道的崎岖坎坷似乎还不够,诗人又说——

不平的路/使车辆如村妇般/连咒带骂地滚过——

真是"一切景语皆情语"。诗人如此描写马赛的街道,无非想

告诉读者,这座城市多么混乱,多么缺乏理性、秩序与善意,到处是疯狂与丑恶,到处是可怕的陷阱:

> 在路边 / 无数商铺的前面, / 潜伏着 / 期待着 / 看不见的计谋, / 和看不见的欺瞒——

因此,是道路的颠簸不平跟人心的黑暗与险恶共同造成生活的坎坷崎岖。既然如此,怎么还有那么多人涌向城市?诗人这样解释——

> 他们的眼都一致地 / 观望他们的前面 /——如海洋上夜里的船只 / 朝向灯塔所指示的路, / 像有着生活之幸福的火焰 / 在茫茫的远处向他们招手

原来,这充满计谋、欺瞒、丑恶和动荡的城市,竟是现代人的希望所在。他们只能飞蛾扑火般扑向这命定的归宿。过去三年,诗人就生活在这样的城市,生活在这些扑向城市的可悲的人们中间,心境自然不会太好——

> 在你这陌生的城市里, / 我的快乐和悲哀, / 都同样地感到单调而又孤独! / 像唯一的骆驼, / 在无限风飘的沙漠中, / 寂寞地寂寞地跨过—— / 街头群众的欢腾的呼嚷, / 也像飓风所煽起的砂石, / 向我这不安的心头, / 不可抗地飞来——

诗人怀揣一颗"单调"、"孤独"又"不安"的心,生活在陌生的城市里,举目望去,似乎一切都改变了形状,都包含了特殊的意味——

午时的太阳,/ 是中了酒毒的眼,/ 放射着混沌的愤怒 / 和混沌的悲哀——
……
烟囱!/ 你这为资本所奸淫了的女子!/ 头顶上 / 忧郁的流散着 / 弃妇之披发般的黑色的煤烟——
……
海岸的码头上,/ 堆货栈 / 和转运公司 / 和大商场的广告,/ 强硬地屹立着,/ 像林间的盗 / 等待着及时而来的财物。

《马赛》这首诗,从街道的坎坷崎岖写起,依次写到街上各种车辆的颠簸,街两旁各种商店的欺诈,再写到人们如飞蛾扑火般涌向城市,写到城市特有的景观,如烟囱、码头、堆货栈、大商场广告。这一切都面目狰狞,像森林里杀人越货的强盗。最后,诗人的目光停留在那即将载着他从马赛离开法国、回归故乡的"大邮轮":

这大邮轮啊 / 世界上最堂皇的绑匪!/ 几年前 / 我在它的肚子里 / 就当一条米虫般带到此地来时,/ 已看到了 / 它的大肚子的可怕的容量。/ 它的鼙鼟的鲸吞 / 能使东方的丰饶的土地 / 遭难得 / 比经了蝗虫的打击和旱灾 / 还要广大,深邃而不可救援!/ 半个世纪以来 / 已使得几个民族在它们的史页上 / 涂满了污血和耻辱的泪——/ 而我——/ 这败颓的

>　少年啊，/ 就是这些民族当中 / 几万万里的一员！

近代以来，西方对中国和东方的征服、压榨和掠夺，被诗人压缩在"大邮轮"这一现代化交通工具的独特意象中。在这以前，似乎还没有哪个诗人如此敏锐地写出漂泊异国的中国的"败颓的少年"的心声。

但是，这少年与饕餮般鲸吞一切的西方"大邮轮"的故事还没有结束——

>　今天 / 大邮轮将又把我 / 重新以无关心的手势，/ 抛到它的肚子里，/ 像另外的 / 成百成千的旅行者们一样。

三年前将诗人从中国运来法国的是这大邮轮，如今将他从法国运回中国的还是这大邮轮。运"我"来时，大邮轮只当"我"是一条微不足道的"米虫"；运"我"回去，大邮轮又把"我"随意抛进它的大肚子里。在大邮轮面前，"我"的生命毫无价值。

写到这里，诗人终于大声吼出他对马赛的复杂情感——

>　马赛！/ 当我临走时 / 我高呼着你的名字！/ 而且我 / 以深深了解你的罪恶和秘密的眼，/ 依恋地 / 不忍舍去地看着你
>　……
>　马赛啊 / 你这盗匪的故乡 / 可怕的城市！

艾青在巴黎，因极度贫穷，实际上无法正规地学习绘画，三年

不到，便不得不铩羽而归。马赛是他1929年春登陆法国的第一座城市，也是1932年春告别法国的最后一站。他透过马赛对法国社会的描写，像一幅幅凌乱而粗粝的后期印象派绘画，充满了爱与恨、光荣与屈辱、决绝与眷恋的纠葛。

3

巴黎又怎样呢？

和《马赛》一样，诗人在1930年代初的中国的监狱里回忆他在巴黎的生活，焦点也并非来到这座城市的起初的欣喜，而是临别时的百感交集。《巴黎》的情绪比《马赛》更加激越。与其说诗人从方方面面描绘客观存在的巴黎，不如说他是从各个角度描写自己心目中的巴黎。

一会儿，他将巴黎比作"患了歇斯底里的美丽的妓女！"，让无数人神魂颠倒。一会儿，他又像描写马赛那样，依次描写巴黎街头的各色人等、城市的各种设施，比如鳞次栉比的建筑物、高耸的纪念碑尖顶、金光灿灿的铜像、大商铺和拍卖场、车水马龙的道路、电车与"地道车"（巴黎1900年就有地铁），他说："轮子＋轮子＋轮子是跳动的读点／汽笛＋汽笛＋汽笛是惊叹号！"这一切凑合成"无限长的美文"，显示巴黎"最怪异的'个性'"。巴黎的"个性"何在？诗人一言以蔽之："你是怪诞的，巴黎！"

然而，一旦从眼前的光怪陆离转向巴黎伟大的革命历史，诗人又止不住发出由衷的赞美：

巴黎／你是健强的！／你火焰冲天所发出的磁力／吸引

了全世界上／各个国度的各个种族的人们，／怀着冒险的心理／奔向你／去爱你吻你／或者恨你到透骨！

　　……

　　巴黎，你这珍贵的创造啊／直叫人勇于生活／像勇于死亡一样的鲁莽！

"怪诞"的巴黎，又是"健强"的，它火光冲天，热力四射，激发人们对它产生极度的爱与恨，要么勇敢地去生活，要么勇敢地接受死亡。而这样的歌颂往前一步，又变成刻骨的咒诅——

　　啊，巴黎！／为了你的嫣然一笑／已使得多少人们／抛弃了／深深的爱着的他们的家园，／迷失在你的暧昧的青睐里，／几十万人／都花尽了他们的精力／流干了劳动的汗，／去祈求你／能给他们些许的爱怜！／但是／你——庞大的都会啊／却是这样的一个／铁石心肠的生物！／我们终于／以痛苦，失败的沮丧／而益增强了／你放射的光彩／你的骄傲！／而你／却抛弃众人在悲恸里，／像废物一般的／毫不惋惜！／巴黎，我恨你像爱你似的坚强

诗人就是这样一遍又一遍歌颂赞美巴黎，又一遍又一遍诅咒叱骂巴黎。他甚至想象自己有朝一日卷土重来，要攻克、征服和肆意蹂躏这座怪诞的城市——

　　那时啊／我们将是攻打你的先锋，／当攻克了你时／我们将要／娱乐你／拥抱着你／要你在我们的臂上／癫笑歌唱！

中国文学史上，我们大概也找不出第二个诗人，曾经向现代文明的心脏巴黎倾泻过如此对立、如此分裂而又如此暴烈的复杂情感。

◆ 4 ◆

然而艾青也有无限柔情献给巴黎，献给法兰西，献给"欧罗巴"。《芦笛》一开篇就充满感恩地诉说——

> 我从彩色的欧罗巴／带回了一支芦笛，／同着它，／我曾在大西洋边／像在自己家里般走着

本来在欧洲感觉无家可归的诗人，因为这支芦笛，就好像回到自己的家。这支芦笛并非实有之物，而是法国诗人阿波利纳尔的一个典故。在监狱里的艾青正在阅读阿波利纳尔的一本诗集，叫《酒精》，其中有两行诗句被艾青借来做了《芦笛》的"题记"："当年我有一支芦笛／拿法国大元帅的节杖我也不换。"

"芦笛"，你可以理解为诗歌，也可以理解为欧洲文学所显示的现代文明，而"法国大元帅的节杖"则是法国诗人阿波利纳尔所唾弃的欧洲的世俗权威，也是羁押狱中的艾青所傲视的中国的世俗权威。凭着这支芦笛，诗人过去曾在大西洋边的欧罗巴"像在自己家里般走着"；也是凭着这支芦笛，如今身陷囹圄的诗人照样傲视和唾弃那些扬扬得意的统治者。这神奇的芦笛不是别的，乃是文明的欧罗巴给予他的宝贵馈赠，所以"我想起那支芦笛啊，／它是我对于欧罗巴的最真挚的回忆"。

对不同的巴黎、不同的法兰西和不同的欧罗巴，诗人怀抱着不

同的情感：

> 谁不应该朝向那／白里安和俾斯麦的版图／吐上轻蔑的唾液呢——／那在眼角里充溢着贪婪，／卑污的盗贼的欧罗巴！／但是，／我耽爱着你的欧罗巴啊，／波特莱尔和兰布的欧罗巴。

诗人心目中的两个巴黎、两个法国、两个欧洲既撕裂着，又并存着。诗人向一个投去的诅咒、叱骂和唾弃，跟他向另一个所献上的羡慕、赞美与感谢，难解难分。艾青的诗，就是这样写出那个年代中国人对巴黎、对法国、对欧洲的对立而又统一的情感。

今天，越来越多的中国人去欧洲旅游、留学或移民定居。比起当年贫困的留学生艾青，今天的中国人会跑更多地方，拍更多照片，喝更多咖啡，买更多名牌，获得或失去更大的财富，得到更高的荣耀，或遭受更重的屈辱，从而对巴黎、法国和欧洲有更深刻更全面的认识。重读艾青20世纪30年代初有关马赛、巴黎和欧洲的这三首狱中诗篇，某些地方好像就是为今天而写，令我们感到异常亲切。

英国人的乡村生活

陈晓兰讲储安平《英国采风录》

/

比起其他耳熟能详的作家，储安平可能我们比较陌生，其实他在20世纪上半叶，在中国的知识分子中间有很大的影响。

储安平出生于1909年，江苏宜兴人，祖上是宜兴的望族。1928年，储安平考入上海光华大学。这所大学在1952年院系调整时取消，院系合并到其他大学，也可以说，现在华东师范大学的前身就是光华大学。

关于他在大学读的专业有三种说法：一种说法是说他读的是政治系，因为他一生对于政治都非常地关注；一说是新闻系，因为他大学毕业后就在《中央日报》副刊做编辑，20世纪40年代还创办了《观察》杂志，新中国成立后还做过《光明日报》的总编；还有一说，他读的是英国文学系，因为他的英文非常好，对于英国也很有研究，在大学时就翻译过英文著作，大学时就开始了文学创作。

不管他学的是什么专业，当时的知识分子大多没有什么狭隘的专业意识。储安平写过散文、小说、政论文章、通讯报道。

1936年，储安平随中国奥运代表团赴欧洲报道德国奥运会的情况，奥运会结束后他前往英国自费留学，在爱丁堡大学攻读历史学。从他的《英国采风录》，我们可以对他在爱丁堡的生活状况有一点了解。

他写道，自己在爱丁堡时，"虽不敢自谓中国最穷苦的留学生，但至少可以列入第一等的穷留学生名单中。"他自己烧饭、洗衣，每月食宿零用仅四英镑，合当时国币约六十五元。后来他从爱丁堡大学退学，转到伦敦大学。他大约在1938年回国，因此，在英国为期两年。20世纪40年代，他曾经在湖南蓝田国立师范学院、重庆中央政治学校教过书，1946年应聘为复旦大学教授。

关于《英国采风录》这部书，储安平在1945年4月（他当时还在蓝田国立师范学院教书）为这本书写的序言中说：这本书写作于"从长沙失守、桂林沦陷这几个月近乎逃难的生活之中"（1944年6月长沙失守，11月桂林沦陷）。在这几个月中，他及数以百计的同事，"大都将整天的精力花费在日常的饮食琐事之上，心情因局势的动荡极不安定。然而在那种混乱、困顿、几乎无所依归的生活中，有时究不能不做一点较为正常的工作，以维持一个人生活中不可缺少的生活的纪律。"这样断断续续写了十章，后来结集为《英国采风录》，由商务印书馆于1946年2月在重庆出版，1947年7月又在上海出第二版，1948年底由上海观察社出第三版。当时的影响可见一斑。

——— 2 ———

这部时断时续写于离乱时期的书，所描绘的遥远的英国社会的美好景观，与现实中国的战乱、动荡不安，形成了强烈的反差。

储安平说，这本书讲述的是：自己作为一个中国人，所知道的英国，他叙述英国的事，情不自禁地就要与自己的国家做比较。他常常思考的就是这样的两个问题：

第一，中英两国人的性格、做人做事的精神有何不同？第二，英国是一个强国，中国是一个弱国，一强一弱的道理究竟何在？在《英国采风录》中，储安平从英国的历史源流、文化传统、政治制度、气候，英国人的气质、性格、生活方式、饮食习惯等方面为这些问题寻找答案。所以说，《英国采风录》，不同于一般的游记，它不只是描绘英国美丽的自然风景和名胜古迹，而且还深入研究风景背后的政治制度、历史传统和英国的国民性。

他认为，英国人所具有的天赋特质中最重要的是其组织能力和自治能力。这在他们的谚语中可见一斑：

> 一个英国人：一个呆子。两个英国人：一场足球。三个英国人：一个不列颠帝国。

他说，在这个简单的谚语中，体现了英国人的合作精神与合作能力，英国人天生具有一种服务社会的观念和热情。他们是最务实的民族，是一个行动的民族，注重实践、注重行动的结果，经验主义和实用主义在英国最为发达。

英国在实际的改革方面，向来不追求空洞的理论，他们的政治原理也避免空想而注重实际。政治家策划大事，很少发表空洞、虚浮的言论，而是密切关注现实，做出切合实际的决策和意见。一般官吏，也总是集中于职分内的工作，很少参加华而不实的会议，发表大而无当的演说。人民对于一个官员或一个机关的期望是他实际的工作而非动人的辞令或辉煌的典礼。政府各部门也总是默默地埋头工作，一般社会及人民日常生活，也是实实在在，务实重行。

储安平认为，在中国，这种务实的精神和性格，在农民身上有很好的体现。中国的农民也非常的务实重行，脚踏实地，实事求是，重信讲义，心地纯良。

储安平特别关注英国的乡村，《英国采风录》以大量篇幅描绘英国的自然风光和普通人的乡村生活。他认为，爱好自然，爱好乡村生活，是英国人的一大特点。

在英国，"除了乡村以外，没有什么地方能够使他们满足。"乡村被英国人看作"唯一能使人享受自然生活的地方"。在工业化、城市化如火如荼的18、19世纪，英国的贵族、地主、乡绅的生活，依然大部分消磨于乡村，他们厌恶都市的喧嚣，嫌城市的空气太脏，他们有句话："一个家庭离开伦敦五十里者，可历一百年之久；离开伦敦一百里者，可历两百年之久。"

中国人也爱好自然，爱好乡村，但是，中国人论及自然生活或者自然美，立刻就会联想到"山水名胜"。要享受自然生活或自然之美，就必须出游。

英国的情形却相反，除了英国西部的威尔士和北部的苏格兰外，在英国的心脏英格兰，很少有名山大川所造成的雄伟奇险之地，英国的自然之美，就是一种普通的风景，就是一种平淡无奇的美。英国的乡村像公园，也可以说，整个英国也像一个大公园，而英国的公园又最具乡村风味。因此，可以说在当时，世界上这个最先进、最现代化的国家同时又最具乡村特色。

储安平在《英国采风录》中对于英国自然生活中最习见的草地和树木予以特别的关注，描绘整个国土被绿草覆盖、苍天大树随处可见的风光，探求形成这种国家地理景观的政治制度和思想观念。

英国潮湿的气候有益于树木的生长，更重要的是，树木受到英国人的珍视，英国人不砍伐、不糟蹋树木。最富有进取精神的英国人同时也具有保守的天性，他们尊重和保护一切古老的东西，随处可见的千年古树就是一大明证。

储安平认为："苍天大树足以抚摸一个人的心灵而养其浩然之气，使他的品格和胸怀因受大树的感召而日渐超脱。"他追溯英国人爱草、种草的传统和土地制度：古代英国人的土地耕种采用三年耕种一年休耕的制度，即把耕地分为甲、乙、丙三份，如甲地种大麦，乙地则种小麦，丙地则种青草以作牧场，如此三年一轮，使土地休养生息，保护了土地的滋长力。这种传统一直延续了下来，时至今日，英国城市近郊依然可以看到绵延不断的草地，这是英国人的公有财产，人人可去，人人可看。除了这些占全国耕地面积三分之一的草地外，英国的城市、乡村，公共建筑、私家宅院的空地，也都被大大小小的草地覆盖。而英国人的草地，也不是杂草丛生或荒芜零乱的荒野，而是经过合理规划、有专人照料，整齐有序、葱郁光润。

英国的公园也以树木和草地为主体。他比较了英国的公园和中国的传统园林。他认为，中国旧式园林的拥有者钟情于假山、盆景、水池、亭台，讲究的是曲径通幽，现代时期的公园建设依然受到中国传统园林观念的影响，空地和草地较少。因为，中国的公园是供人"游"的，而英国的公园是供人"憩"的，是一个休息的地方。人们在工作疲乏之余，或心神困顿之时，在树木森然、平坦、空旷的草地中，漫步片刻，心胸顿觉开阔。英国人重视个人隐私，他们在公园散步时也喜欢一个人独步，沉默无言，视线与心灵沉浸在自然的境界之中，英国公园的开阔平坦恰好适合独行者的漫步与沉思。

20世纪30年代英国的乡村生活又如何呢？

四通八达的交通把乡村和城市连接了起来，从城市到乡村一两个小时即可到达。在乡村，见不到泥泞坎坷的道路。通信便利，乡村无消息闭塞、文化落后之苦。自来水、煤气、卫生、教育、无线电已普及乡村，英国的乡下人可以随时听到BBC的广播，在早餐的桌子上可以读到伦敦当天的报纸，知道世界任何一个角落里发生的大事小事。牛奶、牛油、火腿、干酪、茶叶、巧克力到处都可以买到。现代化的物质设备为乡村生活提供的一切便利，使得乡村与城市并无本质的差别，而乡村除了城市所拥有的一切物质便利外，还提供清新的空气，安静的睡眠，宁静、和平的心性。

爱好自然，常常被视为英国民族性的一般特征。

丹麦学者勃兰兑斯在论及19世纪英国浪漫主义文学时说：在19世纪最初几十年的英国诗歌里，体现了这个国家的精神生活中那股强大、深刻、内涵丰富的潮流，这些潮流都可以归结到一种本源，即生气勃勃的自然主义。他说："这个时期的英国诗人全部都是大自然的观察者、爱好者和崇拜者。英国的诗之女神从远古以来就是乡间别墅和农庄的常客。伟大的诗人把诗歌献给乡村，描绘了一幅幅山川湖泊和乡村居民的图画，以最敏锐的感受能力，以最细腻的笔触描绘大自然所提供的灿烂的色彩、歌声、水果的香甜和花的芬芳。"正如德国作家歌德所说的，"自然给人以最好的教育，因为它可以使任何人感到幸福"。

离开自我,用心去游

陈晓兰讲冯骥才《远行:与异文明的初恋》

/

冯骥才是当代中国文坛非常重要、也非常特别的作家。他自20世纪80年代初访问英、美开始,三十多年间足迹遍布欧美国家,多次游历法、德、奥地利、荷兰、比利时、俄罗斯、意大利、希腊等国,随游随记,撰写游记百万字,有九部海外游记面世。估计只要他不停下远行的步履,他一定会不停歇地写下去。

《远行:与异文明的初恋》出版于2017年,由六部游记的选段构成,分别是《雾里看伦敦》,它记录了1981年10月间冯骥才出游伦敦的经历和所见所闻;另外一部是出版于2002年的《巴黎,艺术至上》;有关奥地利的部分则选自2003年出版的《萨尔茨堡,乐神的摇篮》和2010年出版的《维也纳情感》;关于俄罗斯的部分,主要选自2003年出版的《倾听俄罗斯》和2015年出版的日记体游记《俄罗斯双城记》。

这部游记选集以欧洲四个国家为主题,为我们提供了更加开阔的视野和东西欧丰富的文化信息,我们从中可以看到俄罗斯与西欧国家的不同,俄罗斯自身2003年至2013年十年间发生的变化,西欧内部国与国之间的差异和对比,这种差异不仅表现在政治制度、文化遗产、民情风俗方面,也体现在色彩和土地的耕种方式所形成的国土整体风貌上的特色。

从时间上来说,《远行:与异文明的初恋》记录了1981年至2013年期间,冯骥才周游列国的所见所闻和所思所感,以蠡测海,从中可以窥探从改革开放之初到21世纪最初十几年间,中国有幸走出国门的当代中国知识分子从开眼看世界到深刻反思中西现实和文明差异的心路历程。

冯骥才对于旅游不仅有着丰富的体验,也有着深刻的思考。

他在2010年出版的《维也纳情感》中说:游的最大快乐是遭遇不同,游的目的是发现、感知、享受不同。旅行者"突然进入一片不曾见过的全然一新的天地",遇到完全不同的"风光、面孔、文字、语言、习俗、审美、生活和思维方式","这种遭遇让你亮起眸子,竖起耳朵,敞开心怀,感觉空前的鲜活。"跨国旅游,就是在异国他乡获得全新的、截然不同的体验与知识,感受不同国家所独有的文化底蕴。做一个有文化的深度旅游者,从文化的立场、审美的角度去选择和发现异文化,体会不同国度的人民的生活,从美的入口寻找另一种文明独特的本质。与此相反,走马观花、叽叽喳喳、拍照购物,穿梭于眼花缭乱的异域风景之间,满足于视觉感官的享受,认知能力仅仅停留在眼睛所看到的景观表面,看个新鲜热闹,正是大众旅游的特点。而文化的、诗意的深度旅游,则要弄明白风景所在的国家,想一想你所看到的一切"为什么与自己不同?"进而发现风景背后的历史、政治、文化意蕴,这样才能找到进入另一种文明的入口，就像找到"打开一座城市的钥匙"。

2

冯骥才的海外游记不只描绘异国的蓝天碧海、自然名胜，而是更多将笔力倾注于欧洲大都会的历史遗迹和艺术殿堂，更倾心于古城小镇、古旧狭窄的街巷，宁静的气氛，老门牌号，被时光磨旧的雕像、艺术家和作家的故居、坟墓、纪念馆。他说，在欧洲各城镇旅游，就是在它们无比丰富的历史文化中遨游，带着文化的眼光去体验体现在风景、建筑中的历史、文化、社会和生活，也正是这种浓郁的历史风韵压住了现代物质奢华的浮躁。而且，随处可见的历史遗迹，"永远把历史竖在人们面前"，"历史被立体化，融进了现代人的精神中"。

冯骥才非常强调优秀的历史遗产的价值，他反复地絮絮叨叨地言说着尊重历史对于现在对于未来有多么地重要："历史是发生过的，它是一大宗不动产，但只有成为人们精神生活必不可少的，才能化为无穷无尽的财富。"

2003年出版的《倾听俄罗斯》，记录他第一次在俄罗斯的旅行经历。他说：

> 我从俄罗斯回来已经两个月。我仍然不能弄清此行所感受的那种奇异、错乱和美妙。历史和现实、已知和未知、自己与对方，全都碎片状的相互无序地交错在一起。我第一次经历了这样一种旅行体验：不是不断看到新的，而是常常遇到旧的。很像是重返故乡。

这种似曾相识的怀旧感,在当代中国作家的俄罗斯游记中非常普遍。一方面是 20 世纪 50 年代苏联对于中国的影响,更重要的是来自于他们所熟悉的作家、艺术家的作品。踏上俄罗斯的土地,耳边回响起曾经熟悉的乐曲,眼前浮现出作家们笔下的俄罗斯风光,探寻作家们生活过的地方,让他们激动不已。

俄罗斯之旅,也是寻访这些作家的旅程,亲眼见证作家生活的地方、作品诞生的地方。在俄罗斯,到处都保留着普希金、屠格涅夫、果戈理、托尔斯泰、契诃夫等伟大的作家的遗迹,俄罗斯历经变迁,他们依然把这些伟大的作家视为珍宝、视为大地上的灵魂。他们完好地保留着这些作家生活过的地方,他们的故居,虽然吸引了世界各地的游客,但他们并未把它们当作旅游资源,而是把它们作为自己文化的精神象征。每当作家的纪念日,在他的家乡或者他生活过的地方,人们自发地组织纪念活动,朗诵他们的作品,在墓地、在雕像前献上鲜花。

冯骥才与许多到俄罗斯旅游的人一样,特地绕道到图拉省,拜访托尔斯泰的故居——亚斯纳亚波良纳庄园。托尔斯泰曾说:"如果没有这个庄园,俄罗斯就不可能给我这种感觉,我也不可能对祖国有更清醒的认识。"托尔斯泰生在这里、葬在这里。托尔斯泰的女儿玛丽娅在父母去世后做主把庄园捐给了国家,苏联政府拨巨款将庄园建成托尔斯泰博物馆。每年有来自世界各地的数百万旅游者来到这里,亲眼见证创作过《安娜·卡列尼娜》《战争与和平》的大文豪生活、写作的地方。

◆ *3* ◆

在莫斯科,托尔斯泰居住过的老房子,他创作了《复活》的故居,也被完好地保留了下来。在彼得堡,则可以探访到作家们生活、创作、斗争、死亡的地点。莫衣卡河岸普希金简朴的故居,涅瓦大街上的普希金咖啡馆,甚至连普希金决斗的地方也按原样保留了下来。直到今天,在俄罗斯全国各地,都会在每年6月6日普希金的纪念日这一天,举行纪念普希金的活动。冯骥才在俄罗斯的奥廖尔城参加活动期间,恰逢普希金纪念日,在奥廖尔城普希金纪念馆的院子里,人们自发地组织纪念活动,缅怀他的一生,诵读他的作品。对于俄罗斯人来说,普希金是一位诗人,但不仅仅是一位诗人,"他是一种伟大的象征,他象征着热爱生活,忠于爱情,对于光明始终不渝的追求。"人们从世界各地来到俄罗斯,探寻普希金的足迹,凭吊他的墓地,因为,"人们需要这种精神、需要这种象征。"

奥廖尔这个城成为名城,也是因为诞生了屠格涅夫、蒲宁等世界知名的伟大作家。在城外的一个小村庄里,诞生了19世纪的一位大诗人——费特,也许中国人不熟悉这个诗人,因为冯骥才的介绍,我们认识了这个诗人。他在奥廖尔时正好赶上"费特节",人们聚集在埋葬着诗人的教堂周围,奏乐、演说、诵诗。在他们看来:"纪念古典的文学大师,是为了生活得更美好。我们要通过这些方式,使人们知道什么是最重要的,用什么方式生活和怎样生活。"

可以看到,伟大作家的伟大人性影响过历史,也以可见的形式给现实空间和生活打上烙印。作家自己生活过的地方乃至他们的作品中虚构的地点,变成了与其相关的地方文化的组成部分。旅行者不远万里探访这些地方,亲眼见证伟大人物的存在,已经成为旅游者重要的生命体验和知识灵感来源。

阅读冯骥才的海外游记,跟随他的脚步神游世界,对于他的非物质文化遗产保护的立场和实践也有了深切的体会。20世纪90年代中期，中国掀起了新一轮的城市改造，在城市边界不断延伸、拆旧造新的浪潮中，历史性的建筑和街区遭到大规模的改造。从那个时期开始，冯骥才投身于抢救文化遗产、保护民间文化，抵抗城市化进程中对于历史建筑和街区的毁灭性改造，他一直在为城市个性的消失深感忧虑。

他在2000年出版的《手下留情：现代都市文化的忧虑》中说："近五年来，我十分关注文化上的事。友人们以为，此乃我写作外的一种兼顾。其实不然，我于此中倾注之力，唯有自知。比方，1996年为了挽救津门老城，1997年为了抵制对原租界建筑毁灭性的冲击，1999年为了抢救毁于旦夕的估衣街，一次次组织各界人士进行考察，并大规模地拍摄文化遗存，继而编成大型图册。"

冯骥才不是把保护文化遗产、尊重历史的思想停留在纸上，而是付诸实际的行动，尽管个人的呼吁非常微弱，但是也在局部发挥着作用。阅读他的海外游记，我们时时被他问倒：在斯特拉福镇，莎翁出生的老屋、出生的登记册、去世时举行葬礼的小教堂以及他的亲友邻居的老宅，都照原样保留在原地，甚至连狄更斯等人在莎翁故居玻璃窗上的签名也完好地保留了下来。中国哪里能找到关汉卿、汤显祖？中国两千多年来产生了那么多的大诗人、大思想家，如今在哪里能看到他们的故居？

第七单元　困顿

文学应该有这样的一个作用，就是能够让一个人的内心变得健康。

很多人在现实生活中，有很多情绪是不能发泄出来的，因为感觉到发泄出来以后可能会伤害别人，也会对自己不利，所以就会把那些很不健康的情绪都压抑在自己的内心深处。

阅读文学作品，就可以借助于那些虚构的人物，借助于别人，把自己那些不健康的情绪给发泄出去。

一个人必须有时候要大笑，有时候要痛哭，这样他才能够让自己的心理变得更加健康。

——余华

心情微近中年

郜元宝讲鲁迅《在酒楼上》

这是鲁迅第二部短篇小说集《彷徨》的第二篇小说，写于 1924 年初。

那一年鲁迅四十三岁，当时已是典型的中年了，而这篇小说整个也确实弥漫着一股中年人才有的彷徨、失落、苦闷、消沉。但这也并非一般所谓中年心态，它带着鲁迅的强烈个性，不止是彷徨、失落、苦闷、消沉，也有对这一切深深的不满，因此始终又透出挣扎和反抗的意味。

这种心态在中年人那里很常见，但也不限于中年，具有某种人类的普遍性。或许，中年处在承先启后的人生阶段，中年人的处境和人生况味，本身就具有某种人类的普遍性吧？

《在酒楼上》可以分四段来欣赏。第一段写第一人称叙述者"我"，从北方旅行到东南部的故乡，住在离故乡三十里的 S 城一个小旅馆里。"我"曾在这 S 城教过一年书，但这次旧地重游，旧日的同事竟然全都离开,连学校的名称和模样也变了,因此很快,"我"就"颇悔此来为多事了"。

但怀旧的冲动并未立即消失。"我"不死心,又想起过去熟悉的一家名叫"一石居"的小酒楼,于是就冒着南方特有的微雪天气,特意跑去一看,不料又大失所望,"从掌柜以至堂倌却已没有一个熟人,我在这一石居中也完全成了生客"。没办法,只好将计就计,在这酒楼坐下来,叫了几碟小菜,姑且独自喝上几杯。

不料从这楼上往下眺望,竟看见在荒废的小花园里,还有几株傲雪的蜡梅,"毫不以深冬为意";又有一棵山茶树开着红花,"赫赫的在雪中明得如火,愤怒而且傲慢,如蔑视游人的甘心于远行"。此情此景,独自喝酒的"我"益感寂寥,而且进一步想,无论北方的干雪如何纷飞,南方的柔雪怎样依恋,"于我都没有什么关系了"。

这是《在酒楼上》的第一段,它既是小说,又如诗歌和散文,语言极其潇洒,所传达的却是痛苦的双重局外人的心态:在北国"我"是一个游子,漂泊无根,现在又"独在故乡为异客"。不管在哪里,"我"都是疏离周围环境的局外人。生活还在进行,但那是"我"无法进入的别人的生活。"我"被抛在生活外面,成为一个游离者和旁观者了。

第二段,写"我"正品味着孤独寂寥,忽然来了一个特殊的酒客,就是旧日同窗,也是做教员时的旧同事,名叫吕纬甫。旧友相逢,寒暄过后,便添酒加菜,畅饮一番。"我"在寒暄、畅饮的同时留心观察吕纬甫,发现他行动格外迂缓,没有当年"敏捷精悍"了,但仔细一看,那失了精彩的眼睛里偶尔还会露出青年时代所曾有的"射人的光彩"。

这个描写很有意思。如果吕纬甫只是一味颓唐、消沉,也就不会牢骚满腹了，恐怕连跟"我"谈心说话的兴趣都没有。正因为他既颓唐、消沉，又心有不甘，这才是消沉与激昂、颓唐与愤懑相互交织的复杂的中年心态。

2

以上第一、第二两段只是开头，第三段才是小说的主干，但这第三段几乎是吕纬甫一个人说话。吕纬甫滔滔不绝，跟"我"讲了他此番回乡所干的两件事。原来吕纬甫和"我"一样也离开故乡，到处漂泊。他这次回乡，一是奉母亲之命，给死去多年的小弟弟"迁坟"，第二也是奉母亲之命，给过去的邻居、船工长富的女儿阿顺特意送去当地买不到的两朵红色的剪绒花，因为他母亲记得，阿顺姑娘很喜欢这种绒花。

许多读者看《在酒楼上》，都很奇怪，鲁迅为何不顾小说叙述上的忌讳，让人物那样长篇大论，自说自话。何况吕纬甫给弟弟"迁坟"，给邻居女儿送剪绒花，这两件事似乎也并无什么深意，值得大写特写吗？

鲁迅这样写，其实很巧妙，也很微妙。

确实，这两件事本身并无多大意思，但我们要注意吕纬甫做这两件事时的那种心态。按周作人的说法，给弟弟"迁坟"，送邻居女儿剪绒花，这在鲁迅都是真实经历，所以说《在酒楼上》是鲁迅的一篇自传性小说。问题是鲁迅通过小说人物吕纬甫写这两段亲身经历，重点不在这两件事，而是通过这两件事，写出吕纬甫那种模模糊糊、敷敷衍衍、凡事无可无不可的颓唐消沉的心境。

一个人，对别的事模模糊糊、敷敷衍衍、无可无不可，倒并不奇怪，奇怪的是像吕纬甫这样反复强调，无论给弟弟迁坟还是给阿顺送花，他都不仅仅是满足母亲的心愿，也是他自己愿意，甚至乐意的。他深爱着弟弟，对那个"眼睛非常大，睫毛也很长，眼白又青得如夜的晴天"的阿顺姑娘，也有过朦胧的爱意，曾经真诚地"祝她一生幸福，愿世界为她变好"，可就在做这两件事的全过程，他的心情始终矛盾着，时而认真，时而马虎，时而很热切，时而很冷漠，时而很充实，时而又感到极其空虚。用他自己的话说就是，"无非做了些无聊的事情，等于什么也没有做"。仿佛他做这两件事，完全是为了哄母亲开心，跟自己毫不相干。

吕纬甫之所以这样古怪，这样矛盾，也情有可原。首先当他掘开弟弟的坟墓，发现已经什么也没有了，却仍然不得不照章办事，煞有其事地包了一抔黄土，算是弟弟的骨殖，移到父亲坟墓旁边去安葬。这对母亲是个安慰，但自己亲手办理，就觉得毫无意义。认认真真做着毫无意义的事，如果只是给弟弟迁坟倒也罢了。问题是他由此想到了自己的一生，似乎都是这样子认认真真做着事实证明毫无意义的一些事，这就不免悲从中来。

尤其他拿着红色的剪绒花找阿顺姑娘，进门才知道，阿顺已经非常委屈地病死了，他的一腔柔情落空，更是觉得遭到了极大的讽刺，那种认认真真煞有介事做着无意义之事的感觉又被强化。所以讲完这两件事之后，吕纬甫很诚恳地问"我"："你看我们那时预想的事可有一件如意？"给弟弟迁坟，给阿顺姑娘送花，这两件事只是他所有的失败的一个小小的代表，问题是他由此扩张开去，想到了人生整个的失败、整个的失意！

吕纬甫当然不是一开始就这样失败、颓废、消沉。叙事者"我"就可以为他做证：他年轻时曾经"连日议论些改革中国的方法以至于打起来"。如此热血青年,而今成了颓唐消沉的中年人,其间肯定经历太多的失败,最后才成为今日的吕纬甫。只不过小说仅仅选取了老友相逢的几个小时而已,更多的故事如藏在水下的冰山。

吕纬甫总结自己一生的失败,有个核心比喻。

他是这么说的:

> 我在少年时,看见蜂子或蝇子停在一个地方,给什么来一吓,即刻飞去了。但是飞了一个小圈子,便又回来停在原地点,便以为这实在可笑,也可怜。可不料现在我自己也飞回来了,不过绕了一点小圈子。

这也是中年人常有的经验:似乎做了许多事,一转眼又好像什么都没做。不知怎么就不再年轻,不知怎么就突然人到中年,而且很快就要进入老年。好像跑了许多路,最后发现这都是徒然,人生真正的问题几乎一个也没解决,这就好像蜜蜂或苍蝇,绕了一个小圈子,最终还是回到原处,一切归零。

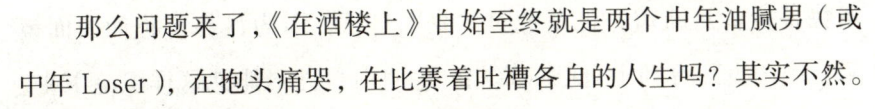

---— 3 —---

那么问题来了,《在酒楼上》自始至终就是两个中年油腻男(或中年 Loser),在抱头痛哭,在比赛着吐槽各自的人生吗?其实不然。这就要说到小说的结尾,也就是第四段。

第四段写"我"听了吕纬甫的长篇大论,并没有跟吕纬甫一样大倒苦水,甚至都没有附和几句,而是很严肃地问吕纬甫:"那么,你以后豫备怎么办呢?"这个很现实、很有挑战的问题,就和全篇阴郁低沉的气息大不一样，似乎撕开一道缺口，吹进来清新凉爽的空气！

吕纬甫的回答还是很消沉，"我现在什么也不知道，连明天怎样也不知道，连后一分——"但作者没让吕纬甫把话说完，"我"也没再接着说什么，只是帮吕纬甫买了单，然后一同走出酒店，就在门口分手，各自朝着相反的方向走去了。

这结尾很有意思。两个离乡的游子在故乡重逢，谈得热火朝天，却戛然而止、痛快分手了，似乎很突兀，其实也很自然。

当吕纬甫滔滔不绝吐槽时代、吐槽社会、吐槽人生时，在一边静静当听众的"我"肯定从吕纬甫身上悲哀地看到了自己。"我"的情况并不比吕纬甫好多少，但"我"比吕纬甫多了一份对自我的省察，"我"知道光吐槽没用，光沉溺于一己的悲欢也没用，重要的是"以后豫备怎么办"。

人可以无聊，可以寂寞，可以悲哀，甚至可以享受自己的无聊，欣赏自己的寂寞，怜爱自己的悲哀，但生命不能就这样无声无息地走向终点，生命不能被无聊、寂寞和悲哀压垮，生命应该有它更加美好的明天。

或许正是基于这一点，所以"我"一见吕纬甫，几乎本能地"很以为奇，接着便有些悲伤，而且有些不快了"。这稀奇、悲伤和不快是针对吕纬甫，也是针对"我"自己，因为吕纬甫犹如一面镜子，让"我"看到了自己的真相，也明白自己不能就这样沉沦下去，必须有所挣扎，有所奋斗。不同于吕纬甫，"我"是一个尚未放弃，可能也尚未完全失败的失意之人。"我"想冲出这消沉的陷阱，给自己争取一片新天地。所以"我"走向下榻的旅馆，走在扑面而来的寒风飘雪之中，反而觉得很"爽快"，就像小说开始，"我"看到几株斗雪开放的蜡梅,"毫不以深冬为意",而山茶树的红花,"赫赫的在雪中明得如火,愤怒而傲慢"!

所以说,《在酒楼上》固然写了中年心态,但仍然显示了鲁迅的强烈个性。它不完全是落寞、空虚、寂寥、颓唐,还有不肯服输的对于命运的抗争、对于未来的希冀。如果说这也是一种中年心态,那它应该是虽然失望但并未绝望、虽然跌倒但还可以再次站立、虽然受过伤却基本健康的中年心态吧?

我们读《在酒楼上》,最要紧的就是要始终把握住作者通过第一人称"我"传达出来的这样一种荃本心态或者说主导的情绪。

"孤独"是怎样炼成的（上）

郜元宝讲鲁迅《孤独者》

◇ 1 ◇

鲁迅的《孤独者》是一篇专门描写知识分子性格与命运的小说。

小说主人公魏连殳的故事很简单，他正是鲁迅所谓"从小康人家而坠入困顿的"。魏家先前境况不错，但魏连殳父母死后，只剩下他跟很早就守寡的老祖母相依为命，后来甚至只能靠祖母做针线活来维持生计。

在祖母操持下（大概总还有一点家底吧），魏连殳进了洋学堂，毕业后在离家一百多里的S城中学当历史教员，因为平时爱写文章，"发些没有顾忌的议论"，触犯了S城的人，被校长辞退，丢掉饭碗。穷困潦倒、走投无路之际，他只好放弃原则，做了军阀杜师长的顾问。

从世俗眼光看，他获得了再度风光。但在他自己，这毕竟是违心之举，必须整天做不愿做的事，跟心里不喜欢的各色人等虚与委蛇，还要不断忍受内心的谴责。这就造成极大的精神痛苦，因此很快就生病去世了。

正如小说题目所示，魏连殳的痛苦，主要就是"孤独"。这具体表现在几个方面。

首先，是魏连殳跟"故乡"的关系。他的故乡"寒石山"是封闭落后的山村。小说的时间背景是20世纪20年代，"寒石山却连小学也没有"，"全山村中，只有连殳是出外游学的学生。所以从村人看来，他确是一个异类"。所谓"异类"，意思是说魏连殳属于"'吃洋教'的'新党'"，这是用来骂那些不参加科举考试而去"学洋务"的人，大家认为这些都"是一种走投无路的人，只得将灵魂卖给鬼子，要加倍的奚落而且排斥的"。

在辛亥革命前，阿Q骂他们"假洋鬼子"，"也叫作'里通外国的人'"，一向"深恶而痛绝之"。在《祝福》中，鲁四老爷对这样的"新党"，哪怕是本家侄儿，也要当面指桑骂槐地加以斥责，所谓"一见面是寒暄，寒暄之后说我'胖了'，说我'胖了'之后即大骂其新党"。这也就是"寒石山"村民对魏连殳的态度。但他们又"妒羡"魏连殳，"说他挣得许多钱"，就像《故乡》中豆腐西施编派"我""有三房姨太太；出门便是八抬大轿，还说不阔？"

从小说开头这段似乎不经意的叙述可以看出，魏连殳和"寒石山"村民差不多已经势不两立、不共戴天了。

小说接着写魏连殳从S城回家，给老祖母办丧事。本家亲戚们抬出一大堆旧规矩，逼他就范。他们原以为魏连殳既是"'吃洋教'的'新党'"，肯定不从，"两面的争斗，大约总是要开始的，或者还会酿成一种出人意料的奇观"。不料连殳只冷冷地说了四个字："都可以的"，一切照办了。这就令主事的和围观者们大感意外。

一般认为，这个细节是说新派人物魏连殳并不像"寒石山"村民想象的那样，完全抛弃了旧的文化习俗。旧文化旧习俗许多内容，新文化都能包容。说新文化不认祖宗成法,那是对新文化的污名化和妖魔化。

这样解释也有道理,但小说重心并不在此。作者通过这个细节,其实是想表现魏连殳在精神上与"故乡"的隔膜与对立。相依为命的祖母一旦过世,他跟"故乡"唯一的精神纽带更是彻底断绝。他的肉身虽回到"故乡",精神上却是一个局外人,无可无不可,随人摆布也无所谓。祖母死后,魏连殳跟"故乡"再无实质性联系,一次也没有回去过。当堂兄为了霸占他的旧宅,假惺惺地要把侄儿过继给他时,他避之唯恐不及,甚至觉得这一大一小"都不像人!"

所有这些,都可以看出他对"故乡"的决绝态度。祖母一死,魏连殳终于彻底告别了对他极不友善的"故乡",成了一个精神上没有"故乡"的人。这是造成他"孤独"的第一个原因,也是他的"孤独"的第一种表现,即不再有精神上的"故乡",不会像《故乡》中的"我",不时地想起"我的美丽的故乡"。

2

失去精神上的"故乡"的这种孤独,并非魏连殳一人所有,乃是现代中国知识分子普遍的状态。《故乡》中的"我"最终也失去了原本常存于心中的"美丽的故乡"。但魏连殳的"孤独"还有一项特殊内容,那就是他对唯一的亲人老祖母既深深依恋又始终感到隔膜的矛盾心理。

魏连殳很早就父母双亡。父亲去世后,本家亲戚们合伙抢夺他的房产,还逼小小年纪的他在字据上画押,弄得他大哭不止。所以,魏连殳自幼就是被家庭和家族抛弃的孤儿。他跟唯一的亲人老祖母相依为命,其情形很像由蜀汉入西晋的李密在《陈情表》中所描述的,"臣无祖母,无以至今日。祖母无臣,无以终余年。"

但两相比较,你就可以看出,魏连殳更惨。李密后来毕竟成家立业,儿女成行,魏连殳则终身未娶,当然更无子息,真正是李密所谓"茕茕孑立,形影相吊"。

再说李密的祖母是亲生的,魏连殳的祖母却是祖父的续弦,父亲的继母。李密只提到他的祖母年迈多病,没说精神上有什么问题。魏连殳的祖母却因为不是祖父的原配,又未生养一男半女,而且很早守寡,所以她在魏家的地位极其尴尬,差不多等于一个用人。她活在魏家唯一的理由,就是把并非亲生的小孙子拉扯成人。

这种生活养成了祖母极端沉默而孤僻的性格,时刻提防着周围一切人,不肯多说一句话,"终日终年的做针线,机器似的"。她当然爱魏连殳这个从小一手带大的孙子,却不知道如何表达她的爱,"无论我怎样高兴地在她面前玩笑,叫她,也不能引她欢笑,常使我觉得冷冷地,和别人的祖母们有些不同"。魏连殳也爱祖母,却总觉得缺乏交流,彼此有一种说不出来的隔膜。他固然一领薪水就立即寄给祖母,"一日也不拖延",但祖孙二人还是有一道无法逾越的鸿沟。实际上,魏连殳"从略知世事起,就的确逐渐和她疏远起来了"。

小说中的"我"批评魏连殳,不应该"亲手造了独头茧,将自己裹在里面"。魏连殳并不否认这一点。但他说,躲在"独头茧"里不跟人交流的,并非他一个。祖母一辈子就是"亲手造成孤独,又放在嘴里去咀嚼的人"。祖母首先就是不折不扣的"孤独者"。唯一的亲人尚且如此,由这样的亲人一手拉扯大的魏连殳,怎能不也是一个"孤独者"呢?

换言之，魏连殳最早竟是从他这位并无血缘关系的祖母身上感染了人生在世那种深深的"孤独"。用他自己的话说，"我虽然没有分得她的血液，却也许会继承她的运命"。这就不奇怪，小说为何要浓墨重彩地描写，在祖母大殓快要结束时，当着本家亲戚们的面始终不肯掉一滴泪的魏连殳，竟会突然号啕大哭——

> 忽然，他流下泪来了，接着就失声，立刻又变成长嚎，像一匹受伤的狼，当深夜在旷野中嗥叫，惨伤里夹杂着愤怒和悲哀。这模样，是老例上所没有的，先前也未曾豫防到，大家都手足无措了，迟疑了一会，就有几个人上前去劝止他，愈去愈多，终于挤成一大堆。但他却只是兀坐着号咷，铁塔似的动也不动。大家又只得无趣地散开；他哭着，哭着，约有半点钟，这才突然停了下来……

对于这次看似反常的痛哭流涕，魏连殳自己的解释是："我早已豫先一起哭过了。"意思是说，既然老祖母跟他一样都是"孤独者"，那他就不妨在哭老祖母时，顺便也为自己将来同样孤独的死"豫先"哭一场，反正到他死的时候，不会有谁再来为他而哭了。

魏连殳和老祖母，是精神上有"遗传"关系的两代"孤独者"。鲁迅这样描写祖孙二人的关系，跟李密《陈情表》有很大的不同。可以说，鲁迅对孤独者的痛苦的描写，远远超过了李密。

这就是现代文学的魅力所在。谁说现代文学就一定不如古代文学呢？

"孤独"是怎样炼成的（下）

郜元宝讲鲁迅《孤独者》

    失去精神上的"故乡"，跟唯一的亲人又有说不出的隔膜和疏远，这是造成魏连殳一生"孤独"的心理基础。而将魏连殳的"孤独"进一步加以强化的，则是他后来在社会上的遭遇。具体来说，就是魏连殳在小说描写的那个 S 城的生活，最后将魏连殳的"孤独"推向了极致。

    鲁迅小说和杂文中，经常出现"S 城"。大家知道，这是以鲁迅故乡绍兴拼音的首字母来取名的，但鲁迅就是不肯点明"S 城"是绍兴。在杂文《论照相之类》中，鲁迅还故意说，"所谓 S 城者，我不说他的真名字，何以不说之故，也不说。"其实，"不说"的理由，鲁迅在别处还是有解释的，就是他不想把文学作品写得太"专化"，而想让读者可以"活用"（《答〈戏〉周刊编者信》）。

    "S 城"的原型或许是绍兴，可一旦写进杂文和小说，就具有某种普遍意义，不再局限于真实生活中的绍兴这一个地方了。小说《孤独者》是想将魏连殳工作的S城写成当时中国社会一个缩影的。

如前所述,魏连殳并不满足于仅仅在S城中学担任历史教员,他经常写文章,"发些关于社会和历史的议论"。魏连殳的议论跟他平时说话一样,"往往颇奇警",即独特而深刻,而且"没有顾忌",比如"常常说家庭应该破坏"。这就容易触犯众怒,被视为"异类",陷入孤独。为什么?因为"S城人最不愿意有人发些没有顾忌的议论,一有,一定要暗暗地来盯他,这是向来如此的"。所以,魏连殳是满腔热忱,关心社会,却不被社会理解,以至于到处碰壁。魏连殳在S城的坎坷命运,就是这样被注定了的。

魏连殳当然知道这些,他有时也掩盖一下自己的热心。但江山易改,本性难移,经常又忍不住流露出来,所以他"对人总是爱理不理的,却喜欢管别人的闲事"。这种忽冷忽热的古怪脾气,令不熟悉他的人望而生畏;而他一旦被人摸清了底细,又很容易上当受骗。

比如魏连殳的那班似乎很能谈得来的青年朋友,就都是摸清了魏连殳的底细,摸透了魏连殳的脾气,跑到他这里来混吃混喝的。这些年轻人也算是受到"五四"新文化的熏陶,身上不免都带有一些新文化的气息。比如他们因为读过郁达夫的小说《沉沦》,就自命为"不幸的青年"或"零余者",喜欢"螃蟹一般懒散而骄傲地堆在大椅子上,一面唉声叹气,一面皱着眉头吸烟"。

鲁迅这样写,当然不是嘲笑郁达夫和他的小说集《沉沦》。《沉沦》1921年出版,1922年鲁迅二弟周作人就发表了评论文章,驳斥了社会上对《沉沦》的攻击,高度肯定《沉沦》的成就。文章出自周作人之手,某种意义上也代表了鲁迅的意见。《孤独者》写于1925年10月,鲁迅1923年2月就在北京家中与郁达夫见了面,两人从此一直保持亲密的关系。小说《孤独者》这样提到《沉沦》，主要是看不惯用《沉沦》做幌子装模作样的文艺青年，他们只是感受到新文化的一点皮毛，对魏连殳这样的新文化第一代倡导者和实践者，并无真正的理解和同情。即便如此，魏连殳对这些青年人还是十分喜爱，一直待若上宾，从来不觉得厌烦。

然而等到魏连殳被中学辞退，一向不注意积蓄的他生活窘迫起来之后，昔日那些围着他打转的"忧郁慷慨的青年，怀才不遇的奇士"，顿时跑得无影无踪。魏连殳过去总是高朋满座的客厅，后来就变成没有人光顾的"冬天的公园"了。

这是写魏连殳在"新青年"中感到的"孤独"。

小说还花了不少笔墨，写魏连殳虽然自己没孩子，却非常喜欢房东家"四个男女孩子"。在叙述者"我"看来，这些孩子"大的八九岁，小的四五岁，手脸和衣服都很脏，而且丑的可以"。不仅如此，他们还"总是互相争吵，打翻碗碟，硬讨点心，乱得人头昏。但魏连殳一见他们，却再也不像平时那样的冷冷的了，看的比自己的性命还宝贵"。只要有他们在，魏连殳的眼睛里就"即刻发出欢喜的光来"。

他还耐心地开导对孩子的天性有所怀疑的"我"，说"孩子总是好的。他们全是天真"，"大人的坏脾气，在孩子们是没有的。后来的坏，如你平日所攻击的坏，那是环境教坏的。原来却并不坏，天真……我以为中国的可以希望，只在这一点"。可见这不仅仅是"救救孩子"的思想，也是魏连殳热爱中国、希望它好起来的一份真挚的情感。因为"我"不肯被他说服，继续怀疑孩子的天性，魏连殳甚至"气忿"了，三个多月不再理"我"。

结果可想而知，给他造成伤害、带来失望的，往往就是他所敬重的青年和他所宝贝的孩子。离开这些青年和孩子，他只能又躲进那可怕的"独头茧"里去了。

2

当然最令他痛苦，令他彻底陷入孤独和自我封闭的，还是他最后因生活所逼，放弃原则，向社会屈服，做了军阀杜师长的顾问。用他自己的话说，"我已经真的失败了，——然而我胜利了"。"胜利"是从世俗角度说的，"失败"是对照自己一直坚持的做人准则说的。这种矛盾和痛苦，他无人可以诉说，因为每天与之周旋的只是那些"新的宾客，新的馈赠，新的颂扬，新的钻营，新的磕头和打拱，新的打牌和猜拳，新的冷眼和恶心，新的失眠和吐血……"他在这样的热闹中倍感孤独，千言万语，只能闷在肚子里，一个人慢慢消化。

魏连殳在给"我"的信中还提到一个神秘的人。他说："愿意我活几天的，自己就活不下去。这人已被敌人诱杀了。"这个人是谁？小说一笔带过，此外没有任何交代。

也许，这就是魏连殳的祖母。但小说明明写道，魏连殳祖母是得了痢疾而老死的，而且"享寿也不小了"，谈不上"活不下去"，更谈不上什么"被敌人诱杀了"。

也许，这是魏连殳未出场的异性爱人，魏连殳就为了她而终生未娶。

也许，是号称要给魏连殳找工作却一直没有结果的"我"。在魏连殳看来，"我"出于同情，愿他多活几天，但他怀疑"我"和他"究竟不是一路的"，"我"迟早也会跟这个社会同流合污，这在他眼里也就等于死了，是被"无主名的暗杀团"谋杀的：正如他自己一样。

但这些都是推测。

这个神秘的人是谁不重要，我们知道他或她是魏连殳唯一挂念的人就够了。这人一"死"，魏连殳就觉得可以不必再为理想而活了。从今往后，他活着不是为了所爱，倒是为了所憎，"偏要为不愿我活下去的人们而活下去"。

联系鲁迅自己在《坟·题记》中类似的表述，魏连殳这句话的意思并不难理解——

> 我的可恶有时自己也觉得，即如我的戒酒，吃鱼肝油，以望延长我的生命，倒不尽是为了我的爱人，大大半乃是为了我的敌人，——给他们说得体面一点，就是敌人罢——要在他的好世界上多留一些缺陷。

魏连殳活到这个份上，当然不是他所愿意的。他做杜师长顾问，也并没有跟他们沆瀣一气，为非作歹，但他那忽冷忽热的脾气确实更加古怪了。古怪的魏连殳不会伤害别人，更不会像鲁迅翻译的俄国作家阿尔志跋绥夫笔下的"工人绥惠略夫"，因为爱人，结果却变成憎恶一切人，疯狂地报复全社会。魏连殳没有变成向一切人开枪扫射的"工人绥惠略夫"，他只是在孤独的煎熬中，暗暗地伤害他自己。

鲁迅在杂文《忆韦素园君》中说，"认真会是人的致命伤的么？至少，在那时以至现在，可以是的。一认真，便容易趋于激烈，发扬则送掉自己的命，沉静着，又啮碎了自己的心。"魏连殳的死，就是一个"认真"的"孤独者"慢慢"啮碎了自己的心"的结果。

3

鲁迅是中国现代小说之父，他率先用现代白话文创作了一大批取材于现实生活的小说，开创了中国现代小说两大传统，即乡土小说和知识分子小说。

鲁迅之后，乡土小说一直很发达。写知识分子的小说也有不少，但影响力相对就小多了。鲁迅乡土小说的影响力，就远远超过他描写新派知识分子的小说。知道阿Q、祥林嫂的读者，肯定超过知道涓生、子君的读者。

这是因为农民形象比较大众，知识分子形象比较小众，所以表面看来，农民形象的数量与质量都超过知识分子，其实不然。知识分子作家能把农民写得丰满逼真，难道写自己偏偏就不行了？当然不会。只要稍稍研究一下鲁迅笔下魏连殳这个人物的性格、心理和命运轨迹，我们就可以晓得，现当代作家塑造知识分子形象所达到的思想艺术的高度，决不能被低估。

因此，我们透过小说来认识现代中国，就不能只看大众化的农民形象，也要看小众化的知识分子形象。大众化的农民形象固然含义深广，但小众化的知识分子形象若写得好，透过他们，我们也能解开现代中国一些重要的精神密码。

"狂人"的惧怕和焦虑来自哪里
陈晓兰讲鲁迅《狂人日记》

1

《狂人日记》发表于1918年。小说前面有一段文言文的题序，交代这本《狂人日记》的来源。叙事者说自己有两个同学，其中一个患了疯病，有一次他回乡还特地绕道去探望他，病人的哥哥说，弟弟的病已经好了，而且到某地去"候补"了——意思是去做官了。这个题序是很有意思的：社会上少了一个狂人，多了一个官员。

有学者认为，鲁迅的《狂人日记》受过俄国作家果戈理《狂人日记》的影响。我们知道，鲁迅是非常喜欢俄国文学的，他曾经也翻译过俄国作家的作品。不过，鲁迅的《狂人日记》与果戈理的《狂人日记》有根本的不同。为了更好地理解鲁迅的《狂人日记》，我们可以先了解一下果戈理的《狂人日记》。

果戈理《狂人日记》中的主人公，是某行政机关的一个部门里最低等的"文官"——大概是十二等。也就是说，在整个的权力结构中，处于最底层，他的工作就是坐在部长的办公室里，给部长削鹅毛笔，拿最低的薪水，任何高他一级的上司都可以向他发号施令。他的科长，是一个七等文官，总是绷起一张阴沉的脸，批评他的工作没做好，对他大发脾气，甚至骂他是个窝囊废，一个钱也没有。按照主人公的逻辑，他认为一定是科长嫉妒他坐在部长的办公室里削笔，才这样对待他的。要不是为了一点点俸禄，他是绝对不会去部里的。

　　主人公对于自己的处境愤愤不平，他想："我难道是个平民，是个裁缝，或者是个下士的后代吗？"在他的观念里，这些人是可以这样对待的。"可我是一位贵族哪。我会步步高升上去，我会做到上校，也许，天帮忙，官还会做得更大些，名气比你这科长大，到那时候，你要做我的鞋底都不配呢。"长期在这样的环境里工作，精神本来就不正常，后来，这个小科员完全发了疯，把自己当作西班牙皇帝，结果被关进疯人院，人们用棍子抽打他，用冷水浇他的头。他被折磨得死去活来，他呼喊："妈呀，救救你可怜的孩子吧！把眼泪滴在他热病的头上！瞧他们是怎样折磨他啊！把可怜的孤儿搂在你的怀里吧！这世上没有他安身的地方！大家迫害他！妈呀！可怜可怜患病的孩子吧！……"

　　鲁迅的《狂人日记》最后也发出"救救孩子"的呼声，而这里的孩子是，"真的人"，是"没有吃过人的人"，救他们，是为了让他们将来不要吃人。

　　鲁迅的《狂人日记》中的狂人是个怎样的人？他是不是真的发狂？又是为什么发狂？

　　与果戈理一样，鲁迅也通过一个人与周围世界的关系，揭示一个人发狂的原因。与果戈理笔下的狂人根本不同的是，鲁迅的《狂人日记》中的主人公，与周围的世界格格不入，而且他自己对这种不同有清醒的认识，又因为意识到自己的与众不同，害怕被周围的人消灭，因此，处于恐惧和焦虑中。

2

小说中，狂人的疯狂体验最主要的表现为对自己处境的恐惧。他强烈地意识到自己所生存的环境的危险，惧怕周围的人，惧怕与己无关的小孩子、路上的人、来给他看病的医生、自己的兄弟和母亲，甚至邻居家的狗、天上的月亮。他把自己与任何他人他物的关系看作一种威胁，感到无依无靠，不论被看、被关爱都会引起他的怀疑和恐惧，认为遭到周围所有人的厌恶、算计、痛恨，即使他们的安慰也不怀好意。这种症状，在心理学上，称作被迫害妄想症。

狂人眼中的世界是一个统一的世界，包围他的众人，人人是一样的脸色、一样的眼光，有着共同的企图，说着同样的话，干同样的事，甚至他们的心态都是相同的。他们有着吃人的传统，有着吃人的历史，他们今天还在"吃人"。

这是一个邪恶的世界，残忍而虚伪。他厌恨这些人。他害怕自己像母亲、父亲或周围的人一样。

但是，最后，狂人的逻辑推理告诉自己，他也是这大众中的一员；他原来以为自己没吃过人，也痛恨吃人，现在发现自己也吃过人：

> 四千年来时时吃人的地方，今天才明白，我也在其中混了多年；大哥正管着家务，妹子恰恰死了，他未必不和在饭菜里，暗暗给我们吃。我未必无意之中，不吃了我妹子的几片肉，现在也轮到我自己，……有了四千年吃人履历的我，当初虽然不知道，现在明白，难见真的人！

这一发现，表明狂人认识到自己与他所批判的众人是一样的，他其实无法脱离他所批判的那个世界的历史、文化、习俗。

他终于明白自己并非那独异于吃人大众的"真人"。认识到这一点，也就意味着精神病患者个人独特的体验与外部世界的经验不再分裂。

而个人与外部世界的经验共享与统一，正是"正常人"的标志。

狂人最终融入外部世界，并被"同化"，他自我的独异感、恐惧感也就消失了，他的狂病也就治愈了，于是，他的社会里便不再有"狂人"，不再有反抗"吃人"的社会的人，而将多一个官员。

因此，《狂人日记》表现的不仅是狂人的疯狂体验，而且，更主要的是表现了一个狂人"被治愈"，也即"被消灭"的历程。

《狂人日记》所表现的狂人"被吞灭"的焦虑和恐惧是双重的。

一方面来自狂人，一个精神分裂症患者的疯狂体验和狂想：他害怕自己被吃掉，被消灭。

另一方面则来自鲁迅，他正是通过狂人的"治愈"，表现了那类具有先知特征的"狂人"，如何通过激烈、紧张的自我分析和斗争，最终寻找到个人与大众之间的统一性，变成大众世界里的"正常人"，消融于大众群体，成为无物之阵中的一个原子。

狂人的治愈是一种自我治愈的过程，狂人的消失，也是独特的个体和自我的消失。这正是鲁迅自己深刻忧虑的。

3

鲁迅让我们思考：谁才是真正的疯子？是那些"吃人"的人，还是害怕被吃人的社会吃掉的人？什么是正常？什么是反常？

20世纪文学史上,鲁迅是开创疯狂主题的主要作家,在他之后许多表现疯狂与非理性主题的作品,如萧红《呼兰河传》、曹禺《原野》等,表现出与鲁迅的一脉相承之处,他们表现独异的、犯禁忌的个体与周围环境的对立与冲突。狂人、疯子是与众不同的人,是叛逆的个体。他们与周围环境格格不入,他们自觉地与糟糕的外部环境相对抗。这些狂人、疯子,具有独特、怪异的特性,不受礼教约束、背离大众习俗和伦理常规,而得到作者的肯定和同情,但他们最终逃脱不了被消灭的命运。

鲁迅后来以疯子或狂人为主人公的小说,如《长明灯》和《白光》,可以把它们看作是对《狂人日记》的进一步解释。《狂人日记》表现的是狂人眼里的世界——吃人的世界,吞灭其中的异己者。《长明灯》表现的是众人眼中的疯子,小说围绕着吉光屯如何对付一个试图吹熄长明灯的"疯子"而展开,长明灯从梁武帝时就点着了,现在突然有一个人站出来说"熄掉它吧",这个人就是一个疯子。小说中的这个"疯子"是沉默的、无力的,他唯一说的话就是"熄掉它吧","我要吹熄它","我要放火"。这成为他疯狂的标志,人们把他看作疯子,村里的一大害,大家想着法子要除掉他。

他们说:"这样的东西,打死就完了","这种子孙真是该死,拖累煞人","去年,连各庄就打死一个,大家一口咬定,说是同时同刻,大家一起动手,分不出打第一下的是谁,后来什么事也没有。"

连小孩子也围观"疯子",往他头上扔稻草。

最后人们决定将疯子关在庙里带粗木栅栏的空房里,决计是打不开的。于是天下太平,人们也不再紧张,长明灯依然照着神殿、神龛,也照着关闭"疯子"的昏暗的木栅。

这篇小说批判众人对反叛者、异己者的恐惧、排斥与迫害。揭示了这些异己者所生活的世界有多么残忍、无情。

与《狂人日记》和《长明灯》不同，小说《白光》中的陈士成，由于十六次连续参加科举考试不中，终于发疯。说明一个人生活在一种既定的秩序中，就会竭尽全力进入这个秩序，在这里占一个位子，但却无法进入，最终精神分裂，走向死亡。

不论被社会制度、文化惯性所驯化，还是被大众排斥、囚禁、迫害，或者是自绝人世，都是在揭示不同的个体被吞噬的命运。鲁迅的小说预言了在一个排斥异己的社会中，独特的个体发狂、发疯，并消亡的必然性。

"被吞没焦虑"是鲁迅小说中狂人及疯子的精神病根源，也是鲁迅对疯狂体验的独特解释和表现。在鲁迅的小说中，狂人、疯子以及那些与众不同者，常常处于无法摆脱的险恶环境中，遭迫害，受惩罚，被关押、被殴打、被分割、被吃、被埋葬最终消亡。与此相关的内封闭的空间，如监狱、铁屋子、栅栏、坟墓，时常出现在鲁迅的小说中。在铁屋子呐喊的人，即那些清醒者、先知先觉者，他们是孤独怪异的个人，是知情者和预言者，同时也是狂人与疯子，鲁迅时刻忧虑他们被外部世界或者消灭或者同化。

正如法国当代哲学家福柯所说："理性对于非理性的征服并不是什么胜利，那不过是另一种形式的疯癫。"

"自我暴露"的冲动与节制
郜元宝讲郁达夫《沉沦》

/

文学史上提到《沉沦》,既指郁达夫的短篇《沉沦》,也指收录《沉沦》的同名短篇小说集《沉沦》——后者出版于1921年,是中国现代第一部短篇小说集,其中除了《沉沦》,还有一篇自序和另外两个短篇《南迁》《银灰色的死》。

我们讲短篇《沉沦》,也会涉及同名的小说集《沉沦》,因为短篇《沉沦》和另外两篇《南迁》《银灰色的死》属于同一系列,创作时间接近(都写于1920—1921),背景都是20世纪初中国留学生在日本的生活,主人公情况基本相同,故事主要也都发生于1920年,主题更高度一致——都是描写中国青年留学生的精神苦闷。

中国读者一见"沉沦"这两个字,可能马上会想到某某人在道德上犯罪堕落,但郁达夫再寄给周作人的明信片上给这篇小说起的英文名字是 drowned,本义是落水没顶或做生意血本无归,引申比喻困顿悲惨的生活与精神状况,并非说一个人道德上的犯罪堕落。

《沉沦》的某些描写，确实容易被神经过敏的读者归入"不道德的文学"范畴。比如主人公"他"，一个留学日本的中国青年，因渴望异性的抚慰而不得，忍不住一遍又一遍自慰，还不自觉地偷看房东女儿洗澡，偷听情侣在野外亲热。《南迁》的主人公"伊人"（男性）也曾被房东的养女勾引，后来发现这位女子竟同时跟另一个男人有染，就深感羞辱和受伤，愤然离去。至于描写男主人公对女性的好奇、渴慕、单相思，更比比皆是。

对这个问题，周作人1922年3月发表的《沉沦》评论有一定的权威性。周作人令人信服地阐明，郁达夫大胆、真诚、直率的自我暴露，确实触犯了虚伪的道德。在这意义上，你可以说《沉沦》是"反道德"，即违反旧的保守虚伪的道德观，但它并非"不道德的文学"，而是"受戒者的文学"（literature for the initiated）。

英文"受戒者"，initiated，是指通过某种正规仪式（比如"成人礼"）宣布青年男女正式进入社交界，可以合法地接触异性。"受戒者的文学"也译为"成长小说"。它当然有适宜的人群，正如周作人所说，已经有正常性接触与性生活的成人阅读"成长小说"是有益的，"但是对于正需要性的教育的'儿童'们却是极不相宜的。还有那些不知道人生的严肃的人们也没有诵读的资格，他们会把阿片去当饭吃的"。换言之，经历了青春期性苦闷的青年和心理健康的成年人都可以从容欣赏《沉沦》，但儿童绝对不宜，此外淫者见淫、心理不健康的假道学和伪君子，也没有资格读《沉沦》。

周作人说得有点严重。其实收入小说集《沉沦》的三篇小说，所谓大胆、真诚、直率的性意识与性行为的描写，还是委婉节制的，不仅比不上古代和现当代的许多同类作品，就是和郁达夫本人后来的某些小说如《迷羊》《茫茫夜》《她是一个弱女子》等相比，也是小巫见大巫。但《沉沦》出版于1921年10月，作为新文学第一本短篇小说集，其正负两面的影响力可想而知，郁达夫承受的攻击和压力也可想而知。

正因为如此，他才向当时还并不认识的北大教授、著名学者周作人求助，请他为《沉沦》写评论，以正视听。

也正是因为周作人这篇评论，才开启了郁达夫和"周氏兄弟"数十年如一日的深厚友谊。

2

除了上述青春期的性心理、性意识、性苦闷和某些试探性的性行为，《沉沦》还写了许多别的内容，都可以归结为青年人在成长过程中通常总会遭遇的困顿。

比如精神上过度敏感，总怀疑别人在议论他，在对他有所不利。爱慕异性，又不敢表白，闷在心里，形成种种奇奇怪怪的想象与猜疑，因此还特别容易引起自卑和嫉妒的心理，觉得自己看中的异性看不上自己，却看上别人。又像林黛玉一样，非常容易伤感。《沉沦》中的"他"自己也知道是"sentimental, too sentimental"了，动不动就迎风洒泪，对月伤怀。一篇《沉沦》，男主人公"他"先后正经八百地便哭过七八次！再比如过度自恋，总觉得别人看不到自己的美好与高贵。当然，这过度自恋也是过度自卑的一体两面。

还有就是一有风吹草动，就神经质地反应过度，有一种夸大狂的倾向。这种倾向对内，就是他关注自己，想自己想得太多，总怀疑自己得了这样那样的病，像忧郁症啊、怀乡病啊、神经衰弱啊、肺结核啊，不一而足。最妙的是，他还怀疑自己得了"疑病症"

（hypochondria），就是一个劲地怀疑自己得了这病那病！

反应过度和夸大狂倾向，对外就是动辄将一点小事无限拔高。比如要么极度推崇和爱慕一个人，要么极度贬低和仇恨一个人，还很容易将这种对具体人和事的态度，提升到阶级、国家和宗教的层面。比如跟一个人不和，动辄宣称这是阶级与阶级之间的斗争。身在日本的环境里，就更容易演化成国与国、民族与民族乃至不同宗教信仰之间的冲突。

其中最经典的，就是《沉沦》的结尾。男主人公明明是性冲动得不到满足，渴求异性的抚慰而不得，却硬说是因为祖国不够强大，以至于让自己饱受这种种的磨难。所以当他决定跳海自杀时，竟然站在海边，长叹一声，断断续续地说——

"祖国呀祖国！我的死是你害我的！""你快富起来，强起来吧！""你还有许多儿女在那里受苦呢！"

用今天的话说，这真是唱的哪一出呢。

3

你也许要说，郁达夫《沉沦》名气那么大，怎么就被说得这么简单呢？

确实，《沉沦》主人公对自己思想情感的大胆暴露，就是这样单纯到了简单的地步。但我们不要小看这种单纯和简单。这正是它的好处所在。

郭沫若对郁达夫这一点的评价很中肯，他说："他（郁达夫）

那大胆的自我暴露，对于深藏在千万年的背甲里面的士大夫的虚伪，完全是一种暴风雨式的闪击，把一些假道学才子们震惊得至于狂怒了。为什么？就因为有这样露骨的真率，使他们感受着作假的困难。"

关于郁达夫的"自我暴露"，需要做一点补充说明。

我们都知道郁达夫赞同法国作家法朗士的观点，认为"一切小说都是作者的自叙传"，许多人因此都认为，完全有理由把《沉沦》的三个男主人公等同于郁达夫。

不错，这三个人在许多地方确实很像郁达夫，但我们也不要忘记，这三部小说有一个共同点，就是都采取第三人称叙述。小说始终不说第一人称"我"如何如何，而是说第三人称"他"如何如何。这样一来，《沉沦》的"自我暴露"，就既是偏向主观的心理倾诉，同时也是立足客观的冷静反省。郁达夫并没有将自己完全等同于笔下人物。他对这些人物固然有充分的同情，但他更高居于这些人物之上，对他们的心理言行给予冷静客观的剖析。比如《沉沦》男主人公"他"跟他国内的哥哥写信吵架，小说有一段就这样写道：

> 自家的弟兄尚且如此，何况他人呢！
>
> 他每达到这一个结论的时候，必尽把他长兄待他苛刻的事情，细细回想出来。把各种过去的事迹列举出来之后，就把他长兄判决是一个恶人，他自家是一个善人。他又把自家的好处列举出来，把他所受的苦处夸大的细数起来。他证明得自家是一个世界上最苦的人的时候，他的眼泪就同瀑布似的流下来。

你看，这是多么客观、多么冷静的刻画与剖析，完全不是封闭的自顾自说。

　　正因为郁达夫的"自我暴露"既有对笔下人物充分的同情,又有冷静的观照,既入乎其内,又出乎其外,所以他的小说感染力才非同一般。这一点必须特别加以说明,否则我们可能以为,郁达夫一旦"自我暴露"起来,就完全失控,完全陷入冲动狂热的自我宣泄。其实并非如此。

"最悲的悲剧，充满了无耻的笑声"

孙洁讲老舍《茶馆》

　　《茶馆》1957年7月发表于《收获》创刊号，后经过两次修改在1959年9月收入《老舍剧作选》时定稿。它以掌柜王利发的视角，通过三个时代的横切面描绘裕泰大茶馆的人来人往，展示了从戊戌维新到20世纪40年代半个世纪的中国社会风云。

◇ / ◇

　　《茶馆》第一幕，王利发是个年轻气盛、踌躇满志的掌柜，虽然大清朝气数已尽，裕泰大茶馆却是一派热闹红火，欣欣向荣。经过第一幕清廷没落的惶恐岁月、第二幕军阀混战的混乱年景，到第三幕，抗战虽然胜利，民生却日益凋敝，裕泰大茶馆成为衰朽的民国政府的一个具体而微的缩影，王利发也成为一个垂垂老者，被各种恶势力压榨得无法喘息，终于用一根上吊绳结束了自己的生命。

满族人常四爷、松二爷，怀着实业救国之心的秦二爷是王利发的朋友，他们在时代的驱策中，沿着各自命运的轨迹，走向各自的悲剧命运。

刘麻子、二德子、唐铁嘴、吴祥子、宋恩子，这些坑蒙拐骗、无恶不作的地痞流氓，却是如鱼得水，越活越滋润，到了第三幕，老一代恶人消隐，新一代恶人又崛起，他们的儿子小刘麻子、小二德子、小唐铁嘴、小吴祥子、小宋恩子完美继承了他们爸爸胡作非为的"事业"，在作恶这一点上比老子们有过之而无不及。茶馆因为他们的存在更加没有亮光。

沈处长出现在《茶馆》第三幕。一开始，他只是在小刘麻子、小唐铁嘴的讲述中出现——"这儿属沈处长管。知道沈处长吧？市党部的委员，宪兵司令部的处长！你愿意收他的电费吗？""沈处长作董事长，我当总经理！""您的四侄子海顺呀，是三皇道的大坛主，国民党的大党员，又是沈处长的把兄弟，快做皇上啦……""沈处长批准了我的计划！……处长也批准修理这个茶馆！我一说，处长说好！他呀老把'好'说成'蒿'，特别有个洋味儿！"

恶人中的恶人沈处长就这样在恶人们的幕后推波助澜，为恶人们营造了为非作歹的水土，终于逼死了王掌柜。《茶馆》落幕之前，王掌柜凄惨死去，沈处长堂皇亮相，八声"蒿"（"好"）宣告了这个官僚的空洞和冷血，展示了这个官僚秩序的无情、冷酷、不可救药。

◆ 2 ◆

《茶馆》的写作是对习惯形态的话剧写作的颠覆，亦成为1957年文学史的不和谐音。在最初的发表和出版之后时运不济，在北京人艺匆匆上马，又慌张撤演，这个过程在20世纪60年代经集体意志"加红线"之后又重复一次。"新时期"之后，《茶馆》却获得了来自全世界的赞叹，被西方剧界称为"东方舞台上的奇迹"，不能不说和它的持续焕发光彩的创新性有关。

1958年，文学评论家李健吾先生撰文《读〈茶馆〉》，点明了《茶馆》的特异性："幕也好，场也好，它们的性质近似图卷，特别是世态图卷。"

"图卷戏"正是老舍赋与《茶馆》的主要特征。

请回忆一下你第一次看《茶馆》话剧的感受——不管是在剧场还是电视里，还是在网络视频里，大幕拉开，一片生活图景扑面而来，是不是像一幅描绘清末北京市井的《清明上河图》正在展开？

而随着剧情的发展，你会感受到所有的情节都是松散的，它们不构成一个原初意义的戏剧"必须"具备的"起承转合"的要素，然而它们共同推动了一个叙事，就是裕泰大茶馆的命运。李健吾说："我们不能向这类图卷戏（恕我杜撰这个富有中国情调的名词）要求它不能提供的东西。"这顺便标记了《茶馆》的"中国性"。《茶馆》正是在这个意义上超脱了"drama"这个文体的束缚，在更抽象的时空上自由生长。

在这个渐次展开的图卷中，我们最关注的还是老舍执着地在"三个时代"里都加入了越来越难以排解的暗色，让这个《茶馆》的宇宙成为一个魑魅魍魉横行无阻的地狱。

老舍在1940年说："想写一本戏，名曰最悲的悲剧，里面充满了无耻的笑声。"（《未成熟的谷粒》）嗣后，他曾以《四世同堂》对冠晓荷、大赤包、蓝东阳、李空山……一众汉奸的夸张描绘，第一次实践这个"充满了无耻的笑声"的"最悲的悲剧"的写作。《茶馆》

群丑的次第登场,是在《四世同堂》延长线上的极端尝试。

沈处长就是在这个级点上出现的最强音。众所周知,沈处长的结尾在北京人艺经典的舞台版本里被删除了,但是很少有人知道,这是20世纪50年代到60年代的权宜之举。这个删除使得《茶馆》的结尾落在王利发自杀之上,把喜剧的《茶馆》变成了悲剧的《茶馆》;而舞台版的《茶馆》的结尾又在王利发自杀的情节之后加了追光,加了《团结就是力量》的背景声,试图将这个悲剧的《茶馆》再转化为正剧的《茶馆》。

这一切努力都是违背老舍本意的。因为正是老舍在《茶馆》的数次修改中,毫无商量余地地保留了沈处长的结尾。沈处长,正是老舍以最有力的讽刺,用最简劲的笔法,从最不和谐处入手,写人世间的最丑恶,在"写一本戏,名曰最悲剧的悲剧,里面充满了无耻的笑声"的路径上,走到了最高处。

3

《茶馆》发表于1957年7月,完稿的时间,根据于是之1994年的回忆,可能是1956年的秋天。

《茶馆》的写作过程,大致说就是老舍先写了一个通过秦家三兄弟反映现代中国宪政史的话剧,这个剧是为配合宣传人民代表大会制度的,但是北京人艺的一干导演、演员、领导、群众只看中了其中写维新运动失败时裕泰大茶馆的第一幕第二场。在大家的建议之下,老舍心甘情愿地放弃了前稿,写出了现在的《茶馆》。这个事件本身非常有意思,因为它是能且只能在"百花年代"发生的:不论是来自人艺的建议,还是老舍的重写。据林斤澜回忆,老舍当时说:"那就配合不上了。"

对这个"配合不上"的作品,老舍非常尽心。据说,《茶馆》彩排的时候,周恩来曾经对人艺的同志提议,能不能请老舍先生选择"五四"、大革命、抗战、解放战争这样四个时期来写,想了想,又说,这个我还没有想好,你们先不要跟老舍先生说。后来还是有人传话给老舍了,老舍一笑置之。

与此相参照的还有一件事情。在《茶馆》发表之后,老舍说:"有人认为此剧的故事性不强,并且建议:用康顺子的遭遇和康大力的参加革命为主,去发展剧情……我感谢这种建议,可是不能采用。"老舍同时说,写《茶馆》的目的是"用他们生活上的变迁反映社会的变迁","侧面地透露出一些政治的消息"。必须注意这里老舍强调的"侧面",他不愿意"正面地"写《茶馆》,使得这个剧本过分政治化、教科书化,这是老舍坚持的底线。

在这里,我们看到,在《茶馆》的写作到定稿的过程中,老舍的艺术自信起到了决定作用,老舍当时葆有的相对自由的写作心态,成为孕育具有自由不羁灵魂的《茶馆》文本的决定因素。

4

同时要注意到的是《茶馆》的语言。写《茶馆》的时候,老舍已经写了十七年话剧,他从一个对话剧写作充满敬畏,称话剧为"神的游戏"的门外汉成长为一个熟练的剧作家。这和他在经营他的话剧世界的时候,对体现"话剧"本质的"话"有细致的钻研,终于水到渠成、瓜熟蒂落有关。

我们来看看《茶馆》是怎么设计人物的语言的。

我们知道,《茶馆》本身很短,舞台演出也只不过两个小时的时间。在这么短的时间里,让七十个人物动起来,各有面貌,各有脾气秉性,谈何容易!但是,老舍四两拨千斤地做到了。

有一个小小的故事。

《茶馆》第一幕,有一个一开始坐在一个不起眼的角落里的大佬,马五爷。当打手二德子耀武扬威,跟常四爷动手的时候,他突然悠悠地说:"二德子,你威风啊!"就这么轻描淡写的一句话,令二德子毕恭毕敬,俯首帖耳。而当常四爷想要上前请他评理的时候,他毫不客气地说:"我还有事,再见!"就走了出去。这个时候,教堂的钟声响了,这次轮到马五爷毕恭毕敬了,他严肃而又滑稽地在胸口划了一个"十"字,显示了他洋奴的本性。

当然,这个划"十"字的动作,是剧本里没有提供的,应当归功于导演和演员的二度创作。这个二度创作,同时也是演员深入理解剧本,了解作者构思的过程。最早扮演马五爷的人艺艺术家董行佶先生曾经说,他在排练的时候,觉得"二德子,你威风啊!"不够有力,就加上了一个"好"字,变成"二德子,你好威风啊!"但又细加琢磨,才领悟到,马五爷作为吃洋教的大流氓,对二德子这样的小打手,是不需要用"好"这个字来加强语气的,又把这句台词恢复为剧本的本来样子。这也成为我们理解老舍对语言和人物的精雕细琢之处的一个生动用例。

另外如唐铁嘴的"我已然不抽大烟啦,我改抽白面啦……大英帝国的烟,日本的白面,两大帝国伺候我一个人,这福分还小?"吴祥子、宋恩子的"谁给饭吃,咱们给谁效力"。包括沈处长的那八个"蒿",都是老舍生动精彩的话剧语言的例证。

美学家王朝闻先生曾经写过一篇数万字的长文,《你怎么绕着脖子骂我呢——看话剧〈茶馆〉的演出》,刊登在《人民戏剧》1979年的第6、7、8期上,这篇文章也有助于我们理解《茶馆》语言的精妙之处。

最后要说的一点是,欣赏《茶馆》,光阅读《茶馆》的文本是不够的,必须看话剧,而且必须看北京人艺演出的《茶馆》话剧。北京人艺这个剧目一直在上演,至今已经六十余年了。如果没有条件到剧场看,至少也应该看视频,特别是1979年的珍贵舞台版视频,观看视频(当然,最好是现场表演)将大大地有助于我们理解和消化这个剧作。

"不传！不传！"
孙洁讲老舍《断魂枪》

《断魂枪》发表于 1935 年 9 月 22 日的《大公报·文艺》，是新旧交叠的 20 世纪中国社会面临的最重大的问题的一个微小的缩影。

这个重大的问题就是 20 世纪新旧文化交战的问题，旧的历史、文化、技术、艺术被轰轰烈烈呼啸而来的时代车轮无情地碾碎，被坚船利炮炸醒的中国千年大梦，就这样浓缩在沙子龙"不传"的枪法里，被这篇《断魂枪》永久地封存。

没有比 20 世纪对中国传统文化更不友好的时代了，就像沙子龙的那六十四路枪法的遭遇。它先被西方列强的枪炮炸平一遍，再由"五四"一代知识分子鄙薄一遍，又在随后的更尖锐的民族矛盾中被各种功利主义的理念蹂躏一遍，最后，在一个叫"文化大革命"的年代被彻底地砸烂。

我们知道，那一天，在国子监被迫看京剧院价值连城的衣箱被焚烧殆尽的次日，老舍本人也奔赴茫茫湖水。从此，再也没有一个热爱中国文化却一生都眼睁睁看着文化传统被锈蚀、摧毁终至万劫不复的满族老人，再在心底里喊出倔强的"不传"的声音。

"东方的大梦没法子不醒了。"这是沙子龙,也是老舍,也是20世纪的中国人面临的共同的绝境。

一方面,中华民族一直在做"东方的大梦",一直在自我陶醉,自我沉迷,用鲁迅的话说就是"溃烂之处美如乳酪,红肿之处艳若桃花",这样的对"僵尸的乐观"的否定,是"五四"一代文人共同的话语指向,也是老舍这样的"五四"后第二代文人对"五四"精神的心领神会之处,并由此导向如"国民性"检讨这样的一生持有的创作主题。

另一方面,"东方的大梦"不是自己醒来的,是被西方列强狂轰滥炸之后醒来的:

> 炮声压下去马来与印度野林中的虎啸。半醒的人们,揉着眼,祷告着祖先与神灵;不大会儿,失去了国土、自由与主权。门外立着不同面色的人,枪口还热着。他们的长矛毒弩,花蛇斑彩的厚盾,都有什么用呢;连祖先与祖先所信的神明全不灵了啊!龙旗的中国也不再神秘,有了火车,穿坟过墓破坏着风水。枣红色多穗的镖旗,绿鲨皮鞘的钢刀,响着串铃的口马,江湖上的智慧与黑话,义气与声名,连沙子龙,他的武艺、事业,都梦似的成昨夜的。今天是火车、快枪,通商与恐怖。听说,有人还要杀下皇帝的头呢!

对此,"五四"第一代文人(如鲁迅、胡适)一方面痛心疾首,一方面引发了他们长久的"球籍"思虑;"五四"后第二代文人(如老舍、沈从文）则更多地以凭吊的方式展开他们的文化图景渲染。

老舍曾经把自己和自己的同龄人称为"旧时代的弃儿，新时代的伴郎"（《何荣何许人也》，1935年）。他说，他们这些人——

> 他们的生年月日就不对：都生在前清末年，现在都在三十五与四十岁之间。礼义廉耻与孝悌忠信，在他们心中还有很大的分量。同时，他们对于新的事情与道理都明白个几成。以前的做人之道弃之可惜，于是对于父母子女根本不敢做什么试验。对以后的文化建设不愿落在人后，可是别人革命可以发财，而他们革命只落个"忆昔当年……"。他们对于一切负着责任：前五百年，后五百年，全属他们管。可是一切都不管他们，他们是旧时代的弃儿，新时代的伴郎。

作为自己的镜像，老舍塑造了沙子龙（《断魂枪》）、黑李（《黑白李》）、祁天佑（《四世同堂》）这样一批理想的保守主义者的形象。在理智上，老舍知道东方的大梦没法子不醒，但是，出于对本土文化最深厚的感情，他希望守护住沙子龙最后的一点尊严，所以，在小说的最后，

> 夜静人稀，沙子龙关好了小门，一气把六十四枪刺下来；而后，挂着枪，望着天上的群星，想起当年在野店荒林的威风。叹一口气，用手指慢慢摸着凉滑的枪身，又微微一笑，"不传！不传！"

这是老舍在20世纪30年代通过以《断魂枪》为代表的一系列

的作品想表达的一个总体的意思。

2

《断魂枪》有一个后来被删掉的题记：

> 生命是闹着玩，事事显出如此，从前我这么想过，现在我懂得了。

这个题记来源于英国剧作家约翰·盖伊（John Gay）的墓志铭。老舍为什么借这样一个墓志铭来做《断魂枪》的题记，他希望通过小说《断魂枪》埋葬什么，感慨什么？我认为这个题记传递出来两重信息。

第一重信息：《断魂枪》的故事显示了一种看破，就是所谓的看破红尘的看破，传递了老舍的虚无感。生命到最后，大家都是一抔黄土，生命是没有意义的，扩展开去看，在更广的意义群上，时代、世界、世象的万端是否确实有意义呢？

第二重信息，老舍通过这个墓志铭透露出一种绝望的情绪。20世纪的现代文明对于中华民族经过几千年发展渐次成形的各种程式、各种传统、各种心理，都有不需论证的强烈的破坏的作用，这令老舍悲观失望。这也指向了小说中沙子龙一再说的"不传"二字。

沙子龙说，这个枪法我是不传的，我带着它进棺材。小说最后，在"对影成三人"的孤寂中，沙子龙又一次对着自己的内心，说"不传"。"不传"二字在全篇一再出现，直到结尾达到高潮。"不传"显示了沙子龙——也是老舍——当时的一种最深的绝望，他希望这个绝技到此为止，因为它已经和以破坏传统为荣耀的新时代完全南辕北辙了，唯一的守护方式就是"不传"。

这是一种极端的绝望情绪，和以墓志铭做的"题记"形成了完整的呼应。

3

《断魂枪》是老舍本人的得意之作。

他在《我怎样写短篇小说》中说：《断魂枪》是"把十万字的材料写成五千字的一个短篇"。他进而解释道：

> 在《断魂枪》里，我表现了三个人，一桩事。这三个人与这一桩事是我由一大堆材料中选出来的，他们的一切都在我心中想过了许多回，所以他们都能立得住。那件事是我所要在长篇中表现的许多事实之一，所以它很利落。拿这么一件小小的事，联系上三个人，所以全篇是从从容容的，不多不少正合适。这样，材料受了损失，而艺术占了便宜；五千字也许比十万字更好。文艺并非肥猪，块儿越大越好。

怎样用五千字表现这三个人、一桩事，又由这三个人、一桩事表现那么大的时代命题呢？

老舍首先用了衬托的手法。王三胜——孙老者——沙子龙，是一个连环套式的层层递进的写法，前一个人作为后一个人的衬托和伏笔出现，每一个人物都有他独特的气场、阶层和在叙事中的作用。

老舍说了，因为他之前"想过了许多回"，所以叙事能做到从容不迫。

因为以简约为小说的要旨，所以叙述本身要做到要言不烦，简劲含蓄。这通过两种写作方法达成。

一是在写作本身，能白描决不涂染，能俭省决不铺张。所以我们就看到了这段强有力的比武场面，同时既是孙老者的出场，又是孙老者在小说里最精彩的亮相：

> 老头子的黑眼珠更深更小了，像两个香火头，随着面前的枪尖儿转，王三胜忽然觉得不舒服，那俩黑眼珠似乎要把枪尖吸进去！四外已围得风雨不透，大家都觉出老头子确是有威。为躲那对眼睛，王三胜耍了个枪花。老头子的黄胡子一动："请！"王三胜一扣枪，向前躬步，枪尖奔了老头子的喉头去，枪缨打了一个红旋。老人的身子忽然活展了，将身微偏，让过枪尖，前把一挂，后把撩王三胜的手。啪，啪，两响，王三胜的枪撒了手。场外叫了好。王三胜连脸带胸口全紫了，抄起枪来；一个花子，连枪带人滚了过来，枪尖奔了老人的中部。老头子的眼亮得发着黑光；腿轻轻一屈，下把掩裆，上把打着刚要抽回的枪杆；啪，枪又落在地上。

喜欢听评书的读者一定能感知到这段文字里评书短打书的影子。这是一段非常精彩的动作描写，用的是先抑后扬的写法。貌不惊人的老人，"小干巴个儿"，"眼珠可黑得像两口小井，深深的闪着黑光"。就是这对摄人魂魄的眼睛，伴随着干净利落的动作，三下五除二打败了刚才还在耀武扬威的王三胜，把小说的叙事引向又一个高潮。

另一方法则是更高明的"留白"的写法，话不都说出来，留给读者去想，去回味，可以达到言有尽而意无穷的效果。这也是现代白话小说乃至白话文学比较稀缺的素质。

正因为如此，沙子龙的"不传！不传！"的自语会得到两种截然不同的解读。

激进一派认为老舍是在讽刺沙子龙的保守，毕竟浪花淘尽英雄，沙子龙的时代已经过去了，他之前再威风，武艺再出众，在新的时代也毫无意义，因此这套枪法，无论他传与不传，同样没有意义。保守一派，比如我，则认为老舍在捍卫沙子龙，这一点我们在本文开头已经谈过了。

之所以出现如此大相径庭的解读，是和老舍本人没有把话说满有关的，事实上也展示了"留白"技巧的魅力。那么，我们为什么认为老舍是站在沙子龙的立场上，对他的"不传"惋惜多于讽刺呢？因为老舍同一时期，同一主题，不仅写了《断魂枪》，还写了《老字号》《新韩穆烈德》《黑白李》这样一些小说，传递了同一个思想。

所以我们看到，在这篇突显"新与旧"时代演进的悖论的小说里，老舍十分熟练地化用了他熟悉的中国传统叙事的方法，不论是上述以评书技巧写人物动作的白描法，还是通过激发想象拓展无限空间的留白法，这也能从侧面论证老舍本人在20世纪30年代对中国传统文学有一个创造性利用的过程。

为什么好人没有好报
陈晓兰讲巴金《寒夜》

1

巴金是我们大家都非常熟悉并喜爱的作家。他的小说《家》在中国已经是家喻户晓的名作。巴金在 20 世纪 40 年代创作的长篇小说《寒夜》，则在人物塑造和艺术形式上更加成熟、完满。

《寒夜》的创作，开始于 1944 年的寒冬。

当时巴金住在重庆一间小得不能再小的屋子里，就着烛光，伴着街上的叫卖声、吵架声、空袭的警报声和屋子里老鼠的啃噬声，写这部小说。断断续续，持续了一年多的时间。1946 年 8 月份，开始在上海的《文艺复兴》杂志上连载，到 1947 年 1 月刊载完毕。那时，巴金已经从重庆回到上海。

巴金在谈到这部小说的创作时说："我只写了一些耳闻目睹的小事，我只写了一个渺小的读书人的生与死。"小说的主人公汪文宣是那种我们天天见到、到处能遇见的人。他身体柔弱，眼睛无光，终日勤勤恳恳工作，到处遭受白眼，不声不响地忍受不合理的待遇，逆来顺受，心地善良，奉公守法，安分守己，忍辱苟安，只希望自己能够无病无灾，简简单单地活下去，从来不会想到伤害别人。

可是，这样的一个谨小慎微的好人却得不到好报。他在痛苦中煎熬，生病、失业，妻子远走高飞，最后在贫病交加中孤寂地死去。巴金说："在小职员汪文宣身上，也有我自己的东西。我也有像汪文宣那样的朋友和亲戚，我看着他们受苦受罪，可是却帮不了他们。"他曾经对法国的朋友说："我要不是在法国开始了写小说，我可能走上汪文宣的道路，会得到他那样的结局。"连巴金这样的人，都认为自己身上有小说中的人物汪文宣的某些东西，那么，我们会不会在主人公的身上也看到自己的某些影子呢？

2

巴金，作为一个具有人道主义关怀和个性主义激情的作家，一直在他的作品中为这类人申冤，巴金对于这一类弱小、卑微的老好人，充满了同情和怜悯，他希望旁人不要以他们为榜样。

在《寒夜》这部小说中，巴金深刻地剖析了造成汪文宣不幸命运的社会大环境和家庭小环境。他的悲剧命运和他的个性，都是不合理的社会造成的。汪文宣这样的人，并非生来就是如此。

汪文宣出身于读书人家，受过良好的教育，大学时学的专业是教育学，青年时期充满了激情、梦想和改造中国教育的远大抱负。他与许多经受"五四"个性主义精神洗礼的青年一样，追求自由恋爱和个性解放，自主爱情和婚姻。他与志同道合的新女性曾树生，也是他的大学同学，自由恋爱，未婚同居了十四年，生了一个儿子汪小宣。七八年前，也就是1937年前，他们满脑子都是自己的理想、教育事业，希望致力于乡村教育、家庭教育，他们做梦也想不到他们沦落到这样的境地。

小说开始的时间，是1944年冬，男女主人公汪文宣和曾树生三十四岁，本来应该正是年富力强、大展宏图的年龄。可是险恶的社会环境、家庭的矛盾，一天天地消磨着他们的精力。

汪文宣变成了一个未老先衰、暮气沉沉的人。他在一个半官半商的出版公司做校对员，领一点勉强糊口的薪水，无法维持一家的温饱，还要遭受部门上司的盘剥和同事的白眼。小说中写到汪文宣所在的部门周主任，从来不给他好脸色，还克扣员工的工资，可是年终一分红，他却可以拿到二三十万。同事们为了讨好他，为他庆生凑份子，为了不使势利的同事嘲笑自己，汪文宣也拿出了仅有的一千元。这位主任既贪婪，又刻薄，汪文宣认为，若不是他这样刻薄地对待员工，妻子也就不会为了钱跟他吵架，母亲也就不会日夜操劳家务。

汪文宣为不能养家而内疚、自责、羞愧。经济压力消解了汪文宣的男性气概，也使得他由于营养不良而身体衰弱。他在妻子、母亲面前，在公司里乃至在整个社会上，都为自己的无力、无用、无能而深感羞愧。

小说中写道：

> 他个人的痛苦占据了他的整个心，别的身外的事情再也引不起他的注意。生活的担子重重地压着他，他一直没有畅快地吐过一口气。周围的一切跟他有什么关系呢？人人都说世界大局一天天好转，可是他的日子却一天比一天地更加艰难了。

经济窘迫、营养不良、工作辛苦而且毫无意义,再加上精神上的痛苦和压抑,汪文宣从咳嗽转为肺痨,最后被公司辞退。妻子曾树生远走高飞,最后在举国庆祝抗战胜利的锣鼓声中,汪文宣离开了人世。

在那样一个坏人升官发财,好人得不到好报的社会里,汪文宣处在寒冷和黑暗中,他感受不到温暖,看不到光明,也没有未来。正如巴金在小说中多次写到的那样:警报来时,汪文宣随着人流躲进防空洞,天空一片黑暗。"你除了望着那一片黑,什么也看不见,什么也做不了。"

在一个寒冷而黑暗的社会里,家庭也不可能是避风港。"贫贱夫妻百事哀",汪文宣处在妻子和母亲永无休止的战争中。巴金在批判社会环境恶劣的同时,深刻地剖析了私人生活空间——家庭,对于个人的巨大影响。

3

造成汪文宣悲剧命运的,除了不合理的社会,还有他的家庭。汪文宣在面临着来自战争、社会和经济压力的苦难的同时,还经受着来自家庭战争的另一重痛苦和折磨,经受着情感生活的痛苦。

婆媳之间的战争——家庭内部的斗争,是中国家庭的永恒战争,也是中国男人特有的人生难题。《寒夜》中汪文宣的性格,有点像巴金《家》中的那位大儿子觉新,但是又有很大的不同。巴金在《家》《春》《秋》中描写了一个父权制下大家族里的生活,特别批判了专制独裁、为所欲为的家长,如何掌控并毁掉年轻人的幸福乃至生命。《寒夜》则是通过汪文宣的母亲与妻子之间的斗争,揭示了传统观念与现代观念的无法共存。二者之间的斗争消耗着汪文宣的精力，汪文宣处在母亲与妻子之间的两难境地，难以做出非此即彼的选择。

汪文宣的妻子曾树生，与汪文宣是大学同学，大学教育专业的毕业生，现在，先前的理想已经全部抛弃，她只想生活得好一点。她在银行里做职员，收入自然比汪文宣高，她不仅经济独立，而且是家庭的经济支柱。在当时如此恶劣的环境下，她依然充满朝气，身体健康，喜欢热闹的生活。她深爱着汪文宣，也忍受着婆婆日复一日的刁难。对于曾树生而言，这个家也是一个寒冷、阴暗的封闭世界。

曾树生作为一个独立的女性，在男人的世界里工作，遭到双重的威胁：一方面被社会上的男性视为欲望的对象和花瓶，另一方面又受到传统家庭的排斥。汪母对于曾树生这个儿媳妇百般挑剔、冷嘲热讽、吹毛求疵，尽管她知道儿子离不开曾树生。她理想的儿媳妇是那种逆来顺受、孝顺婆婆，待在家里伺候丈夫，生儿育女的传统女性。汪母固守着已经过时的那套女性观念、婚姻观念，拒绝、排斥曾树生，不惜亲手毁掉儿子的幸福。汪母可以为自己的儿子牺牲一切，卖掉自己所有，但是，她其实自私、顽固而又保守。她除了儿子一无所有，儿子就是她的一切，她存在的价值，她与社会的联系，都是借助儿子完成的。她给了儿子生命，也只关心儿子的身体，小说常常写到母亲缝衣、做饭的场景，她看得见儿子身体上的痛，却不能真正理解儿子精神上的痛。

她明知儿子的幸福快乐大半来自于他与曾树生的情感生活，但她依然拒绝接受曾树生。她蔑视曾树生对于汪文宣的自由恋爱和未婚同居，她把工作的女性称为花瓶，她一面花着曾树生的钱，却对曾树生的工作嗤之以鼻，更无法理解男女之间的正常交往。曾树生最终离开汪文宣，汪母的排斥是主要原因之一。汪母希望自己和儿子建立一个只有他们两人的封闭的世界。

在汪文宣的毁灭和悲剧中，汪母有着不可推卸的责任。正是汪母不断挑起家庭内部的战争，争吵和仇视，寂寞和贫穷，消耗着汪文宣和曾树生的精力。而母亲对于儿子的掌控，来自她的牺牲与奉献，日夜操劳的母亲让汪文宣时刻感到自己的无能和失败，对于母亲，他除了迁就、退让就是沉默。

《寒夜》中的婆媳之战，也是汪母所代表的传统观念与曾树生所代表的现代观念之间的斗争。巴金透过这种家庭矛盾，揭示了现代观念与传统观念难以化解的矛盾。母亲抓住了儿子的灵魂，汪文宣无法甩掉过去的阴影和重担，如同他无法离开母亲一样，他本身就来自于这种传统，他不得不背负这重担，他无力前行。

巴金在感情上明显地倾向于汪文宣与曾树生，巴金一直都是站在子一辈的立场批判父辈的专横与权威，批判父辈所代表的传统文化中那些扼杀生命、残害青春的黑暗的力量。

"一寸的前进",苦难中的力量

文贵良讲阿垅《纤夫》

◇ / ◇

纤夫,作为一种职业,已经从现代生活中消失了吧。但是,描写纤夫生活的艺术作品却仍然会把我们带回到那种艰难的生活场景,情不自禁地为纤夫们的劳苦奉上默默的称赞。这样的艺术作品,著名的有诗人李白的《丁督护歌》和俄罗斯画家列宾的《伏尔加河上的纤夫》。

阿垅的《纤夫》是一首现代白话诗,创作于20世纪40年代。中国古代描写纤夫的诗歌,最有名的就是刚才提到的《丁督护歌》:

> 云阳上征去,两岸饶商贾。
> 吴牛喘月时,拖船一何苦。
> 水浊不可饮,壶浆半成土。
> 一唱督护歌,心摧泪如雨。
> 万人凿磐石,无由达江浒。

君看石芒砀，掩泪悲千古。

这首《丁督护歌》写酷暑时节纤夫们拖船非常辛苦，而喝的水还是那种泥浆很多的浑浊的水。整体而言，《丁督护歌》写出了纤夫劳动的辛苦艰难，抒发了李白怜惜悲伤之情。而阿垅的《纤夫》虽然也写纤夫的辛苦，但抒发的却是对纤夫力量的高度赞扬。

《纤夫》的第一节中写道：

> 嘉陵江／风，顽固地逆吹着／江水，狂荡地逆流着，／而那大木船／衰弱而又懒惰／沉湎而又笨重，／而那纤夫们／正面着逆吹的风／正面着逆流的江水／在三百尺远的一条纤绳之前／又大大地——跨出了一寸的脚步！……

嘉陵江是长江的重要支流之一，水流量大。逆吹的风、逆流的江水和沉重的大木船，都是纤夫向前移动的阻碍物。"三百尺远"和"一寸"之短的对照，"大大地"与"一寸的脚步"之小的对照，这种看似很矛盾的表达方式，着力突出纤夫逆水而上的艰难。

第一节可以独立成一首诗，全诗的重要意象，包括风、江水、大木船、纤夫、纤绳和"一寸的脚步"都已经出现，并且构成一幅完整的图像。这第一节诗也可以看作序曲，阿垅没有就此停止，而是极力铺展，接下来唱出两个悲壮而昂扬的乐章。

第一乐章以新鲜的比喻和比拟描写水、风和大木船这些纤夫前进的对立物，描写纤夫逆水拉船、逆风而上的劳作，以"一绳之微"所指示的正确方向作结。

嘉陵江两岸的风"是一个绝望于街头的老人"，"拉住行人听它破落的独白"。这嘉陵江两岸的风,久远,力量大,阻止着纤夫的脚步。

嘉陵江的江水"是一支生吃活人的卐字旗麾下的钢甲军队"。流动柔弱的水,被比喻为坚硬的钢甲军队,突出了江水阻止大木船上行的巨大力量。"卐字旗"让人联想到德国纳粹,则象征了江水这一巨大阻碍力量的反进步性。而大木船像"活够了两百岁的样子","污黑而又猥琐","快要在这宽阔的江面上躺下来睡觉了",写出了大木船的沉重、迟缓、老化。像老人的风,像钢甲军队的江水,像快要睡觉的大木船,多么沉重而古老啊,给人压抑到窒息的沉闷。但那联系纤夫和大木船的纤绳,却给出了昂扬坚定的方向,诗歌这样写道:

> 用正确而坚强的脚步/给大木船以应有的方向(像走回家的路一样有一个/确信而又满意的方向):/向那炊烟直立的人类聚居的、繁殖之处/是有那么一个方向的/向那和天相接的迷茫一线的远方/是有那么一个方向的/向那/一轮赤赤地炽火飞爆的清晨的太阳!——是有那么一个方向的。

"是有那么一个方向的"这一表达出现三次,表明大木船的方向非常确定,不容置疑,而且也显示了这一方向的丰富内涵:第一,指向炊烟直立、人类繁衍生息的地方;第二,指向天地连接的茫茫远方;第三,指向阳光四射的清晨的太阳。这就指向了人类幸福的愿景和胜利的未来,给人向上乐观的希望!

第二乐章先写纤夫拉纤的姿态:伛偻着腰,匍匐着屁股,铜赤的身体与布满鹅卵石的岸滩地面成四十五度角。天空与地面平行,在这平行之间，斜插着身体弯成四十五度角的纤夫们。这种浮雕般的刻画，很有列宾《伏尔加河上的纤夫》的画面感。接着写纤夫的脚步：纤夫的脚步是非常艰辛的，因为路上布满有棱角的石头，松陷的沙滩上有滑头滑脑的鹅卵石，岸边有时是高大峻峭的岩石，有时还要站到湍急的洪水中，每移动一步都要付出艰苦的劳动。但纤夫们没有松懈，也不能松懈，在他们每个人以及群体的努力下，大木船又开始移动了！

这第二乐章的结尾也如第一乐章一样，把诗歌的意思归结到一条纤绳上，但第二乐章升华的是纤绳的组织力量。这一条纤绳"整齐了脚步"，那是怎样的脚步呢？脚步是严肃的，脚步是坚定的，脚步是沉默的。这才是纤夫们的脚步！同时，一条纤绳维系了一切。

那一切是什么呢？

大木船和纤夫们，船上的粮食、种子和纤夫们，力、方向和纤夫们。所以：

一条纤绳组织了／脚步／组织了力／组织了群／组织了方向和道路，——

诗人用"整齐""维系""组织"三个动词鲜明地突出了那一条纤绳的巨大的组织力量！

最后一节是尾声，也是高潮：纤夫在前进，以"一寸的脚步"不断前进，向着太阳不断前进！第一句只有一个词汇："强进！""强大"的"强"，"前进"的"进"，组成了"强进"这个词语。

突破巨大阻力的前进，才叫强进。诗歌中是这样写的：

    强进！／这前进的路／同志们！／并不是一里一里的／也不是一步一步的／而只是——一寸一寸那么的，／一寸一寸的一百里／一寸一寸的一千里啊！／一只乌龟底竟走的一寸／一只蜗牛底最高速度的一寸啊！／而且一寸有一寸的障碍的／或者一块以不成形状为形状的岩石／或者一块小讽刺一样的自己已经破碎的石子／或者一枚从三百年的古墓中偶然给兔子掘出的锈烂钉子，……／但是一寸的强进终于是一寸的前进啊／一寸的前进是一寸的胜利啊，／以一寸的力／人底力和群底力／直迫近了一寸／那一轮赤赤地炽火飞爆的清晨的太阳！

这里写"一寸的前进"，非常震撼。

一寸的前进是那么艰难，是那么不容易。然后这一寸的前进，将走完一百里、一千里！最终带来胜利！"一寸的前进"所蕴藏的"一寸的力"既是一个人的力，也是群体的力。这"一寸的力"朝向"那一轮赤赤地炽火飞爆的清晨的太阳！"，预示着光明的方向。这就把第一乐章里纤绳的方向性与第二乐章里纤绳的组织力量完美结合起来，将纤夫的形象推向新的境界。

纤夫作为一种职业已经消失了，我们不会惋惜，因为现代科学技术代替了这种繁重的劳动，这是人类的进步。但是阿垅的《纤夫》中，"一条纤绳"所指示的向上的"方向"，"一条纤绳"所凝聚的纤夫们的集体力量，"一条纤绳"所维系的纤夫们四十五度角的姿态，无不让我们对人类劳动者的精神奉上崇高的礼赞！

《纤夫》一诗写于1941年，发表于1942年。这个时候正是抗日战争进入最艰难的时候。《纤夫》里的所有重要景物都有象征性，比如，大木船象征着中国，江水象征着打击侵略中国的力量，风是帮凶，而纤夫无疑象征着千百万中国人民，那一条纤绳象征着千百万中国人民抗战到底的决心意志以及力量,虽然每次都只是"一寸的前进",但毕竟是前进,胜利总在前头。但《纤夫》一诗,除了"卐字旗"外,没有其他词语表明具体的时代特征,因此它又具有超越时代、超越国家的力量。可以说,《纤夫》不仅是一首献给全人类反抗侵略力量的战歌,更是一首献给全人类劳动者的颂歌!

苦难中的爱情，总是让我们充满敬意
陈思和讲曾卓《有赠》

"七月派"诗人曾卓是在1955年胡风冤案中被牵连的"胡风分子"。"胡风分子"是一个特殊的群体，他们的性情、经历、思想，甚至社会关系，都未必相同，他们彼此之间也不见得都非常熟稔。但经历了一场意想不到的劫难以后，他们之间的认同感由衷地产生。

关于这首诗的写作背景，曾卓自己说得很清楚，这是送给他的夫人薛如茵的诗。在另一篇《我的生活道路和文学道路》中，曾卓叙述了他在1955年的冤案被处理的遭遇："我有这样那样的缺点和错误，但怎样上纲也与'反革命'挨不上边。我却戴着这一沉重的'帽子'艰难地过了二十五年，从三十三岁到五十八岁，一生中的黄金时光。先是在监狱中单独监禁了两年，因病被保释。休养了两年，下放到农村劳动。1961年10月，被分配到武汉话剧院担任编剧。"

从 1955 年 5 月到 1961 年 10 月，就是整整六年零五个月，曾卓与薛如茵虽然同住在一个城市，却没有见过面。然而现在，曾卓可以回家了，如他自己所说："六年多的阔别，现在我们终于可以相见了。她将以怎样的态度接待我呢？我的命运是在她手中了。"

在创作《有赠》之前，曾卓在监狱里因为怀念薛如茵而写了多篇诗歌。薛如茵在一封给友人的书信里告诉我们："1955 年那场风暴袭击后的六年半，我们再次重逢。他送我最珍贵的礼物是饱尝人生沧桑，寄蕴着无尽的思念和温暖的喜悦所写的《是谁呢？》《在我们共同唱过的歌中》《雪》《两只小船》《有赠》《我能给你的》《感激》《无言的歌》等诗。他将这些诗抄在洁白的大 32 开的纸上，然后订成了诗集，封面上写着'沉吟'二字。"

2

曾卓亲自编订的《曾卓文集》第一卷诗歌卷里，有一辑专门收录了他在特殊岁月里献给薛如茵的诗，一共八首。

第一首诗叫作《是谁呢？》，写于 1956 年。这是诗人在狱中的念想：是谁呢？——是谁"愿用洁净的泉水为我淋浴"，"愿用带露的草叶医治我的伤痛"，"在狂风暴雨的鞭打中，仍紧紧地握住我的手，愿和我一同在泥泞中跋涉"，"当我在人群的沙漠中漂泊，感到饥渴困顿，而又无告无助，四顾茫然，愿和我分食最后一片面包，同饮最后一杯水"，"当我被钉在十字架上，受尽众人的嘲笑凌辱，而仍不舍弃我，用含着泪、充满爱的眼凝望我，并为我祝福"……那个被问是"谁"的人，就是曾卓心目中的薛如茵。

从这首《是谁呢？》中诗人的所有期待里，我们看到了五年以后写的《有赠》的基本雏形，两首诗构成了特殊的呼应结构。

也许，《是谁呢？》这样的题目，表达了诗人在命运的残酷打击下，对自己心爱的女人也有一种捉摸不定的感觉——因为在那个时代，政治压力大于一切，大难临头各自飞的同林鸟比比皆是，所以他用了一个不确定的代词与不确定的语气，作为诗的题目。

但是，在监狱里一切心声只能是心声，传达不到对方的耳边，他只有靠着心灵感觉来自问自答，重温以往的温情聊以自慰。

同样写于1956年的诗《在我们共同唱过的歌中》，就是一种重温，在诗里诗人直接呼唤了"亲爱的人"，并且用过去唱过的歌声渴望得到爱人的呼应。这是渴求生命信息的沟通，诗人在幻觉里似乎听到了他渴望听到的回音。

在前一首诗里，诗人发出了内心的呼唤——是谁呢？在后一首《在我们共同唱过的歌中》，给予了回答。这段时间是曾卓最痛苦的时期，如他自己所说的："我在那间小房内，像困兽那样地盘旋、或是夜半躺在狭窄的木板床上大睁着眼睛望着天花板上昏黄的灯光，自己喃喃低语。"

他在自己最痛苦的时刻，把思绪集中到想念薛如茵的形象里。

1957年3月，曾卓在监狱里看到了一只鹰在高空飞翔，就写了诗歌《呵，有一只鹰……》，思绪飞向了狱外的广阔天地。

这以后他因病保释，两年后下放到农村劳动，一直到1960年年底，诗人望着弥天大雪，感到了深刻的孤独，在大雪中他又一次产生了强烈的诗情，于是就写了一首诗——《雪》。他吟唱着：

雪落在我的心上
像每次落雪时一样

> 我又在雪中想起了你

诗人思念的是他与薛如茵曾经有过的欢乐时分：

> 想起了九年前的除夕
> 我们怎样坐在挂篷的三轮车上
> 如同坐在乌篷船里
> 篷外是欢呼声、锣鼓声、鞭炮声
> 是飘流的灯光和大雪
> ……

这个回忆场景应该是1951年的冬天。在一个革命热潮的时代里，两个青年人坐在三轮车上，这个细节不会是凭空虚构，唯有两个人的世界里隐含着值得回忆的意义，非外人所知道。

薛如茵姓薛，诗人面对着大雪纷飞，由此产生联想，让诗人的思念之情一发而不可收，一个名字在诗里呼之欲出："我轻轻地呼唤着雪，雪，雪……"

3

又隔了一年，1961年10月，诗人终于获赦，回到了他生活的武汉，恢复正常人的工作权利。

这时候的诗人的爱情达到了高潮，一个月之后，他同时写了三首诗歌来吟唱自己的新生——《两只小船》《有赠》《我能给你的》。

请注意，在《曾卓文集》的排列上，《有赠》是排在两首诗的中间。

前一首诗题为《两只小船》，用暴风雨前后的小船意象隐喻诗人感情的破镜重圆,因为是通篇比喻,场景是虚写,仅仅为主题做了铺垫。而《有赠》则是用诗人的私人经验又一遍重述了"流放者归来"的主题。

这是一首情诗,又是一首特殊情缘下的情诗。吟唱的诗人是一个从远方归来的囚犯,他远远地望着自己的恋人居住的房间窗口,望着那远远的灯光,犹豫地、胆怯地又遏制不住狂喜地走近她……

诗歌前两段完全是用写实手法描写这对苦恋者见面时的场景。在真实的生活里,诗人是这样描绘他们的见面情景:"她住在一栋大楼三层楼上的一间小小的房屋里。我先在楼下望了望,那里有灯光。我快步上楼去,在她的房门口站住了。我的心跳得厉害,好容易才举起了手轻轻地叩门。我屏住了呼吸等待着。没有反应,我又叩门,又等待了一会。门轻轻地开了,她默默地微笑着站在我的面前……于是我的生活——我们的生活开始了新的一页。"

曾卓这段描写于1976年的叙述,完全印合了《有赠》前两段的细节,诗人此时此地的心境在诗歌里得到了真实的表现。

接下来的七个小节,诗人手法发生了变化,采用了虚实结合的方法,不断提升他所歌颂的爱情的意义。

第三小节是关键性的段落:

> 你为我引路,掌着灯。
> 我怀着不安的心情走进你洁净的小屋,
> 我赤着脚走得很慢,很轻,
> 但每一步还是留下了灰土和血印。

女主人居住的是现代设施的楼房,因此不会出现"掌灯引路"的细节;男主人公虽然从农村回到城里,大约也不会赤脚留下了血印。但是我们从这个"掌灯引路"的动作里,联想到但丁《神曲》里出现的贝雅特丽齐——她既是但丁的恋人,又扮演了但丁的引路天使,把他引向天堂。

诗人是从"感情的沙漠"中跋涉而来,他的渴望不仅仅是一般意义上的爱情,而是一切与感情相关的内容——信仰、自信、青春、友谊、前途——所有这一切都已经消失了以后,他需要的是一种力量,一种能够帮助他脱胎换骨,重新做一个新"人"的精神力量,他需要的是一个健康、新鲜的生命融入另一个衰朽、病态的生命,使之再生如火中凤凰。这种摧枯拉朽的力量,就叫作爱情。只有在这个意义上,诗中出现的"掌灯""引路"以及最后一小节出现的"炼狱""灵魂"和"烈焰""飞腾"等意象才能够贯通起来,构成一个完整的精神爱情的意象。

曾卓在人生的困厄之际遇到了这个"缘",这首诗从第五小节开始,几乎是一气呵成,向爱人倾诉自己的困顿、希望和追求。他毫不含糊地向爱人提出这样的请求:

> 我全身颤栗,当你的手轻轻地握着我的。
> 我忍不住啜泣,当你的眼泪滴在我的手背。
> 你愿这样握着我的手走向人生的长途么?
> 你敢这样握着我的手穿过蔑视的人群么?

这仿佛是诗人在向爱人祈求"爱",但他所需要的"爱",在今天社会里也许是让人感到陌生的。因为在平庸的社会里,人们追求爱情无非是为了索取世俗幸福的保障，但偏有这么一些高贵的心灵，所追求的"爱"却意味着无条件的"给予"。"爱"是人的生命中最高贵的感情，一旦爱上了，就意味着对世俗一切的超越，尤其是"爱"上一个像诗人那样的"囚犯"，爱情也许将陪伴着苦难、受辱、凶险的未来，那简直是一个站在地狱门槛上的承诺：我愿意……

《有赠》是一首被公认的现代爱情诗的"经典"。

诗人对爱人提出的要求，不是物质的而是精神的，"一捧水"、"一口酒"和"一点温暖"都是精神层面上的象征，它成了一首现代摇滚所传递的精神的先驱："我一无所有"，但"你这就跟我走"。

诗人曾卓的生命，在1961年11月被另一个生命所接纳，人生从此开始了新的旅途。曾卓继《有赠》后的一首诗《我能给你的》，又回到了物质世界的层面，描写了夫妇间的"小巢"生活。曾卓再接下来给薛如茵的两首诗《感激》《无言的歌》都写于1971年，那是在"文革"中期，诗人在那两首诗里，表达了夫妇在患难中相濡以沫、平凡而高贵的精神沟通。

谁能代表中国的未来

陈思和讲食指《相信未来》

食指，本名叫郭路生，祖籍山东。父母早年都参加革命，1948年11月21日，他的母亲在行军路上生下了他，为他取名"路生"。后来郭路生在发表诗歌时为自己取了一个笔名"食指"，因为他母亲姓时，为了感恩母亲，"食指"也就是"时之子"的意思。

食指在当代中国诗歌发展中，有着一个很特殊的位置。

中国新诗百年，其间出现过几个历史时期。从抗战到1949年是其中一个时期。这期间影响最大的抒情诗人是艾青。在艾青开创的时代诗歌潮流中，涌现出一大批优秀的诗人，如绿原、曾卓、邹荻帆、贺敬之、柯岩、郭小川等，形成了一个革命诗歌的传统。

那么，这个传统到了20世纪60年代，尤其是"文革"期间，是谁来继承的呢？接这个传统的就是食指。食指的诗歌创作，早期接受了贺敬之、柯岩等诗人的影响。在20世纪50年代成长起来的一代人，青少年时期着迷一样追捧的，主要就是这些诗人的作品。20世纪70年代末，郭小川去世后发表的遗作《团泊洼的秋天》，在央视晚会上被朗诵，曾经激动了多少青年人的心！

食指在少年时期有机会认识贺敬之等诗人，直接受过他们的教诲，可以说，食指是在社会主义革命诗歌传统中成长起来、走上诗人道路的。但是，食指又不是简单地继承这个传统，而是把这个传统加以改造了。这是因为，食指又是在"文革"这样一个令人窒息的时代承接这个传统的。

那个时候，社会主义的革命诗歌传统也同样受到摧残，那些代表性诗人也同样被迫害，他们都在受难中，这就不能不在食指的心灵里烙下极其深刻的绝望阴影。就是这个时代烙下的阴影，使食指不自觉地把这样一个高端意识形态的诗歌范式，从天空拉到了地面，把它融化到民间大地。由于这样一个转变，一个高度理想主义精神引导的诗歌传统，被转移到了民间，用来真切表达一个个人（小人物）日常生活中的遭际。这就使食指写出了《相信未来》，写出了他一系列广为流传的诗歌。

食指的诗歌里有很多属于他个人的声音。

《相信未来》，未来是谁？谁能够代表中国的未来？这首诗里没有明确的指向，你读着"相——信——未——来"——从这四个字里，似乎有一种来自贺敬之、郭小川的诗歌旋律，一种恢宏的革命乐观主义的人生观（似乎未来总是要比现在更好）；但是你再仔细读，设身处地地读这首诗，你就会感受到，这首诗里渗透了个人的绝望情绪，以及个人在绝望中的无奈。

◆ *2* ◆

食指还是中学生的时候，才十六七岁，就因为读过一些西方经典文艺作品,学校里认为他有"资产阶级思想",对他进行轮番批斗,这对一个中学生纯洁的心灵造成了毁灭性的打击。年轻人容易绝望,食指甚至跑到北京复兴桥上想投河自杀。他的这个绝望,从整个中华民族所经受的苦难来说,只是很小的挫折,微不足道,但是对一个敏感的孩子,就是灭顶之灾。

《相信未来》展示了这样一种痛苦:一个孩子般天真的诗人,面对巨大的绝望不知所措,他只有一个方法——把自己交给未来。——"我"到底是好人还是坏人?是对的还是错的?"我"到底有没有价值?这一切,现在都说不清楚,只能把自己交给未来,让未来的人们来评价。

于是,诗人写出了这样的诗句:

> 我坚信人们对于我们的脊骨
> 那无数次的探索、迷途、失败和成功
> 一定会给予热情、客观、公正的评定
> 是的,我焦急地等待着他们的评定。

请注意两个词:一个是"脊骨",那是从后面来看诗人的后背(脊梁骨),诗人是先驱者,已经走到前面去了,后来的人们远远地望着诗人的背影,评判他,议论他,那是一个未来时态;然而诗人又说,"我焦急地等待着他们的评定。""焦急"这个词,表达了诗人在写诗时刻(也就是他受到迫害、感到绝望的时刻),对于未来人们将会怎样评定他,充满了期待。这又是现在未来时态,是一种很少被运用的时态。

这首诗一共七节,前三节是一个段落;后四节是一个段落。

在前面三小节里，诗人反反复复地告诫自己：我要相信未来。但是他对自我的告诫，其实很脆弱，是没有把握、稍纵即逝的。

我们来看第一、第二两个小节的诗歌意象。

当蜘蛛网无情地查封了我的炉台
当灰烬的余烟叹息着贫困的悲哀
我依然固执地铺平失望的灰烬
用美丽的雪花写下：相信未来

当我的紫葡萄化为深秋的露水
当我的鲜花依偎在别人的情怀
我依然固执地用凝霜的枯藤
在凄凉的大地上写下：相信未来

第一个意象是"炉台"，就是灶台，里面有火，烧饭用的。在诗歌里炉台可以转喻为希望，因为它能给人们带来温暖，所以，"我的炉台"也就是"我的希望"。但是在这首诗里，"我的炉台"是被查封的，没有火，只有灰烬和余烟。希望的反面就是绝望，炉台的反面就是灰烬。年轻的诗人在铺平的灰烬上用雪花写下四个字："相信未来。"我们可以想象：雪花落在灰烬上，冷热的反差如此之大，雪花很快就被融化。也就是说，诗人虽然从心底里喊出"相信未来"，其实他内心毫无把握。

接下来就能理解，第二节"深秋的露水""别人的情怀""凝霜的枯藤"等诗歌意象，都是短暂、不稳定和生命枯竭的象征，用这些意象来烘托和营造"相信未来"的气氛，只能是凄凉的。

当时诗人的心情确实是够凄凉的。

据诗人自己说,这首诗原创第三小节还有另外几句,后来诗人觉得那几句诗的情绪有点高昂,与整首诗的格调不统一,就删掉了。于是直接联系到现在的第三小节,在读解上会有些困难。

现在的第三小节非常好:

我要用手指那涌向天边的排浪
我要用手掌那托起太阳的大海

诗人用夸张的比喻,把自己的手指比作了涌向天边的排浪;把他的手掌比作了托住太阳的大海。然后他说"摇曳着曙光那温暖漂亮的笔杆",曙光就是早上的阳光,一束阳光射下来那就是他写诗的笔。——在这里,曙光的诗歌意象大家可以想象,二十岁不到的诗人,正是早上八九点钟的太阳。那么大的手拿着曙光干什么?是要"用孩子的笔体写下:相信未来"。这个比喻,让人联想起"五四"时期郭沫若创作的新诗《女神》,还有《凤凰涅槃》。诗人把自我夸大成一个巨象,像太阳一样,用他生命的洪荒之力喊出:相信未来。从表面上看,这个小节的诗歌意象与前面两节好像不一样,甚至相反。

——— 3 ———

但是,诗人究竟为什么要用这么大的力量来喊"相信未来"?他为什么不相信现在?为什么不相信过去?因为过去和现在都不属于他,没有让他可以相信的地方。所以他只能把自己交给了一个谁也不知道的"未来"。

他用这么一个夸大的形象,就像过去艾青写的一首著名的诗《太阳》,诗里面有一句是:"太阳向我滚来。"当时食指才二十岁,他想象自己的手像大海一样,这种写法就是超现实主义的。这样一个非常奇特的诗歌意象,构成了这首诗的特别之处。

你觉得诗人是在夸大自己吗?不是。为什么?因为诗人个人又是非常渺小,而且也非常绝望,如果他真的那么伟大,像大海一样,那么他的手一挥世界就湮灭了。这样的奇迹并没有发生,他依然还是很绝望。于是后面第四小节就出现了那样的句子——"不管人们对于我们腐烂的皮肉/那些迷途的惆怅、失败的苦痛/是寄予感动的热泪、深切的同情/还是给以轻蔑的微笑、辛辣的嘲讽"。

第四小节与前面引用过的第五小节是一个对照:"腐烂的皮肉"与"我们的脊骨"。人的身体皮肉都会腐烂、速朽,所以它是与惆怅、苦痛联系在一起的,对于这一切,诗人是不在乎的,他不在乎未来人们怎么来看待他的皮肉。

"脊骨"则不一样,包含了一种朗朗风骨的精神追求。"脊骨"的诗歌意象来自俄国作家屠格涅夫的散文诗《门槛》:当一个年轻的女革命者怀着自我牺牲的理想勇敢地走进黑暗大门时,她根本顾不得以后的人们怎么来评价她,她完全不在乎后人说她是一个圣人,还是一个傻瓜。但是,年轻的诗人食指却是在乎的,所以他就把这样一个意象用到了这首诗里,他相信未来会有人理解他的。于是,他最后吟唱:

朋友,坚定地相信未来吧

相信不屈不挠的努力
相信战胜死亡的年轻
相信未来、热爱生命

  这个诗人的自我形象，在诗歌文本里既很巨大，又很渺小；既对未来抱有期待，又很绝望。这样一个复杂的诗人意象，就这么伫立在我们的面前。《相信未来》这首诗不是在告诉大家：我们要相信未来，未来一定是美好的。这首诗给我们的意义也许是一种凄凉的宣告：我今天已经不能为自己做什么辩护了，但是我相信未来的人们会对我有一个公正的理解和评价。这就是在曾经荒诞的历史背景下，在迫害、歧视的高压之下，年轻的诗人庄严地把自己交给了未来。

  从这里，我们也看到了中国新诗风格的转变，从"相信未来"这样一个革命乐观主义的人生格言，在具体意象的演变下，慢慢地完成了转换。而这个转换又直接开启了"文革"后诗歌的先河，塑造了那个时代的人们——尤其是青年人——从现实绝望到相信未来的转换。

人生如棋，棋如人生

严锋讲阿城《棋王》

大家都知道有句话叫"文人相轻"，就是说作家都是比较骄傲的，不太把同行放在眼里，但是有一位作家，大家都对他很尊敬，包括中国最有分量的一些作家，像汪曾祺、王安忆、王朔、张大春，等等。这位备受尊重的作家就是阿城。阿城可以说是中国当代作家中的异数，陈丹青说他是作家中的作家。

阿城还有一个奇异的地方，就是他的小说作品非常少：三部中篇，《棋王》《树王》《孩子王》，一部短篇集《遍地风流》，其他几乎没有了，就是这寥寥的几篇作品，一举奠定他在文学史上的地位，这种情况在文学界也是非常少见的。阿城的小说，可以说每一篇都是精品，每一篇都凝聚了他对人生非常通透的观照，冷静而不冷漠，悲悯而不悲情，深刻而不晦涩，平淡里有味，在人世中超然，于无声处听惊雷，这是一种难得的境界，其中包含了不少透彻的人生态度和智慧，值得我们反复咀嚼玩味。

《棋王》讲的是"文革"中一群知青的生活,他们身处僻壤,与世隔绝,命运多舛,物质和精神生活都非常匮乏,这看上去像是之前的伤痕文学的场景,但是却与伤痕文学的表现内容和形式都有了巨大的不同。

怎么个不同法呢?

我们可以看一下《棋王》的开头,写叙事者"我"坐火车下乡,在车站见到纷乱的离别场景:

> 车厢里靠站台一面的窗子已经挤满各校的知青,都探出身去说笑哭泣。另一面的窗子朝南,冬日的阳光斜射进来,冷清清地照在北边儿众多的屁股上。两边儿行李架上塞满了东西。我走动着找我的座位号,却发现还有一个精瘦的学生孤坐着,手拢在袖管儿里,隔窗望着车站南边儿的空车皮。
>
> 我的座位恰与他在一个格儿里,是斜对面儿,于是就坐下了,也把手拢在袖里。那个学生瞄了我一下,眼里突然放出光来,问:"下棋吗?"

这是一个生离死别的场面,其中的"伤痕"意味不言而喻。但是,我们在读阿城作品的时候要非常小心,因为这里面不止一种情感,也不是一种简单的滋味。

比如"说笑哭泣"这简简单单四个字,一下子让人有一种众声喧哗、五味杂陈的感觉。然后他写冬日的阳光冷清清地照在北边儿众多的屁股上,这是以静写动,以冷写热,以景写人,以俗写雅,以喜写悲,以背面写正面,以轻盈写沉重,充满张力,又具有画面感（顺便说一下，阿城也是一位优秀的画家，他后来其实主要以绘画为生），其中的韵味妙不可言，这就是典型的阿城风格的文字。

这还仅仅是铺垫，乱哄哄的背景衬托的是一个沉默寡言、望着车厢另一边的人，他就是我们的主人公王一生。他看到"我"，两眼发光，第一句话就是"下棋吗？"这是完全脱离环境的一句话，也让《棋王》从之前的伤痕文学中飞升出来。

王一生是个棋呆子，棋就是他的生命，他的精神寄托，就是他的一切。中国自古以来就有棋与人生乃至宇宙相通的说法，比如元代著名诗人虞集认为棋有"天地方圆之象，有阴阳动静之理，有星辰分布之序"。棋是一种游戏，但又不是单纯的游戏，棋如人生，棋又超越人生，这是王一生这个人物的"一生"的凝缩，是这个人物的生命和力量所在，也是我们理解《棋王》这篇作品的关键所在。

我们再看看作品开头第一句话，"车站是乱得不能再乱，成千上万的人都在说话"，这个"乱"是那个时代的象征。在那样一个乱世，一个极端的年代，一个人该如何生存，如何自处，如何寻找一种秩序，如何安放自己的精神，这是里面的人物需要解决的问题。

其实，在很多经典作品中，主人公都被置于一个纷乱的世界，面对内心的迷惘，比如莎士比亚的《哈姆雷特》里，主人公哈姆雷特说："这个时代脱了节了，哎，可真糟啊，而偏偏我有责任来把它整好。"我们都需要秩序，内在的或外在的。这种秩序，对于王一生而言，就是棋道。对棋道的痴迷追求让王一生显得与环境和他人格格不入，也让他从尘世的纷乱中超脱出来，获得了一种沉静的力量。

2

棋所代表的这种秩序、精神、力量是从何而来的呢？

《棋王》对此有许多精彩的阐发。王一生并非象棋世家，他出身贫寒，家庭不幸，母亲解放前是窑子里的，后来靠打零工维持家庭生计。有一次，王一生和他母亲给印刷厂叠书页子，是一本讲象棋的书，他看得入了迷，从此开始沉溺于象棋。母亲一开始坚决反对，生怕他耽误了学业，但是怜悯王一生因为家里穷得没有别的东西玩，就慢慢随他了。

母亲其实一直都不理解棋的价值，也不理解棋对王一生的意义，但在去世的时候，给儿子留下一副棋，这是她用捡来的牙刷把磨成的棋子，都是一小点儿大的子儿，磨得像象牙那样光滑，可上头没字，因为母亲不识字，要等儿子自己刻上去。

在小说最后王一生与众高手决战的时候，又从"我"的眼里写到了母亲留给儿子的这些棋子的模样：

> 我不由伸手到王一生书包里去掏摸，捏到一个小布包儿，拽出来一看，是个旧蓝斜纹布的小口袋，上面绣了一只蝙蝠，布的四边儿都用线做了圈口，针脚很是细密。取出一个棋子，确实很小，在太阳底下竟是半透明的，像是一只眼睛，正柔和地瞧着。我把它攥在手里。

这是整个作品最感人的一段。在这里，我们知道了，这些棋子不仅仅是棋子，它们是生命，是传承，是爱。

这个世界可以是混乱的，也可以夺去我们很多东西，但是终究有一些东西是永恒的，是毁不掉的，是无法剥夺的，就如同棋，更进一步说，如同心中的棋。

我们知道，象棋的高手，可以不用棋子，不看棋盘，光靠记忆和默想来下无形的棋。《棋王》里王一生就经常下这种盲棋，我问王一生："假如有一天不让你下棋，也不许你想走棋的事儿，你觉得怎么样？"他挺奇怪地看着我说："不可能，那怎么可能？我能在心里下呀！还能把我脑子挖了？你净说些不可能的事儿。"

在文学史上，阿城的《棋王》被视为寻根文学的代表作。20世纪80年代中期，中国文学中出现了一股"文化寻根"的潮流，这其实是同整个改革开放同步并且有一种深刻的内在关联。当我们开始走向世界的时候，也是面对各种纷乱的风景的时候，那么就会思考我们的主体性在哪里，我们的中心在哪里，或者说我们的根在哪里。寻根派就是想从自己的民族文化历史当中寻找能让我们立身安命的东西，我们精神的立足点，我们灵魂寄托的地方。

在《棋王》里，这个根就体现为象棋，或者说象棋背后的文化精神。

3

整个小说的高潮，是王一生一人与九位高手车轮大战，上千人一片寂静，这时候，从叙事者"我"的角度有这样一段描写：

> 我心里忽然有一种很古的东西涌上来，喉咙紧紧地往上走。读过的书，有的近了，有的远了，模糊了。平时十分佩服的项羽、刘邦都目瞪口呆，倒是尸横遍野的那些黑脸士兵，从地下爬起来，哑了喉咙，慢慢移动。一个樵夫，

提了斧在野唱。忽然又仿佛见了呆子的母亲，用一双弱手一张一张地折书页。

这一段犹如电影中的蒙太奇镜头，历史与现实彼此映照，相互叠加，草根生命不绝如缕，民间意志默然现身。

至此，我们对这个作品的文化意义可以有更深入的理解。

从叙事者"我"的角度，这其实也是一部成长小说，他及其同伴经历了困顿、疗伤、发现、回归、成长等阶段。这些知青从中心被贬谪到边缘，迷惘困苦，不知所措。是王一生和他的棋给他们单调沉闷的生活带来了生命的波澜。为了招待王一生，他们举办了一场蛇宴。这些知青物质极度匮乏，连基本的烹饪调料都没有，但是他们齐心协力，穷尽所能，一丝不苟地把一顿简陋的饭变成了一场盛宴。

这一段关于吃的描写堪称经典：

> 不一刻，蛇肉吃完，只剩两副蛇骨在碗里。我又把蒸熟的茄块儿端上来，放小许蒜和盐拌了。再将锅里热水倒掉，续上新水，把蛇骨放进去熬汤。大家喘一口气，接着伸筷，不一刻，茄子也吃净。我便把汤端上来，蛇骨已经煮散，在锅底刷拉刷拉地响。这里屋外常有一二处小丛的野茴香，我就拔来几棵，揪在汤里，立刻屋里异香扑鼻。大家这时饭已吃净，纷纷舀了汤在碗里，热热的小口呷，不似刚才紧张，话也多起来了。

表面上看，吃代表了身体性的需求，与象征着精神的棋构成了对立的两极，但是在《棋王》中，这两者的关系其实更为复杂。一方面，人在那样食物短缺的环境中，真正认识自己最基本的生存本能。另一方面，他们并没有随意苟且，没有放弃对精致生活的追求，这当中其实是体现了超越困顿现实的努力，与王一生对棋道的追求可以视为一体的两面。

  在小说开始的时候，下棋是对生活的逃避。随着故事的发展，我们又在棋中重新发现了生活，棋被赋予了更加丰富的生命意义，我们也随着作品中的人物一起达到了一种复归。这是一种新的层次的复归。我们知道：世事如烟，风云变幻，每个人在生活中都可能遇到各种问题，遭遇生命的低谷，但是我们需要寻找一些更为恒久，更为根本，也更加精神化的东西，比如棋，比如文学，比如思想。

"一地鸡毛"还是"一地阳光"
文贵良讲刘震云《一地鸡毛》

/

刘震云的中篇小说《一地鸡毛》创作并发表于20世纪90年代初期,是"新写实主义"小说的代表作之一。

"新写实主义"小说指的是80年代中后期至90年代初期的一股小说思潮,不太描写重大题材,不讲究描写剧烈的矛盾冲突,而是注重描写日常生活。

那么,《一地鸡毛》为什么成为了"新写实主义"小说的代表作之一呢?

《一地鸡毛》讲述了小林和小李这对年轻夫妻的日常生活故事。他们都是大学毕业生,在不同的单位工作。故事发生的时候,他们的女儿两三岁了。

这篇小说共七节。第一节写小林和小李为一斤变馊的豆腐争吵不已,显示了城市里小家庭生活的艰难,但同时也显示了年轻夫妇已经陷入日常生活琐事。第二节写小林和小李为了调动小李的单位找人、送礼,结果事情没有办成。第三节,写小林的小学老师杜老师到北京来看病,顺便看看小林。小李与小林为招待小林老家的人闹矛盾。第四节,送小孩上医院看病。因为觉得四十五块五毛八的药费很贵,小李一怒之下不买药了,决定给小孩吃大人的药。第五节,他们想让小孩进入好一点的幼儿园,但又找不到门路,幸亏邻居家帮忙,才进入了理想的幼儿园,后来得知是要陪邻居家小孩上学又心里不爽快。第六节,小林下班后代替大学同学"小李白"收账,每天可得二十元。做了九天,获得一百八十元。给老婆小李买了一件风衣,给女儿买了一个大哈密瓜,一家喜笑颜开。第七节,小林帮查水表的老人家的家乡办了一个批文,收下了一个价值七八百元的微波炉,一家人用微波炉烤红薯吃,其乐融融。

  这就是小说《一地鸡毛》的主要内容。小林和小李对各自单位的事情漠不关心,但对自己小家庭的日子却十分热心。两人整天考虑的都是家庭琐事。刘震云曾在一个访谈中,面对有人猛烈批评这种沉溺于日常琐事中时,他说,不一定是一地鸡毛,说不定是一地阳光。

  那么,我们如何看待这个故事呢?

  表面上看,小林和小李一家诸事遂意,小李的单位很远,调动虽然没有成功,但单位通了班车,不需要上下班挤公共汽车了;女儿要上理想的幼儿园,他们无法做到,幸好邻居家有能力,帮忙解决了;还能运用手中的权力,收下一个微波炉的礼物。一切都在朝着顺利的方向发展。

  小林和小李两人虽然经常为一斤变馊的豆腐这样的鸡毛蒜皮的小事争论不休,但是在大事上两人基本一致,生活态度也一致。

他们打理小家庭的日常生活确实有一股子热情，并且稍有好事，就觉得十分满足。

那么，能不能说这种生活就"一地阳光"呢？

显然不能这么说。虽然小家庭的日常生活确实也非常重要，也需要精心打理。但是如果一对年轻的大学生毕业后，他们的目光就只是盯在这些琐事上，那我们认为不是年轻人出了问题，就是他们生活的环境出了问题。

接下来，让我们进入具体的分析。

首先，《一地鸡毛》讲述故事有个明显的特色。小林和小李两人分别所在的单位是什么，并没有交代；人物也只有姓，没有名。小林、小李、老张、老关、女小彭、杜老师等。这种叙事方法让人想起鲁迅的《阿Q正传》。阿Q姓什么，不确定；名字是什么，不知道；籍贯在哪儿，很模糊。最后剩下的就只有这么一个读音"阿Q"是确定的。鲁迅的目的是要写出中国普遍的国民性，不要让读者去断定，这里写的只是某个地方的人、某个阶层的人、某个群体的人。《一地鸡毛》的叙事方法也是让人感觉到这不是某个单位的情况，而是当时单位的一种普遍状况；让读者感觉到小林和小李不是某个具体阶层的人，而是当时单位上年轻人的代表。

其次，小林和小李是怎样的人呢？小林和小李，没有了诗意想象，丧失了对事业、对社会的理想与关怀。小李大学刚刚毕业的时候，在小林的眼里，是一个爱干净、沉静的姑娘，还有些淡淡的诗意。几年下来，就变得爱唠叨、很俗气。"小李白"在读大学的时候，喜欢写诗；毕业后，成了卖板鸭的个体户，忙着挣钱养老婆小孩。小林整天忙着日常琐事：排队买豆腐，买大白菜，为家乡来人心里忐忑不安。当然，忙于琐事，也是城市知识分子的一种常态,但小林是沉溺于琐事,或者是被琐事淹没,除了琐事,他似乎不关心别的。我们看不到小林和小李对自己事业的规划与设想,看不到他们对单位的建设与不满。

尤其可怕的是,小林和小李对他人的温情在一点点丧失。年轻人在大城市生存,确实有艰难之处,自身的能力也有限,比如经济上紧巴巴的,社会关系也很有限,不能帮助他人,但是,如果对他人的温情也一起丧失了,这个人就会变得非常冷漠。

小林的小学老师杜老师来北京看病,顺便看看小林。小林先是非常激动,十几年不见杜老师,这位杜老师对小林当年玩冰掉到冰窟窿里,不但没有责备,还把自己的棉袄给小林穿上。小林接着是尴尬,一是老婆小李不高兴做饭;一是自己没有能力帮老师找到好的医院看病。最后,看到杜老师在公共汽车上摇摇晃晃,还向他挥手,伤感与愧疚交织,眼泪一下子流了下来。这样的小林还是很有人情味的。

不过,三四个月后,小林接到了杜老师儿子的信,杜老师从北京回去后三个月就去世了。杜老师去世前叮嘱儿子一定要写信告诉小林,感谢小林的招待。小说这样描写小林读了信的感受:

> 小林读了这封信,难受一天。现在老师已埋入黄土,上次老师来看病,也没能给他找个医院。到家里也没让他洗个脸。小时候自己掉到冰窟窿里,老师把棉袄都给他穿。但伤心一天,等一坐上班车,想着家里的大白菜堆到一起有些发热,等他回去拆堆散热,就把老师的事给放到一边了。死的已经死了,再想也没有用,活着的还是先考虑大白菜为好。小林又想,如果收拾完大白菜,老婆能用微波

炉再给他烤点鸡，让他喝瓶啤酒，他就没有什么不满足的了。

这就是《一地鸡毛》的结尾。"难受一天""伤心一天"表示小林确实有难受、伤心的一面，但两个"一天"，也许暗示了时间的短暂。诚如他所想的，死者已经安息，生者还要活下去。但整个叙事透出的一股冷气，还是让读者有些不寒而栗。老师去世的悲伤，小林没能热情招待的愧疚，很快就被那么些鸡毛蒜皮的小事以及满足取代了，这不能不说是一种悲剧。

最后，那么我们要问一问：像小林与小李这样的年轻人，是不是他们甘于平庸呢？这里不能不提到他们所生活的小环境，这个小环境就是我们常说的"单位"。

"单位"，至今仍然非常重要。《一地鸡毛》这篇小说写于1990年。那个时候，全国的下海潮还没有到来。有单位的人，一般就是国家的工作人员。《一地鸡毛》中小林、女小彭、女老乔、老张等人物在刘震云的另一篇小说《单位》中曾经出现过。

《单位》的写作比《一地鸡毛》早，两篇可算是姊妹篇。《单位》这篇小说写的也是单位的日常事情：单位分梨，梨子有好有坏，大家议论纷纷；老张升副局长了，谁将坐上处长位置，成为大家关心的焦点；还有老张与女老乔的风流事情；小林的入党问题；等等。联系两篇小说来看，小林的单位非常呆板，体制非常僵硬，没有激励机制，没有挑战机遇，更重要的是没有任何理想一点的发展目标，没有任何高尚一点的工作信念，自然也无法给年轻人更多的关心与鼓励。说实在的，这样的单位很像闻一多所说的，"这是一沟绝望的死水"，很像鲁迅所说的"大染缸"。任何人掉进去，都有立即被淹没的危险。20世纪90年代推行市场经济制度后，一批国家工作人员"下海"，进入私人企业或者合资企业，跟这些人的"单位"的死板有极其密切的关系。

人生的困顿，在于遭遇实际的坎坷与磨难；人生的平庸，在于享受获得蝇头小利的物质快乐。单位虽然僵硬，但人，尤其是年轻人，如何从僵硬中活出灵活光彩的生活，如何从淤泥中散发莲花般的清香，仍然是需要考虑的。

第八单元 生活的艺术

文学不仅仅是理想，光有理想显然是不够的，文学更重要的是还要有真相。真相是什么呢？真相就是告诉大家。我们所说的许多理想，只是理想。许多理想根本就不存在。这本《南京人》既有很多理想的成分在里面，同时也是在告诉大家，真相可能是什么？真相有可能会让大家失望，但是真相毕竟还是真相。一句话，理想和真相是文学这只大鸟能够飞翔的翅膀，缺一不可。文学没有理想不行，没有真相更不行。

——叶兆言

"茶道"之"道"
郜元宝讲"周氏兄弟"同题杂文《喝茶》

/

1924 年 11 月,周作人写了篇文章叫《生活之艺术》,声称中国人的"生活之艺术"已经失传,只有一些碎片还留存于"茶酒之间",而即使喝茶吃酒的道理也濒临失传,须赶紧挽救,这样才能重建"中国的新文明"。

既然把吃茶喝酒的意义提得如此重要,周作人就身体力行,紧接着在 1924 年 12 月又写了篇散文叫《喝茶》,具体阐发他的思想。周作人很看重这篇《喝茶》,起先收在 1925 年出版的《雨天的书》里,1933 年又收进《知堂文集》。

周作人谈喝酒的文章也不少,这里先只看他怎么谈"喝茶"。

《喝茶》这篇文章,先从徐志摩说起,说徐志摩在一所中学讲过"吃茶",可惜他没去听,也没见徐志摩把讲稿写成文章。但他推想徐志摩肯定是在讲日本的"茶道",于是就随手写了一段他自己对日本茶道的理解:

> 茶道的意思，可以说是"忙里偷闲，苦中作乐"，在不完全的现世享乐一点美与和谐，在刹那间体会永久，是日本之"象征的文化"里的一种代表艺术。

寥寥数语，并不多做发挥，接着笔锋一转，说日本茶道并非他关心的问题，"我现在所想说的，只是我个人很平常的喝茶罢了"。

但周作人也并不立刻就介绍他的喝茶究竟怎样"平常"，而是转过头去，说英国作家乔治·吉辛认为，英国家庭用红茶就黄油面包喝下午茶，是一天中最大的乐事，有着一千多年喝茶历史的中国人未必能体会。周作人反对吉辛的说法，他认为英式下午茶简直就是吃饭，哪有中国人喝茶正宗。

说到这里，周作人才终于亮出他本人的茶道：

> 我的所谓喝茶，却是在喝清茶，在赏鉴其色与香与味，意未必在止渴，自然更不在果腹了。

但他又说，近来中国人受西洋影响，丢失了这种茶道，只在乡村还保存一点古风，可惜乡下房屋茶具都太简陋，只有"喝茶之意"而无"喝茶之道"。

可见周作人要探讨的，是有点终极意味的"喝茶之道"，也就是喝茶这件事背后所包含的生活态度与生活方式。

2

那么，何为"喝茶之道"？对此，周作人有一段很有名的解释——

> 喝茶当于瓦屋纸窗之下,清泉绿茶,用素雅的陶瓷茶具,同二三人共饮,得半日之闲,可抵十年的尘梦。喝茶之后,再去继续修个人的胜业,无论为名为利,都无不可,但偶然的片刻优游乃正亦断不可少。

这听起来看似高妙,其实也很平常,无非举了"茶道"四要素。

第一环境要清幽;第二须"清泉绿茶",即泡茶的水要好,茶须绿茶;第三茶具要讲究,最好是陶瓷的;第四茶友要对路。所谓"同二三人共饮",可不是随便拉上什么人!

四要素凑齐,便可以从"为名为利"的世俗繁忙中暂时抽身,"得半日之闲,可抵十年的尘梦",享受半天清闲,红尘中最高的梦想也就不过如此。

说到茶,附带又说到"茶食",即喝茶时所吃的东西。

周作人反对中国人喝茶时吃瓜子。他没说为什么,我想大概是嫌吃瓜子时,瓜子壳乱吐,唾沫星乱飞吧。

他推荐的茶食一是日本"羊羹",据说是唐朝时从中国传过去的。其次是江南茶馆的"干丝"。再就是他小时候在绍兴吃过的一种"茶干"。这些茶食的共同点是"清淡"。他尤其欣赏茶干,认为这是远东各国独有的食物,西洋人领会不到其妙处,正如他们不理解中国人的喝茶。

这样的"喝茶",不就是文章开头所说的日本茶道吗?周作人说了半天又绕了回去,还是认为日本"茶道"就是中国人丢失的那"一点古风",而其精华所在,莫过于《喝茶》的最后一句,"故意往清茶淡饭中寻其固有之味"。

何为"清茶淡饭"?何为"固有之味"?周作人点到为止,要读者自己去体会。这就很含蓄,令人处于似懂非懂之间。所谓"故意往清茶淡饭中寻其固有之味",所谓"得半日之闲,可抵十年的尘梦",所谓"在不完全的现世享乐一点美与和谐,在刹那间体会永久",说得多美,又多么难以把捉。

周作人太喜欢谈论喝茶了。古人喜欢取斋名室号,周作人的就叫"苦茶庵"。他经常邀请北京的一帮文人到他的苦茶庵喝茶。他的一组新诗,总题就叫"苦茶庵打油诗",还有一本自选集叫《苦茶随笔》,而1934年那首引起轩然大波、朋友们唱和不断,而敌人们骂声不断的《五十自寿诗》,最后一句也是"请到寒斋吃苦茶"。

所以周作人喜欢喝茶,喜欢谈论喝茶,是出了名的。在20世纪二三十年代,周作人喝茶,几乎赶得上陶渊明饮酒了。但周作人的初衷,只是想借喝茶来探讨"生活之艺术",即一种合宜的生活态度与生活方式,并非鼓吹一天到晚喝茶,或者像《红楼梦》里的妙玉那样,标榜只有她才懂得喝茶。但许多崇拜周作人的人一哄而上,竞相谈论喝茶,客观上就把自以为只是"很平常的喝茶"的周作人,塑造成一位喝茶大师了。

喝茶人人都会,但几人懂得"喝茶之道"?这就产生了许多神秘的解释。愈解释愈神秘,最终就像妙玉那样,堕入魔道,装腔作势、故弄玄虚地瞎讲究。造成这种风气,周作人尽管不是始作俑者,但多少也脱不了干系。

3

无独有偶,1933年9月,鲁迅也写了篇《喝茶》。时隔九年,鲁迅这篇同题的杂文,既像是为周作人解围,又像是对这位老弟有所提醒,有所讽刺。

文章开始说,某公司打折,他赶紧去买了二两好茶。泡了一壶,郑重其事地喝下去,不料竟和一向喝的粗茶差不多。略一思索,明白原因在茶具。不该用茶壶,得用盖碗。于是改用盖碗泡了,果然"色清而味甘,微香而小苦,确是好茶叶"。可惜正在写骂人的文章,结果还是跟喝粗茶一样。

根据这种切身经验,鲁迅得出结论:

> 有好茶喝,会喝好茶,是一种"清福"。不过要享这"清福",首先就须有功夫,其次是练习出来的特别的感觉。

原来要懂"茶道",除了有钱而又有闲,可以享"清福",另外还需在有钱有闲的前提下不断地"练习",刻意养成一种"特别的感觉"。这两项只有"雅人"才具备,跟"粗人"是无缘的。

鲁迅并非因为"粗人"不懂品茶,就否定"雅人"的"茶道",或一般地攻击"有好茶喝,会喝好茶"的"清福"。他只是强调凡事皆有度,不能太过,过犹不及。比如,清泉泡茶固然好,但没清泉,自来水也不是不可以。不一定非要陶瓷的盖碗,但也没见谁有了上等龙井,却偏要泡成大碗茶。总之要有度。

但相比之下,鲁迅更讨厌的还是"雅人"的无度,即"雅人"喝茶时刻意追求的那种"特别的感觉":

感觉的细腻和敏锐,较之麻木,那当然算是进步的,然而以有助于生命的进化为限。如果不相干,甚而至于有碍,那就是进化中的病态。

"细腻和敏锐"怎么就"病态"了?鲁迅以"痛觉"为例,说这是必须的,"一方面使我们受苦,而一方面也使我们能够自卫",否则被人捅了一刀,不知疼痛,岂不危险!"但这痛觉如果细腻敏锐起来呢,则不但衣服上有一根小刺就觉得,连衣服上的接缝,线结,布毛都要觉得,倘不穿'无缝天衣',他便要终日如芒刺在背,活不下去了。"

喝茶是生活的一部分,有条件的话,不管怎样喝上一杯,都不失为一种"清福"。但如果为喝茶而喝茶,把喝茶弄得神乎其神,甚至闹得乌烟瘴气,以至于妨碍了正常生活,那么鲁迅就说,这还不如"不识好茶",不管"茶道",简简单单地去喝吧!

那么能不能说,鲁迅彻底否定了周作人呢?恐怕也未必。

鲁迅主要是批评一些瞎起哄的人对周作人的误会。如果说鲁迅也有"茶道",那他跟周作人其实倒不无相通之处,当然也有微妙的区别。

鲁迅所谓"不识好茶",简单直接地去喝,跟周作人主张"故意往清茶淡饭中寻其固有之味",都是强调喝茶的态度,最好是以我为主,顺其自然,不必太在乎茶的好坏,也不必太在乎别人都是怎么喝茶的。

但周作人想通过喝茶追求更高的境界。他所谓"故意往清茶淡饭中寻其固有之味",就不是针对"粗人",而是寄希望于少数"雅人",也就是前文所谓"二三人"。在周作人心目中,只有他们才懂得"喝茶",才有希望挽救中国的"生活之艺术",重建中国的新文明。

相比之下,关于喝茶,鲁迅就没有那么郑重其事。他更加随便,也更加包容。鲁迅欣赏"粗人"的爽快,也能理解雅人的"清福"。"喝茶"毕竟是各人自己的事,只要不刻意追求"细腻和敏锐",爱怎么喝就怎么喝,别人管不着。因此不必立一个标准,说这才是"正宗"。鲁迅怀疑号称"正宗"的人,很可能根本就不正宗。

看来喝茶不能太讲究,但也不能太不讲究。不必盲目效法别人,但也不能"推己及人",强求别人效法自己。喝茶事小,却关乎基本的生活态度与生活方式。

这大概就是所谓"茶道"或"喝茶之道"吧。"周氏兄弟"的"茶道",既亲身实践,又深思熟虑,隐隐地还有对话关系,值得仔细玩味。

宇宙之大与苍蝇之微

张业松讲周作人《苍蝇》

///

周作人在文章中说,苍蝇不是一件很可爱的东西,却与我们很有关系。

这种关系从个人的角度来说,是在儿童时代它可能成为我们的玩物,我们把它捉了来,以它为活道具,做种种很好玩的游戏。这些游戏有的是在它背上钉一片月季花的叶子,让它背着在桌子上慢慢爬;有的是在它的背上穿一根细竹丝,让它凌空竖起来,四脚拿一段灯芯草颠倒舞弄;有的是把它的肠子拉出来,缠上白纸条,使它在空中飞;还有的是用快剪切了它的头,让它做个无头苍蝇飞一阵。

这些事情,小孩子的时候玩得理所当然、兴致盎然,不会想到有什么不妥;成年以后,也许会觉得有点残酷?但是,现在我们都受了科学的洗礼,知道苍蝇能够传染病菌,不仅不是什么好东西,而且是"美和生命的破坏者",那么,对它残酷一点,"诅咒你的全灭",正是我们该有的立场和态度。

而且,像我们小时候那样地玩弄苍蝇,办法也并不是个别偶然的,不仅在中国的不同地方(作者的故乡浙江,北京)可以见到,两千年前的希腊(应为古罗马)典籍中就已经有类似记载了。

以上,是《苍蝇》这篇文章前三段所讲述的内容,也是它的"入题"。这样的一个"入题",要把读者引向哪里呢?

下面的文章,便接着"希腊"的话头往下讲,从神话传说,到荷马史诗,到现代法布尔的《昆虫记》,然后从欧洲转向亚洲,由中国的《诗经》,讲到日本的俳谐,又回到中国典籍、绍兴儿歌,最后仍然收于希腊记载。

接下去,作者以其渊博的学识,使我们看到,在希腊神话中,苍蝇的乱爬乱舔如何被附会为恋人的饶舌;在荷马史诗中,苍蝇的固执与大胆怎样被类比于勇士的勇猛与顽强;在法布尔的科学笔记中,苍蝇的繁衍行为如何给作者带来诗意的想象;在中国的经典里,苍蝇乱声乱色的特征,如何被圣人君子用来作为施行诗教的材料;在日本的俳谐中,苍蝇作为日常人生的伙伴,如何在与人的共同生活中体现出温暖热闹的境界;而这种与日常人生共生的境界,在绍兴的小儿谜语歌中、在路吉亚诺思的作品中,本来也是不缺乏的,只是两相对照,"中国人虽然永久与苍蝇同桌吃饭,却没有人(像古希腊人那样)拿苍蝇作为(正式的)名字,以我所知只有一二人被用为诨名而已"。

〰〰〰 2 〰〰〰

这样的一番神游,展现的是一部微型的"苍蝇文化史"。

它把我们由个人经验中儿童时代对苍蝇的厌嫌和折磨，引向了人类文化记忆中与苍蝇接触和交往的漫长历史。这些接触和交往，不只是好玩有趣而已，还涉及了人类精神和文化生活的一些主要形态，如文艺想象、科学观察、品德教养、生活审美等，并体现出古今中外高度的共通性。

也就是说，在人类精神文化生活的主要形态和载体里，保留了人类将苍蝇涵纳进自己的生活，使之为我所用的诸多痕迹。文章通过这样的展示，告诉读者，即使是在苍蝇这样的事物和主题上，人类的智慧照样可以找到施展余地，使之由一个我们不得不被动接受的不受欢迎的对象，变成丰富和美化我们的生活的媒介之一。

事实上，此文中体现了周作人人生和艺术观念中的核心概念：余裕与爱智。

余裕来自心灵的丰富，否则永远局促于此刻当下；爱智的关键在于破除愚执，追求对人类智慧的运用超越一切困境的束缚。活泼灵动的想象力是余裕的结晶，包容万物优游其中的智慧是人类优越性的体现。

永久与苍蝇同桌吃饭，却没有人拿苍蝇作为名字，说明胸襟、想象力和智慧相对而言还是有点局促，整个心智可能被对象的某一方面的特点局限住了，像我们通常所说的，放不开。歌中唱道，把窗儿打开，让风儿进来，用在这里，此风就是心智自由之风，大可一涨。由此，文章最终提供的，是对人类智慧的伟大优裕的见证，也是对一种宽博睿智的胸襟和生活的赞美。文章结尾对于"中国人"生活的微词，所隐含的也正是对于中国人心灵和精神境界的进一步丰富和扩大的期待。

3

正因为在即小见大方面的突出表现，这篇《苍蝇》曾被文学史家阿英视为现代散文中"正式的作为正统小品文的美文"的发端。20世纪30年代林语堂主编小品文杂志《人间世》时，也曾由此文汲取灵感，在发刊词中以"宇宙之大，苍蝇之微，无所不谈"相号召，把周作人的佳作拿来做了金字招牌。其实整个30年代林语堂派小品文的成就，周作人的这篇《苍蝇》几乎就是最高典范。

多年以后，周作人再次谈到"苍蝇之微"的话题时，还曾议论说："苍蝇虽微，岂是容易知道之物，我们固然每年看见它，所知道可不是还只它的尊姓大名而已么。"言下对自己过去的成就不无自满之意。

他是对的，完全有理由骄傲。宇宙之大、苍蝇之微并举，不只是一个文章题材的范围而已，而至少还要包括另外两层意思：一是从苍蝇之微见证宇宙之大，这考验的是写作者的修养和本事，有没有那么多的知识上和经验上的积累，可以展现一个很小很小的对象所可能具有的无限丰富性。而更重要的，是苍蝇之微乃是人伦日用之微，生活中的事事物物，说到究竟无不如是，有点讨厌而要永久同桌吃饭，搞不好还要上头上脸，给你存在之烦，考验你如何与之共在；而所谓宇宙之大，其实乃是心智的天地之大。比海更宽的是天空，比天空更大的是人的心灵。这句话我们都会说，它是什么意思呢？就是这个意思，从苍蝇之微中体现出的宇宙之大。

一根烟的哲学与文学

段怀清讲林语堂《我的戒烟》

———◆/◆———

喜欢看电视的观众,知道林语堂的名字,大概是与电视剧《京华烟云》有关;而喜欢看书的读者,则不会没听说过《吾国与吾民》这本小册子。其实,《京华烟云》也罢,《吾国与吾民》也罢,最初都是林语堂写给西方读者看的,不过后来又都出口转内销,成了汉语中文世界里不时被人提起的作品。这种写作现象,在现代中国文学史上虽然说不上是绝无仅有,但亦并不多见。

无论是听过林语堂的名字,还是读过林语堂的书,或许都不会忘记林语堂的照片中经常出现的那柄西式大烟斗——林语堂的形象,也就与烟或吸烟密不可分了。其实,林语堂的照片中还常见他端着一只颇为精致的瓷茶杯的样子,所以在吸烟之外,喝茶的林语堂亦颇为深入人心。而吸烟与喝茶的林语堂,亦就成了作家林语堂在一般人印象中的"定格"。

说到吸烟、喝茶与汉语文学之间的关系,实在是一个大的话题。

不说吸烟，单就喝茶而言，远的不说，只说现代作家，有关喝茶的文章，轻轻松松地就可以选编出厚厚的一部现代"茶经"。当年周氏兄弟还就"喝茶"打过一场笔仗，可见喝茶不仅可以成为一个"文学"的命题，亦可以成为一个关乎思想、价值、审美的哲学问题。

说到吸烟、喝茶与文人作家的关系，一般读者未必都了然于心，不过说到喝酒与文学，只要曾进过语文课堂，都不会不记得"李白斗酒诗百篇"的典故，大概也都还记得"古来圣贤皆寂寞，惟有饮者留其名"的名言。所以，吸烟、喝茶、饮酒，与中国文学乃至哲学，都有过关系，也都仍有着关系。

2

读过鲁迅作品的人，对于《魏晋风度及文章与药及酒之关系》一文不会太陌生，这是鲁迅的一篇演讲稿，后收入《而已集》中。这也是一篇现代人从"药"与"酒"的角度来看作家、谈文学的好文章。

文中讨论到曹操时代的文章风格，在简约严明之外，特别讲到了"尚通脱"的风气。文章中是这样说的：

> 此外还有一个特点，就是尚通脱。他为什么要尚通脱呢？自然也与当时的风气有莫大的关系。因为在党锢之祸以前，凡党中人都自命清流，不过讲"清"讲得太过，便成固执，所以在汉末，清流的举动有时便非常可笑了。
>
> 比方有一个有名的人，普通的人去拜访他，先要说几句话，倘这几句话说得不对，往往会遭倨傲的待遇，叫他

坐到屋外去,甚而至于拒绝不见。

又如有一个人,他和他的姊夫是不对的,有一回他到姊姊那里去吃饭之后,便要将饭钱算回给姊姊。她不肯要,他就于出门之后,把那些钱扔在街上,算是付过了。

个人这样闹闹脾气还不要紧,若治国平天下也这样闹起执拗的脾气来,那还成甚么话?所以深知此弊的曹操要起来反对这种习气,力倡通脱。通脱即随便之意。此种提倡影响到文坛,便产生大量想说甚么便说甚么的文章。

更因思想通脱之后,废除固执,遂能充分容纳异端和外来思想,故孔教以外的思想源源引入。

这段文字,实在是高明透彻。在鲁迅看来,一两千年前的曹操胆子很大,近乎为汉语文学开辟了一个前所未有之格局,"文章从通脱得力不少,做文章时又没有顾忌,想写的便写出来"。这无论是对于曹操自己思想与情感的表达,还是对于汉语文学的审美风格,都产生了一种久远深刻之影响。

此文对于中国古代作家与文学关系的阐发尚不止于此。文章对于晋之文人风度与文章风格,亦有极敏锐之观察、极深刻之剖析,譬如在议论到嵇康时,有下面一段文字:

嵇康的论文,比阮籍更好,思想新颖,往往与古时旧说反对。孔子说:"学而时习之,不亦说乎?"嵇康做的《难自然好学论》却道,人是并不好学的,假如一个人可以不做事而又有饭吃,就随便闲游不喜欢读书了,所以现在人之好学,是由于习惯和不得已。

这种发现及议论,亦实在"通透"得很,无论是就精神思想而言,抑或就文学而言,皆然。

3

不妨从这里再回到林语堂的《我的戒烟》一文。

单就文章而论,《我的戒烟》并没有多少特别之处,亦无非是文人与吸烟一类的常见主题。但是,此文之所以又引人注目或者过目难忘,似乎并不是它揭示了多少人与烟的关系——无论是从医学的角度,还是从历史文化社会的角度——而是它在阐述"我的戒烟"故事中所表明的"我"的立场而不是他的立场或者他们的立场。

文章中作者颇为决绝地提出了这样一个个人观点,"我已十分明白,无端戒烟断绝我们灵魂的清福,这是一件亏负自己而无益于人的不道德行为。"同时亦几乎同样决绝地反省批判了自己接受戒烟之围劝之时的自我处境,"因为一人到此时候,总是神经薄弱,身不由主,难代负责。"而这种自我处境,时过境迁,似乎又会为作者所不齿。

今人看戒烟,多是从医学以及公共道德等角度来起论,并就"戒烟"而形成了一个"科学+道德伦理"的理论模式,理直气壮且声势浩大,所以戒烟的局面似乎已势不可挡。在此情势之下,重读林语堂的《我的戒烟》一文,并没有多少反对戒烟的意思,更不是意图对当前"戒烟"的大好局面妄议攻击,而是注意到林语堂戒烟的个人经验中所呈现出来的一种个人话语。这种个人话语,不仅表现出一种带有自然个性的一根烟的哲学,而且也表现出一种带有自然个性的一根烟的文学。

需要特别说明的是，林语堂的《我的戒烟》一文，作于法律明文规定在公众场合严禁吸烟之前，故此文所涉及的，主要还是他人对于吸烟者"群起而攻之"的阵势，以及"吸烟者"因为"势"而屈就的"自我压抑"。对于这两者，作者都是旗帜鲜明地反对的，认为这些都是不近人情的，也妨碍了自然人性对于悠闲的生活以及为人的快乐的哲学的向往与追求，遂用一种幽默的笔调行文记之。

如果一定要将这篇文章的中心思想归结为一句话，不妨用林语堂自己的一句话来作结：

> 不近人情者总是不好的。不近人情的宗教不能算是宗教；……不近人情的艺术是恶劣的艺术；而不近人情的生活也就是畜类式的生活。

无论我们是否认同接受上述观点，至少有一点是可以确定的，那就是人情在我们的日常生活中是既不能缺少更不能缺失的。

猫儿相伴看流年

王小平讲丰子恺《阿咪》

――――◇ / ◇――――

丰子恺很喜欢猫,养过许多,阿咪是其中一只。我们先来看看,这是一只什么样的猫。

在丰子恺笔下,阿咪活泼,好动,几乎没有片刻安静的时候,任何东西都可以成为它的玩具。它也很喜欢跟人玩,只要有人理睬它,就会马上亲近起来。阿咪快乐的天性很能够感染人,文中这样写道:

> 此时你即使有要事在身,也只得暂时撇开,与它应酬一下;即使有懊恼在心,也自会忘怀一切,笑逐颜开。哭的孩子看见了阿咪,会破涕为笑呢。

多么可爱的一只小猫!

而且,阿咪还有别的作用。除了陪伴主人,给主人带来快乐之外，它还能够沟通人与人之间的感情。比如说，以前来家里送完信就走的邮递员，现在就会说笑几句，对阿咪问长问短，舍不得离开。有访客来的时候，阿咪还能化解主人与客人之间的尴尬，比如，谈话出现冷场的时候，阿咪的出现就为主客提供了话题；当谈话比较枯燥、严肃的时候，阿咪就成了润滑剂，调节气氛；当客人情绪激动的时候，阿咪还能转移客人的注意力，让客人放松下来。

在散文中，作者写的，不仅仅是阿咪这一只猫。由眼前阿咪的种种功绩，他又联想起以前养过的另一只猫，是一只被叫作"猫伯伯"的黄猫，它同样深受主人宠爱，有一次，它竟然跳到了一位贵客的脖子上，而那位贵客也竟然并不讨厌，甚至还弯下身子，让猫伯伯坐得更舒服一点。

凡此种种，让丰子恺生出感慨，他写道：

> 猫是男女老幼一切人民大家喜欢的动物。猫的可爱，可说是群众意见。
>
> 能化岑寂为热闹，变枯燥为生趣，转懊恼为欢笑；能助人亲善，教人团结。即使不捕老鼠，也有功于人生。

在这里，我们看到，猫和人的世界，本来是不同的。但是却因为猫的可爱，而使人的世界也充满了欢乐，充满了人情味，打破彼此之间的隔阂，而变得亲密起来。人与猫之间和谐共处，猫也使人与人之间和谐共处。这是作者特别喜爱猫的一个重要原因。在丰子恺看来，人的世界，特别是成年人的世界，是有点沉闷无趣的，还充满了机心，而纯真可爱的小动物的存在，则能够使人暂时从严肃的世界中脱离出来，心灵得到片刻的休憩。

2

养过猫的人都知道，猫跟人一样，不是你想碰就可以碰的。猫咪不仅对陌生人的爱抚很警惕，即便是主人，吸猫不得法，也是要遭到嫌弃的，这里要解释一下，"吸猫"是一个网络词，指的是对猫的亲密动作。

我看到过这样一张照片，丰子恺正襟危坐，在读书，头上却盘踞着一只白猫，威风凛凛，一人一猫，相映成趣。虽然丰子恺并没有直接去触摸猫的敏感部位，比如柔软的肚皮，或者是尾巴，但从那种和谐的状态来看，丰子恺应该是已经到了吸猫的高级境界。

事实上，在散文中，我们可以看到，丰子恺是那么喜欢阿咪，几乎是把阿咪当作一个家庭成员了，猫和人之间已经产生了亲情。对于成为了家庭成员的猫，主人就不仅仅只是从它的身上找乐趣了，而且也会反过来心甘情愿地服侍猫，让猫过得愉快。即便在它们犯错的时候，也是以关爱为主，惩戒为辅。阿咪就不必说了，它要与主人嬉戏玩耍的时候，主人就算有要事在身，也会停下来应酬它。本来白天是主人静心写作的时间，但自从有了阿咪后，就变得热闹起来，忙于写作的主人也是毫无怨言。

除了阿咪以外，丰子恺对待其他猫也是如此。

比如，他有一篇散文，标题是《贪污的猫》，控诉猫的种种"恶形恶状"，贪吃啊、偷盗啊之类的。但有趣的是，在控诉之后，最后的解决办法是什么呢？竟然是提高猫的待遇。

因为他觉得猫贪吃、偷盗是因为吃不饱，既然物价飞涨，那么猫食费自然也应该水涨船高，于是把本来的每天一千元提高到三千元。当然，这指的是当时的法币，不是我们今天的三千元。这个时候，我们就知道，在主人前面的长篇控诉背后，隐藏着的，其实是对猫满满的爱。

做一只丰子恺家的猫，真的应该是一件很快乐的事。

丰子恺的另一篇散文《白象》，写的是一只叫"白象"的猫，这只猫后来失踪了，为了寻找它，丰子恺写寻猫海报，以法币十万元做酬劳。虽然不是现在的十万元，但在当时也是一笔不小的数目了。

这种人与猫之间的亲情，其实也折射出家庭成员之间的浓厚感情。在《阿咪》这篇散文的末尾，作者说，希望阿咪健康长寿，像老家的老猫一样。紧接着他又写道：

> 这老猫是我的父亲的爱物。父亲晚酌时，它总是端坐在酒壶边。父亲常常摘些豆腐干喂它。六十年前之事，今犹历历在目呢。

猫成为了父子两代人之间的情感联系纽带。表面上是写猫，实际上却是借着写猫，写出了对父亲的怀念。

又比如之前提到的另一只猫——白象，本来是由一个老太太寄养在丰子恺的女儿那里，后来女儿又交托给了丰子恺。白象生下五只小猫，家里七个孩子，当时三个在外，四个在杭州，于是各领一只。于是，猫的家族延续，便与人的家族延续形成了一种对应。所以，丰子恺曾经写过这样一句话："小时候，老时候，乱世或升平，猫儿相伴看流年。"猫像家庭成员一样，相伴看流年，见证着一家人的聚散离合。

丰子恺养猫、写猫，除了猫本身的可爱，以及作为家庭情感纽带之外，还有另一层寓意。

丰子恺很喜欢小动物，除了猫，还写过鸭、鹅，甚至蝌蚪、蜜蜂、蚂蚁、蜘蛛，各种各样的小动物，有家养的，也有路上偶遇的，都写得情趣盎然。他也喜欢写小孩子，赞赏并且爱惜那一份童真、童趣。小动物、儿童，都是这世上最弱小的事物，但是丰子恺并不因此而漠视他们，相反，对他们无比关爱。

这种想法，一方面和丰子恺的生命观有关，他是佛教居士，讲究众生平等，所以要护生、惜生；另一方面，他也认为小动物和儿童的世界里，有成年人所不具备的东西，甚至是值得成年人学习的。这里面其实包含着一种人生观念，那就是丰子恺所推崇的自然、和谐、充满童真的生活状态。

他曾经说过，"近来我的心为四事所占据了：天上的神明和星辰，人间的艺术与儿童。"你看，他把儿童的地位提得多么高，和神明、星辰、艺术并列。为什么会这样？就是因为孩子的世界是真挚的，不虚伪的，不扭曲的，所以他说，要向儿童学习。理解了这一点，我们就可以理解，为什么丰子恺能够把猫写得那样可爱，画得那样可爱。因为在丰子恺看来，小动物和小孩子一样，也是纯真、自然的，是同类。

比如，在《阿咪》中，他就写，客人带着小孩子来的时候，主人应付客人，很无聊，小孩子本来是枯坐在一边，但阿咪出来"招待"小客人后，他们很快就玩成一片。丰子恺这样写道：

小朋友最爱猫,和它厮伴半天,也不厌倦;甚至被它抓出了血也情愿。因为他们有一共通性:活泼好动。女孩子更喜欢猫,逗它玩它,抱它喂它,劳而不怨。因为她们也有个共通性,娇痴亲昵。

丰子恺就是这样把小动物和小孩子放在一起,在他看来,那是一个相通的世界,都纯真可爱,充满乐趣。他喜欢这样一个世界。这里包含着对个体生命和外部世界之间关系的思考,是一种生活态度、生活方式的体现,也是一种人生境界的体现。

3

在丰子恺的许多散文里,我们看不到太多的时代喧嚣。

以写猫的几篇散文为例,《白象》《贪污的猫》写于1947年,那是战争期间,正是丰子恺携全家辗转各地、颠沛流离之际。《阿咪》则写于1962年,也是暗流涌动的年代。但这些时代背景、现实的烦难在文中连一丝气息都找不到,就好像是一个心情非常放松、很有童心的人,什么烦恼都没有,在开开心心地跟你聊他怎么养猫,他的阿咪有多么可爱。其实,丰子恺是把外部世界的很多东西过滤掉了,在散文中只留下了令人心情愉悦的生活乐趣。

自然,对于这种似乎与时代脱节的写作方式,作者不免也要解释一下。《阿咪》这篇文章的开头就说,之前家里养着另外一只黄猫时,就想替它写文章,"但念此种文章,无益于世道人心,不写也罢。"但紧接着又说,现在实在是非常想写阿咪,"率尔命笔,也就顾不得世道人心了。"这句话很有意思,就是说自己知道这些文章跟所谓的文以载道不搭界，但是不管那么多了，想写就写吧。这里隐含着的，其实是丰子恺独特的文学观、艺术观。

丰子恺有一部散文集，《缘缘堂续笔》，是写于"十年动乱"时期，其中有一篇散文，标题是《暂时脱离尘世》。文章中有这样一段话：

> 苦痛、愤怒、叫嚣、哭泣是附着在人世间的。我也在三十年间经历过来，此中况味尝得够腻了。腻了还要在戏剧、小说中反复体验同样的刺激，真吃不消。我所喜爱的诗，不是鼓吹世俗人情的东西，是放弃俗念，使心地暂时脱离尘世的诗。

我们可以从这段话中看出作者的性情、处世态度。

丰子恺出生于1898年，经历了各种大大小小的历史事件、社会动荡，就像他说的，苦痛、愤怒、叫嚣、哭泣实在是经历得太多了，他不想在文学中再体验同样的刺激，自然也不愿意别人在自己的文章中体验这种刺激。

他充满爱心、童心的文字，体现的是一种精神上的自由，以他自己的方式，建构起一个自己的心灵世界，去抵抗外界的喧嚣。这些看起来没有什么实用价值、很琐屑、很微小的事物，却从另一个方面体现了人性的光辉。

不仅散文如此，绘画也是这样。他以猫为题材的画作，许多是在抗战中完成的，有的是茶余饭后闲话，有的是孩子们放气球，都是日常生活的图景，每一幅中都有猫，自自然然的，就那么陪着。里面没有重大的战争题材，但我们能够感觉到，作者对生活的热爱，对和平岁月的盼望。这种苦难中的自持、平静是一种很动人的力量。

丰子恺用艺术家的眼光去看待生活,说:

　　艺术家看见花笑,听见鸟语,举杯邀明月,开门迎白云,能把自然当作人看,能化无情为有情。

让生活艺术化和让艺术生活化,在丰子恺那里是统一的。他把生活过成了一种艺术,而他的艺术则充满了浓郁的人间情味和生活气息,能够超越时代,依然为今天的人们所喜爱、欣赏,比如这篇散文《阿咪》。

作家怎样给人物穿衣

郜元宝讲张爱玲《更衣记》、鲁迅《洋服的没落》及其他

这个话题有点特别：文学作品中的人物都是怎么穿衣服的？作家为什么让他们这么穿，而不是那么穿？

小说故事性强，描写细腻，涉及衣物服饰更多。小说之外，作家们还会通过散文、杂文等文学形式探讨衣着打扮这一常见的生活现象。

比如张爱玲的散文《更衣记》。这篇文章标题很别致。它当然不是写某人某次更换衣服的行为，更不是取"更衣"的委婉义之一即"如厕"，而是概括地记录了作者所了解的一部分中国人从清末到20世纪三四十年代服饰变迁的历史，即什么时候流行什么衣服，为何今天流行这个，明天流行那个。

张爱玲提到许多服饰，今天若非专门研究，都会觉得隔膜。我们可以借她这个题目，梳理一下现当代中国文学中的服饰描写。

《更衣记》告诉我们，张爱玲对衣着打扮很有研究。她十八岁

时的散文《天才梦》结尾那句名言就和衣服有关:"生命是一袭华美的袍,爬满了虱子。"张爱玲跟她的闺蜜炎樱合资办过时装店,自任设计师和广告文案的作者。日常生活中她的许多衣服都自己设计。她喜欢奇装异服,不怕惊世骇俗。她也喜欢借服装设计来探讨文学理论问题。比如她认为写小说要有"参差对照",最好是"葱绿配桃红"。

张爱玲的传记出了好多种,有兴趣的读者不妨去看看她如何设计服装,如何像同时代女作家苏青所说,喜欢"衣着出位"。但我们主要想说的还是张爱玲小说对人物衣着的描写。

张爱玲笔下的人物,女性居多。女性通常比男性更注重衣着打扮,所以张爱玲的小说也频频写到女性人物的服装。

《鸿鸾禧》写邱玉清马上要嫁给娄大陆,一上来就写大陆的两个妹妹陪着玉清在时装公司试衣服。这两个刻薄的小姑子偷偷取笑未来的嫂子是"白骨精",又白又瘦。但作者不这么看,她说邱玉清"至少,穿着长裙长袖的银白的嫁衣,这样严装起来,是很看得过去的,报纸上广告里的所谓'高尚仕女'"。这一笔并非无的放矢,因为接下来又写到,新郎官也认为"玉清的长处在给人一种高贵的感觉"。服装关乎人物的格调,也关乎人物的相互评价。玉清是破落户女子,娄大陆是暴发户男子。娄大陆就爱邱玉清那种格调,包括她的着装风格。

再看《红玫瑰与白玫瑰》,写男主人公佟振保与"红玫瑰"娇蕊、"白玫瑰"孟烟鹂初次相见,就特别强调这两位女主人公衣着上的差异。娇蕊那天碰巧一身浴袍,让佟振保隔着衣服也能看出身体轮廓,"一寸一寸都是活的",就是今天所谓"性感""肉感"。孟烟鹂初见佟振保,则"穿着灰地橙红条子的绸衫,可是给人的第一个印象是笼统的白"。烟鹂很像《鸿鸾禧》中的玉清,都是"骨感美人"。佟振保一见烟鹂,当场决定娶她为妻。正如他一见裹着浴袍的娇蕊就疯狂地爱上了。娇蕊和烟鹂的衣着打扮,符合佟振保心目中"热烈的情妇"与"圣洁的妻子"的标准。这当然也是张爱玲对暴发户男性的一种典型的讽刺。

有人说张爱玲在服饰上也有恋物癖,这恐怕不妥。《鸿鸾禧》写那两个小姑娘逮着做女傧相的机会,大肆买衣服,恰恰说明张爱玲很警惕女性在服装上的贪婪的占有欲。

不仅如此,她的小说写女性,也并非时时处处都提到衣装服饰。比如,《倾城之恋》自始至终就没有正儿八经写过白流苏、范柳原如何穿衣。白流苏也是破落户女子,离婚多年,住在哥嫂家受气。范柳原是父母非正式结婚生下来的。父亲死后,他好不容易争到继承权,一夜暴富。但因为长期生活在英国,回国后处处不适应,尤其难以克服身份上的尴尬。这就和白流苏同病相怜,但也同病相克,都一样的不信任别人。他们俩的"精神恋"包含太多猜疑和不放心。他们的对话就像林黛玉贾宝玉的猜哑谜,或沈从文批评汪曾祺青年时代写人物对话,总是"两个聪明脑袋在打架"。白流苏范柳原彼此试探,机关算尽,哪会关心对方的衣着?人物不关心,作家当然也就没有必要浪费笔墨了。

2

再看鲁迅。

《故乡》写豆腐西施出场,"一个凸颧骨,薄嘴唇,五十岁上下的女人站在我面前,两手搭在髀间,没有系裙,张着两脚,正像一个画图仪器里细脚伶仃的圆规。"

除了"没有系裙"四个字,豆腐西施穿了什么,全无交代。有读者就纳闷:那可是严冬啊,豆腐西施"没有系裙",却可能穿着厚厚的棉袄棉裤,你能看出"圆规"来吗?这或许就是鲁迅描写女性的衣着过于简单而惹出的麻烦。

再比如《祝福》写祥林嫂:"五年前的花白的头发,即今已经全白,全不像四十上下的人;脸上瘦削不堪,黄中带黑,而且消尽了先前悲哀的神色,仿佛是木刻似的;只有那眼珠间或一轮,还可以表示她是一个活物。"完全是神态描写,不涉及衣着。

鲁迅说过,"要极省俭的画出一个人的特点,最好是画他的眼睛。我以为这话是极对的,倘若画了全副的头发,即使细得逼真,也毫无意思。"这里说的是东晋大画家顾恺之所谓"传神写照,正在阿堵之中"。鲁迅不写祥林嫂衣着,只注重其神情,尤其是"那眼珠间或一轮",就是这个道理。

祥林嫂如此,"狂人"、单四嫂子、九斤老太、七斤夫妇、赵太爷、吴妈、小尼姑、吕纬甫、四婶、四叔、四铭、高老夫子、涓生、子君,莫不如此。鲁迅写人物,往往不太关心他们的高矮胖瘦黑白美丑。至于穿着打扮,更是不着一字,尽得风流。

但也不尽然。

《祝福》写祥林嫂第一次来鲁四老爷家做用人,"头上扎着白头绳,乌裙,蓝夹袄,月白背心,年纪大约二十六七,脸色青黄,但两颊却还是红的"。这里就是凸显衣着与身体两方面的特征,强调祥林嫂是干干净净守寡的女人。她营养不良,但大体健康,甚至还有某种容易被忽略的青春朝气,而她的衣着也与这种身心状态基本保持一致。

但隔了两年,祥林嫂第二个丈夫去世,孩子被狼叼走,不得已再次上鲁四老爷家帮佣,作者写她"仍然头上扎着白头绳,乌裙,蓝夹袄,月白背心,脸色青黄,只是两颊上已经消失了血色"。强调服饰依旧,除了暗示祥林嫂的贫寒,几年没添新衣,更要暗示她虽然服饰依旧,身心两面都已判若两人。

这就像《故乡》写少年闰土头戴"一顶小毡帽",中年闰土也是头上"一顶破毡帽"。毡帽相同,闰土却不再是原来的闰土了。

毡帽也是阿Q的"标配"。鲁迅对阿Q的破毡帽念念不忘。十几年之后,有人要把阿Q搬上舞台,他还提醒改编者"只要在头上戴上一顶瓜皮小帽,就失去了阿Q"。他生怕改编者不知毡帽是什么,特地寄去一个画家朋友所画的头戴破毡帽的几张阿Q的画像。

因此,如果说鲁迅只对眼睛感兴趣,完全不写人物的服饰,那也不对。"站着喝酒而穿长衫",寥寥数字,不就写活了孔乙己吗?

再比如《孤独者》写魏连殳登场,"是一个短小瘦削的人,长方脸,蓬松的头发和浓黑的须眉占了一脸的小半,只见两眼在黑气里发光",只写神态,不写衣装。但小说又写魏连殳死后,只穿"一套皱的短衫裤",这就暗示他做了官,花钱如流水,却依旧颓废,依旧不修边幅,依旧不为自己打算。

小说最后写人们给魏连殳穿的"寿衣"更有趣:"一条土黄的军裤穿上了,嵌着很宽的红条,其次穿上去的是军衣,金闪闪的肩章。"魏连殳就"在不妥帖的衣冠中,安静地躺着,合了眼,闭着嘴,口角间仿佛含着冰冷的微笑,冷笑着这可笑的死尸"。通过观察"寿衣"来刻画魏连殳一生的颓废,以及人情冷暖,世态炎凉,真是入木三分。

说起鲁迅对服装的研究,不能不提到他的两篇杂文。一篇叫《上海的少女》,说"有些人宁可居斗室,喂臭虫,一条洋服裤子却每晚必须压在枕头下,使两面裤腿上的折痕天天有棱角"。在以貌取人的上海,别的可以马虎,就是衣服马虎不得。

鲁迅还发现,女性的时髦漂亮,固然能占到不少便宜,但代价是容易被坏男人吃豆腐,"所以凡有时髦女子所表现的神气,是在招摇,也在固守,在罗致,也在抵御,像一切异性的亲人,也像一切异性的敌人"。鲁迅观察和分析时尚的两面性,多么睿智!

他的另一篇《洋服的没落》,一口气讲了好几个幽默故事,揭示了社会人心的变迁在服饰上的投射,有兴趣的朋友不妨找来一读。

说到"洋服",不可不提鲁迅晚年那封著名的书信《答徐懋庸并关于抗日统一战线问题》。

其中有一段话说:"一位名人约我谈话了,到得那里,却见驶来了一辆汽车,从中跳出四条汉子:田汉,周起应,还有另两个,一律洋服,态度轩昂。"这里说的是现代文学史上著名的"两个口号论争",说来话长,不必赘述。有趣的是当事人周扬、田汉、夏衍、阳翰生对于这"四条汉子"的说法,都很委屈,都说那天既没在鲁迅面前跳下汽车,也并非"一律洋服"。但鲁迅偏这么说!大概他觉得什么样的人物,就该有什么样的衣装吧?这可能还是文学家的思维习惯暗中起了作用。

3

鲁迅、张爱玲的时代,中国人的服饰频繁巨变,丰富多彩,也混乱不堪。这一触目的社会文化现象,他们两位的小说散文都捕捉到了。

1950至1980年代,中国人的服饰又发生革命性变化。大趋势是极端单一化。反映在文学作品中,服饰描写几乎乏善可陈。

但也有例外。20世纪50年代末的《创业史》第一部,作者柳青写梁三老汉看见俊俏的姑娘改霞穿得整齐一点,就不以为然:"啊呀,收拾得那么干净,又想和什么人勾搭呢?"梁三老汉可不是什么地痞流氓,但恰恰是善良正直的老汉看不惯姑娘家的爱美之心。当时中国的乡村,服装简陋到何等地步,由此可见一斑。

《创业史》第一部还写到十七岁的农村小伙子欢喜看见邻居小媳妇素芳打扮得整整齐齐,并且抹了雪花膏,就差点呕吐。跟普遍的朴素贫寒稍稍不同的作风,令这个小伙子多么不堪忍受啊。

尽管如此,《创业史》也并不放弃对于服装的描写。小说最后写梁三老汉穿上他的养子梁生宝孝敬的一套崭新的棉衣棉裤,圆了他多年的梦。老汉还因此认识到,"人活在世上最贵重的是什么呢?还不是人的尊严吗?"一套衣服的意义如此重要!即使在极端贫困匮乏的年代,服装的故事也仍在继续。

中国古人谈论文学上描写人物的方法,经常借用绘画理论的术语,比如说作家既可以"遗形写神",就是不关心人物外貌(包括服装),而直指本心,但也允许"以形写神","形神兼备"。上述几个现当代文学中与服装有关的例子,对这两种传统显然都有所继承。

应该说,优秀作家既可以不写或少写人物的衣着,也可以大写特写。两种方式各有千秋,都可以见出作家们的苦心孤诣,匠心独运。

"草炉饼"与"满汉全席"

郜元宝讲汪曾祺《八千岁》

1

当代著名作家汪曾祺的散文和小说，数量不多，但质量很高，经得起一读再读。他在文学史上的地位不仅无可争辩，而且与日俱增。

汪曾祺还有一个身份，就是人称"美食家"。因为他爱吃，夸口"什么都吃"。他主张"一个人的口味要宽一点，杂一点，'南甜北咸东辣西酸'，都去尝尝"。他自豪地说，"甚矣，中国人口味之杂也，敢说堪称世界之冠"。

不仅爱吃，他还能下厨房，做一些"寒宅待客的保留节目"。汪曾祺一生简朴，住处狭窄，根本没个像样的厨房，他只是随遇而安，自得其乐，苦中作乐，把做菜当写作的一种调剂。他还说，做菜之前，从打算吃什么，到逛菜场实际选料，也是一种"构思"。

所以汪曾祺也很爱谈吃。他的散文尤其爱谈中国各地的食物和自己发明的"美食"。往往谈得兴会淋漓，令人口舌生津。

但汪曾祺反对别人称他为"美食家"。对"美食家"这顶帽子，始终拒不接受。

其实是否是美食家并不重要。究竟何谓美食家，也并没有大家都能接受的定义。汪曾祺爱吃，爱谈吃，爱做菜，只是热爱生活、感恩生活的一种表现。用他自己的话说，"我所谈的都是家常小菜。谈吃，也是一种对生活的态度，对文化的态度"。

所以汪曾祺绝非饕餮之徒，绝不刻意讲究什么"食不厌精，脍不厌细"。对过分讲究的"美食"他嗤之以鼻。他曾公开撰文反对"工艺美食"，就是把食物弄出各种奇形怪状的花样。他认为那简直是胡闹。

汪曾祺有篇小说叫《金冬心》，写扬州八怪之首金农，被财大气粗的盐商请去，陪达官贵人吃饭。他们吃的东西名贵而稀罕，叫作"时非其时，地非其地"，就是一桌菜，没一样是当地出产，也没一样是当时所有。今天大家都害怕大棚种植的"反季食品"，而当时就特别名贵。汪曾祺写拍马屁的盐商和无聊文人，跟在达官贵人后面，装模作样赞叹那一桌美食，其实就是批判那种附庸风雅、夸奢斗富的吃法。

汪曾祺并不完全否定名贵的菜肴，但他强调这绝非平常人所能享受，而且许多名贵菜肴也确实超出了正常人的生理需要，除非特殊场合特殊需要，基本属于炫富和浪费。

——— 2 ———

汪曾祺所谓"美食"，只是在粗茶淡饭中享受生活，感恩生活。如果这也是"美食家"，那它肯定要遭遇对立面，即"恶食者"。"恶食者"不是汪曾祺的原话，是我的一个概括。我发现汪曾祺散文多谈"美食",小说却常常写到穷奢、欲暴殄天物的饕餮之徒,他们用不义之财追求过度消费,自以为是美食家,瞧不起普通人的粗茶淡饭,其实这些人哪里是什么美食家,顶多只能算是"恶食者"。

汪曾祺短篇小说《八千岁》,就生动描写了这两种"美食"观念的尖锐对立,也就是"美食家"和"恶食者"的狭路相逢。

小说《八千岁》的主角就叫八千岁,他靠着一股子心劲,埋头苦干,拼命硬干,居然成为家资饶富的米店老板。发家之后,他"包子有肉,不在褶儿上",依然保持勤俭持家的本色。但八千岁的勤俭有点过分,"无论冬夏,总是一身老蓝布",对任何超出基本需要的"美食"都不感兴趣。那些游手好闲之辈和富贵之家所夸耀的"美食",根本不入他的法眼。他总是说:"这有什么吃头!"

八千岁平常都吃些什么呢?小说这样交代:

> 八千岁的菜谱非常简单。他家开米店,放着高尖米不吃,顿顿都是头糙红米饭。菜是一成不变的熬青菜。——有时放两块豆腐。
>
> 有卖稻的客人时,单加一个荤菜,也还有一壶酒。客人照例要举杯让一让,八千岁总是举起碗来说:"我饭陪,饭陪!"
>
> 这地方有"吃晚茶"的习惯——八千岁家的晚茶,一年三百六十日,都是草炉烧饼,一人两个。

小说有一大段文字写"草炉烧饼",总之极其粗糙、简单而便宜。汪曾祺写得实在太好了,以至于惊动大洋彼岸深居简出的张爱玲,专门因此写了篇《草炉饼》。这是题外话,不说也罢。

且说八千岁这样吃,人以为苦,他反以为乐。"头糙红米饭"、"青菜豆腐"和"草炉饼",就是他的"美食",如果八千岁也知道有"美食"这个说法的话。

看八千岁吃饭,令人想起汪曾祺唯一的中篇小说《大淖记事》,那些"靠肩膀吃饭"的挑夫们也是这么吃饭的:

> 一到饭时,就看见这些茅草房子的门口蹲着一些男子汉,捧着一个蓝花大海碗,碗里是骨堆堆的一碗紫红紫红的米饭,一边堆着青菜小鱼、臭豆腐、腌辣椒,大口大口地在吞食。他们吃饭不怎么嚼,只在嘴里打一个滚,咕咚一声就咽下去了。看他们吃得那样香,你会觉得世界上再没有比这个更好吃的饭了。

这些挑夫"无隔宿之粮,都是当天买,当天吃",八千岁却是米店老板,但仔细看来,你会发现,挑夫们的小菜还胜过八千岁。八千岁只有"青菜豆腐",挑夫们吃饭,还"一边堆着青菜小鱼、臭豆腐、腌辣椒"呢。

这当然只是细微区别,本质上八千岁和挑夫们属于一类,就是热爱生活,拼命工作,无所抱怨,心存感谢,粗茶淡饭,甘之如饴。汪曾祺就是欣赏、推崇普通中国人的这种生活态度,所以他的小说特别接地气,特别令人感到温暖而踏实。

◆ *3* ◆

但小说写到一半,突然蹦出个"八舅太爷",几乎动摇了八千岁的生活原则与饮食习惯。

"八舅太爷"青红帮出身,趁着抗战,混入军界,带着他的"独立混成旅",在里下河几个县轮流转。名为保境安民,实乃鱼肉乡里,大发国难财。看过沪剧《芦荡火种》或者汪曾祺由沪剧改编的京剧《沙家浜》的读者,不妨将这位"八舅太爷"想象成土匪头子"胡传奎"。他们是一类人。

"八舅太爷"在八千岁家乡驻扎了一阵子,突然奉调"开拔"去外地。临行前他以"资敌"的罪名绑架了八千岁,勒索八百大洋,才肯放人。

"八舅太爷"花六百块钱给一个流落江湖的风尘女子买了件高级斗篷,剩余二百,就办了"满汉全席","吃它一整天,上午十点钟开席,一直吃到半夜!"

当地人没见过"满汉全席",八千岁刚放出来,忍不住也跑去看,"一面看,一面又掉了几滴泪,他想:这是吃我哪!"这事过后,八千岁的饮食有了微妙变化:

吃晚茶的时候,儿子又给他拿了两个草炉饼来,八千岁把烧饼往账桌上一拍,大声说:"给我去叫一碗三鲜面!"

八千岁竟然不吃草炉饼,改吃三鲜面,这是受了"八舅太爷"刺激,自暴自弃,开始大手大脚,挥霍浪费呢,还是因为刺激而想开了,从此不再苦待自己,也适当讲究一点吃喝?又或者只是一时的赌气,过后还要继续吃"草炉饼"?小说没有交代,但总之被"八舅太爷"这一闹,八千岁确实伤透了心。

在八千岁看来,吃饭就是吃饭,讲究那么多干嘛!"美食"只是"八舅太爷"之流弄出来的花样。他们的"美食",在八千岁看来就是"恶食",而"八舅太爷"或他人眼里的"恶食",才是八千岁的"美食"。

八千岁和"八舅太爷"的美食观势不两立。正是八千岁远近闻名的节俭之风，激怒了本来毫不相干的"八舅太爷"。"八舅太爷"这种人就是要巧取豪夺，就是要铺张浪费，就是要矜夸炫耀，就是要穷奢极欲，而八千岁引以自豪且为人称道的作风处处与之相反，这岂不是要跟他唱对台戏吗？这岂不就等于给他"八舅太爷"打脸吗？

这个道理，小说写得很清楚：

"八舅太爷"敲了八千岁一杠子，是有精神上和物质上两方面理由的。精神上，他说："我平生最恨俭省的人，这种人都该杀！"

无权无势的八千岁只是本分地享受他自己的"美食"，但手握重兵、为所欲为的"八舅太爷"就不同了，他不仅享受自己的"美食"，还要推己及人，至少方圆数百里受他"保护"的乡民都必须认同、称赞、羡慕他的"美食"。他岂能容忍在势力范围之内，还存在另一种迥然不同却受人尊敬的"美食"？

所以"八舅太爷"一定要绑架、勒索八千岁，一定要碾压乃至摧毁八千岁"这种人"的美食。"八舅太爷"的美食是"满汉全席"，八千岁的"美食"是"头糙红米饭""青菜豆腐""草炉饼"，二者表面上井水不犯河水，却迟早要发生冲突，因为性质太不相同，所谓冰炭难容，不共戴天。

汪曾祺小说，跟他所激赏的当代另一位优秀作家阿城的短篇《棋王》一样，都注意描写"吃"这个"人生第一需要"。他们笔下的"八千岁"，挑夫，棋王"王一生"的"吃"，既满足生理需求，更显出"一种神圣的快乐"。要说"美食家"，这些人才是真正的"美食家"。

作为对照，汪曾祺也经常写到"恶食者"，就是那些张牙舞爪的饕餮之徒，他们用不义之财追求过度享受，暴殄天物，也败坏了生活。

一饮一食之间，蕴含着生活的真理。汪曾祺就是善于在一饮一食之间观察中国人，赞赏那可赞赏的，批判那应该批判的，善善恶恶，激浊扬清，给人以深刻的启迪。

口福能再长久一点点,就不仅仅是口腹之欲了

段怀清讲梁实秋《雅舍谈吃》

1

梁实秋写过一篇回忆胡适的文章,文中描写胡适的一次请客。

请客地点是在北京或者上海的一家徽菜餐馆。大家都知道胡适是安徽绩溪人,也就是所谓徽州人。一行人刚进餐馆,门里的掌柜就注意到了,朝着厨房里吆喝一声:绩溪老倌,多加油啊!意思就是嘱咐厨师,来客是绩溪老主顾,菜里面要多放油。

这一细节让我们看到的,并不是梁实秋的会吃,也不是梁实秋会写吃,而是梁实秋会从吃来观察并描写人与吃的关系,以及人与人的关系,还有人与时间以及记忆的关系。

大家都知道,吃在中国从来都不是小事,因此上至国家领导,下至平民百姓,都关心吃,也都谈吃。多少与此有关,汉语文本中有关吃的文字亦就不少,其中相当一部分还成了文字经典。

这一部分成为文字经典者,多出于中国作家之手,譬如明代作家张岱的《陶庵梦忆》,以及曹雪芹的《红楼梦》,而不是出自

于厨师之手。

中国作家喜欢写口福饮食，这或许可以与欧美作家善写昆虫鸟兽有得一拼。

其实汉语文本中有关花鸟鱼虫的文字亦很多，不过一般读者印象深刻的，大概还是那些描写口福饮食的作家文章。其中原因，对于作者而言，或许有不可为外人道或者不尽为外人道之个人"隐私"，不过在读者看来，这些文字中间的那些人生口福，以及文字之外的那些闲情逸致，无不沾染着中国文化的气息，甚至就是中国文化浑然天成的一部分。乐此不疲的文人雅士，与沉浸其中的古今读者，在这里找到了超越时空相互对话、彼此会心的基础或交集。

而在中国现代作家中，梁实秋是一个以《雅舍谈吃》而出名者，当然梁实秋在这个谈吃、写吃的作家身份之外，还是一个著名的翻译家、文学评论家和学者。换言之，梁实秋并不是因为"好吃"才出名，或者说并不仅仅是因为"好吃"而知名。

2

其实梁实秋的"好吃"，也不是我们一般意义上的好吃。如果你读过《雅舍谈吃》，就会发现其中所写到的"吃食"，并非是什么常人所不能见、所不能食的珍馐美味，不过是些寻常百姓亦常见之且常食之的普通之物而已。譬如南方人爱吃的汤包、南方人北方人都爱用的火腿，以及醋熘鱼、烤鸭、烤羊肉，等等。就连狮子头这样曾经的淮扬菜中的一道食物，现在也是街头巷尾的小摊铺子里皆可见到的寻常之物了。

有人读《雅舍谈吃》，读出来的是"故乡的味道，是真味"；

也有人觉得这是一部雅致的吃货指南；还有人觉得《雅舍谈吃》就是"忆美食，忆往昔，一道菜，一段情"。这些读法和说法都有道理，也都算得上是对《雅舍谈吃》的"正解"。

如果我们将《雅舍谈吃》读过一遍两遍，会发现其中所谈及的绝大部分食物，今天的读者不仅吃过，有的甚至已经是我们日常餐桌上的常客。

也因此，无论是《雅舍谈吃》，还是梁实秋的谈吃，之所以令人流连不已，并非仅仅是其所吃、所谈、所写之对象，而是他写这些食物的方式，也就是那些文字语言，成为我们今天的读者，与他所写的那些食物之间，一道光闪闪的桥梁。有时候在品尝过了他所谈、所写的那些食物之后，依然会对那些文字语言留恋不已，也就是说，在食物与写食物之间，也许更让读者们留恋的，不一定是食物本身，而是吃食物、谈食物以及写食物之时的那种经验状态、情感状态、审美状态以及人生状态。

譬如《核桃酪》一篇。这篇文章所记，表面上看是核桃酪这道甜汤，但实际上是写日常生活中的家庭亲情：

> 有一年，先君带我们一家人到玉华台午饭。满满的一桌，祖孙三代。所有的拿手菜都吃过了，最后是一大钵核桃酪，色香味俱佳，大家叫绝。先慈说："好是好，但是一天要卖出多少钵，需大量生产，所以只能做到这个样子。改天我在家里试用小锅制作，给你们尝尝。"我们听了大为雀跃，回到家里就天天昵着她做。

其实，这里的核桃酪，不过成为了写作者与父母亲、与家人亲情及早年生活记忆之间的一道"中介"而已。

3

《雅舍谈吃》中不少文章，并没有详细地描写这些食物的制作细节，只是轻描淡写地提到它们的一些特点，因此它并不是一部食谱。而且这些特点更多也并非食物的纯物理状态，而是与写作者的经验记忆相关。倘若有读者想循着《雅舍谈吃》中所写的那些文字，来追溯制作其中所写的每一道食物，即便是能够复原制作每一道食物，吃过之后也未必能复原《雅舍谈吃》文字中的那些感觉。因为那些感觉，甚至那些文字，都是无法复制的。

不妨来引述梁实秋在《媛姗食谱》"序"中的一段文字，来看看直到晚年，梁实秋对于人与食物之关系的体验认识：

> 这些谈吃的文字，……随便谈谈，既无章法，亦无次序，想到什么就写什么，我不是烹调专家，我只是"天桥的把式？——净说不练"。游徙不广，所知有限，所以文字内容自觉十分寒伧。大概天下嘴馋的人不少，文字刊布，随时有人赐教，有一位先生问我："您为什么对于饮食特有研究？"这一问问得我好生惶恐。我几曾有过研究？我据实回答说："只因我连续吃了八十多年，没间断。"
>
> 人吃，是为了活着；人活着，不是为了吃。所以孟子说："饮食之人，则人贱之矣，为其养小以失大也。"专恣口腹之欲，因小而失大，所以被人轻视。但是贤者识其大，不贤者识其小，这个"小"不是绝对不可以谈的。只是不要

仅仅成为"饮食之人"就好。

《朱子语录》:"问:'饮食之间,孰为天理,孰为人欲?'曰:'饮食者,天理也;要求美味,人欲也。学者须是革尽人欲,复尽天理,方始是学。'"我的想法异于是。我以为要求美味固是人欲,然而何曾有悖于天理?如果天理不包括美味的要求在内,上天生人,在舌头上为什么要生那么多的味蕾?

偶因怀乡,谈美味以寄兴;聊为快意,过屠门而大嚼。

这段文字,为大家所欣赏者为最后一句话——"偶因怀乡,谈美味以寄兴;聊为快意,过屠门而大嚼"——从这里我们也可以找到进入到《雅舍谈吃》这部饮食小品阅读理解的一个入口。其实并没有什么特别深奥的哲学的、人生的大道理隐藏其中,不过是日常的饭桌上、饮食中观察、体会人生与生活的一种方式、一种状态,以及一种境界而已。

每逢佳节,多少返乡游子在与家人乡邻欢聚的同时,定然会有推杯换盏、觥筹交错的时刻。而无论是"烹羊宰牛且为乐,会须一饮三百杯"的豪情热闹,还是"红泥小火炉,绿蚁新焙酒,晚来天欲雪,能饮一杯无?"的清淡寂寞,其实都能够让我们在饮食与口福之外或之余,体验到人生及现实不同的处境,亦由此而生成一些新的感悟甚至于觉悟。

而《雅舍谈吃》如果说一定有所深意和寄托,那也一定是既在"吃"内,又在"吃"外。能够体验到"吃"之内者多,而能够觉悟到"吃"之外者,大概就不一定那么多了。想来这大概也是《雅舍谈吃》在读者当中至今不衰的缘由之一吧。

园中春色如许，让艺术引领生命绽放
王小平讲白先勇《游园惊梦》

《游园惊梦》是白先勇的小说集《台北人》中比较复杂的一篇，也是非常精彩的一篇。这篇小说和明代汤显祖的《牡丹亭》有很密切的关系。

《牡丹亭》讲的是太守千金杜丽娘春日里到花园一游，在睡梦中与从未见过面的书生柳梦梅交欢，醒来后患相思病去世。后来真的有柳梦梅这样一个人，他使杜丽娘还魂复活，两人最终结婚团圆。《游园惊梦》就是昆曲《牡丹亭》中的经典唱段，讲的就是杜丽娘春日游园，然后梦到柳梦梅的这一段情节。

了解了戏曲背景之后，我们再来看小说《游园惊梦》。

故事中的女主人公钱夫人，曾经是南京的昆曲名伶，艺名叫作"蓝田玉"，昆曲唱得非常好，被比她大四十岁的钱将军看中，娶回家做填房夫人，享受荣华富贵。战后到台湾，钱将军去世后，她失去了原有的社会地位，一个人独自住在台南。小说里写她应邀到台北参加窦夫人的宴会，从钱夫人到达窦公馆开始写起，写到宴会结束为止。

这场宴会使钱夫人触景生情，眼前的种种场景都让她想起过去在南京的生活。在小说里，台北和南京，或者说台湾和大陆这两个不同的时空，通过钱夫人的回忆被并置在一起，产生了强烈的对比。比如说，小说里写到钱夫人对旗袍的讲究，说台湾的丝绸"哪里及得上大陆货那么细致，那么柔熟？"她在宴会中喝花雕酒，感觉到，"台湾的花雕到底不及大陆的那么醇厚，饮下去终究有点割喉"。这里面其实包含了很复杂的情感，美人迟暮，青春不再，背井离乡，个人命运的起伏……于是，钱夫人抚今追昔，感慨万千。这是小说的一条明线，是表面上的今昔对比，体现了一种很大的心理落差。

而随着宴会的进程发展，现实与越来越多的回忆慢慢地渗透、交织在一起，一些隐藏的往事逐渐浮现出来。

原来，在南京时，钱夫人曾经爱上过钱将军年轻的参谋郑彦青，并和他发生了一次关系。但不久后，在一次宴会上，无意间发现她的妹妹月月红和郑参谋之间的隐情，她一下子心碎了。但这段情节在小说中并没有直接写出来，是通过钱夫人断断续续的回忆来呈现的。

小说里大量使用平行对比技巧，使现在与过去的一切都产生了非常明显的对应关系，比如，南京的那场宴会是钱夫人为唱戏时的好姐妹桂枝香庆祝生日而举办的，而当时连宴会也办不起的桂枝香，成为了今天台北宴会中的女主人窦夫人，钱夫人自己则风光不再，这是一个对比。另外，窦夫人这场宴会中的程参谋，与钱夫人以前喜欢的郑参谋，无论在身份还是外貌上都非常相似，而窦夫人的妹妹与钱夫人自己的妹妹也很像，一个艺名叫天辣椒，一个叫月月红，两人的性格都泼辣大胆，跟姐姐的内敛、温和完全不同，而且天辣椒可能和月月红一样，也跟姐姐身边的参谋关系非同一般。此外，现在的窦夫人和程参谋之间的关系，似乎也跟钱夫人以前跟郑参谋之间的关系有点相似，这在小说里都是有暗示的，有心的读者不妨细心体会一下。

2

整部小说虽然篇幅不长，内涵却非常丰富复杂，在现实与往事的纠缠中，带出了刻骨铭心的情爱回忆、人生的盛衰悲欢，等等，有着非常浓厚的情感容量。这些全都被浓缩在一个短篇小说里。作者的艺术功力由此可见一斑。白先勇曾经在一篇文章中说过，在整部《台北人》小说集中，写这篇小说最苦，至少写了五遍，因为找不到合适的技巧和形式，直到后来尝试把昆曲与小说结合起来，才终于满意。

白先勇第一次接触昆曲时才十岁，是在上海的美琪大戏院，看的刚好就是昆曲《游园惊梦》，梅兰芳演杜丽娘，俞振飞演柳梦梅，给他留下了深刻的印象，从此与《牡丹亭》结缘。在创作小说的时候，他就有意把昆曲引入到小说中，"游园惊梦"这个昆曲唱段，可以说是小说《游园惊梦》的一个关键点。

钱将军把蓝田玉娶回家，就是因为听了她唱的"游园惊梦"，心里实在放不下；在南京的那次宴会上，当钱夫人发现妹妹与郑参谋的私情时，她正在唱"游园惊梦"中的一句"良辰美景奈何天"，喝多了酒，再加上心情剧烈动荡，唱到"天"那个字，嗓子突然哑掉，再也唱不下去；而在窦夫人的这场宴会上，钱夫人也正是听到了《游园惊梦》，才使她的回忆达到了最高潮。除了这些之外，小说与昆曲"游园惊梦"之间，还有着深层的关联。杜丽娘对春日的向往，其实在小说里正象征着钱夫人的青春欲望，而最后，发现这不过是一场春梦。情爱如梦，生命亦如梦。于是，白先勇借着昆曲"游园惊梦"的暗示，写出了对钱夫人这个人物角色的同情、怜悯。

这样一种将戏曲与小说结合的方式，与《红楼梦》的影响有关。《红楼梦》是白先勇最喜欢的一部小说。他写过一篇文章，标题就是《〈红楼梦〉对〈游园惊梦〉的影响》。可能熟悉的读者会有印象，《红楼梦》的第二十三回"西厢记妙词通戏语，牡丹亭艳曲警芳心"这一章中，写林黛玉听到梨香院的女孩子们在唱《牡丹亭》中的戏文，因为距离比较远，所以唱戏的声音是断断续续飘过来的。

黛玉听到了这么几句，"原来姹紫嫣红开遍，似这般都付与断井颓垣"，"良辰美景奈何天，赏心乐事谁家院"，"则为你如花美眷，似水流年……"曹雪芹写林黛玉听后，"不觉心动神摇"，再听下去，"心痛神痴，眼中落泪"。

为什么会这样？因为黛玉在戏文中听出了人生如梦、繁华易逝的悲凉，也听出了写戏人对无常世事的爱恋、惋惜和无可奈何，杜丽娘和林黛玉，或者说汤显祖和曹雪芹，千古伤心事就在这写戏、听戏之间勾连了起来。

白先勇在中学的时候读到《红楼梦》里这一节，说自己虽然不太懂，但是很喜欢那种感觉。这对他后来写小说，是有影响的。在小说《游园惊梦》中，作者通过意识流和象征的手法，表达钱夫人内心狂乱的回忆。她回忆与郑参谋之间的情爱往事，反复地说："我只活过那么一次"，她终于领悟到瞎子师娘算命时所说的"前世的冤孽"是什么意思，原来真的是世事无常，万事皆空。

这样一种哀伤和无奈，是与古典文化传统相通的，是一种永恒的情感。白先勇喜欢《牡丹亭》，也喜欢《红楼梦》，在他看来，这是中国传统文化的精魂，是用艺术去保存青春的记忆，是在个体有限、无常的人生中去追求一种无限的、永恒的美，这使他感动、产生共鸣。

如果说，少年时代的经历使白先勇隐约感受到了这种艺术情感的魅力，那么，他后来的生命体验则进一步深化了对这种情感的领悟。白先勇的父亲白崇禧，是国民党的高级将领。1948年，白先勇先是到了香港，1952年又去台湾。对于流落到台湾小岛的白先勇来说，在大陆度过的年少岁月，就好像是一个繁华旧梦。后来，又到了美国，再回顾台湾五六十年代，国民党提出的"反攻大陆"，回到大陆，也是一场梦。这种人生如梦的感觉，在白先勇的生活中一再出现。个人命运起伏、家族兴衰与时代、国家的变迁结合在一起，形成了异常丰富、复杂的生命体悟。正是在这样的生命体悟下，他创作出了小说《游园惊梦》，去呼应《牡丹亭》《红楼梦》中的那种人事无常，通过钱夫人的今昔之感，写出了一代人流落海外的无奈与悲凉，用文字为一些逝去的东西留影，用艺术去与时间对抗。

3

在深刻的情感共鸣中，白先勇除以小说创作向古典传统致敬之外，还有别的方式。1999年，白先勇的亲密好友王国祥因病去世，他写了一篇散文《树犹如此》，悼念亡友，回忆四十年来的相知相伴，以及天人两分、死生契阔的伤痛与悲哀。在文章末尾，他提到家里的小花园，当年他们曾经共同种下了许多茶花，还有三棵柏树，其中最高大的一棵柏树在王国祥患病那一年突然枯死，现在，几十株茶花都已经高过屋檐了，每株盛开起来有上百朵。文章中这样写道：

> 春日复暄，我坐在园中靠椅上，品茗阅报，有百花相伴，暂且贪享人间瞬息繁华。美中不足的是，抬望眼，总看见园中西隅，剩下的那两棵意大利柏树中间，露出一块愣愣的空白来，缺口当中，映着湛湛青空，悠悠白云，那是一道女娲炼石也无法弥补的天裂。

这一段，写的是春日花园里的繁华，还有寂寞。最美的东西似乎总是容易消逝，所以常常是伴随着悲哀的。这种美与悲哀，就构成我们刚才所讲的小说中所表现的一种永恒的情感。

而在这之后，白先勇就开始着手进行一项浩大的文化工程——改编青春版《牡丹亭》。他要让古老的昆曲艺术在21世纪重新大放光彩，让年轻的观众去领略我们古典文化中优美的精华。白先勇除了改编剧本外，还亲自挑选演员，为演员授课，讲解《牡丹亭》。在经过几年的筹备后，终于搬上舞台。2004年，开始各地巡演，引起热烈反响。两年间演了75场，十余万观众人次，几乎场场爆满。并且走向了海外，实现了白先勇的愿望，"要让全世界的人，都看到中国最美的东西"。

可以说，青春版《牡丹亭》的成功演出，它的意义已经超出一部戏，而成为一个文化现象，是中国古典艺术在当代的复兴。

这个时候，距离白先勇写作小说《游园惊梦》，已经过去了三十多年。另外，2017年，在白先勇八十岁这一年，他在台湾大学开设了一门课，"红楼梦研究"，向年轻学生讲述、传递他对《红楼梦》的理解。可以说，对《牡丹亭》与《红楼梦》的喜爱与欣赏，几乎贯穿了白先勇的一生。

从汤显祖，到曹雪芹，再到白先勇，他们都深刻地体验到了生命的短暂和缺憾，但却将这种体验转化为艺术创造，去充分地表现这种带有悲剧意味的美，从而让它成为永恒。而我们也因此有机会通过欣赏艺术，去领略、去感受短暂的，有缺憾的生命中所包含的美。通过书写和阅读，我们有限的人生因此而变得丰富，和无限相通。如果说，生命中最美好的事物，就像《牡丹亭》那座姹紫嫣红的花园里的风景，那么艺术，就是通往这座花园的一条小路，它引领着我们去欣赏、感受那永不消逝的人性的光辉。

寻找生命中的桃花源
王小平讲王安忆《天香》

———◇ 1 ◇———

如果说,王安忆的《长恨歌》写的是上海的今生,那么《天香》就是上海的前世。

上海曾经有过一座私家园林,叫作露香园,由明代顾明儒、顾明世兄弟所建,景色秀丽,盛产水蜜桃,而最有名的是由顾家的女眷所开创的"顾绣",绣工精湛,代代相传,闻名天下。《天香》这部小说就是以露香园和顾绣为原型来写的,讲天香园的建造与天香园绣的诞生、发展与流传。小说里写的园林、绣艺,看起来是日常生活事物,却与个体生命息息相关,还蕴含着家族兴衰、时运气数,甚至与历史走向、天地造化相感应,有着很大的气象和格局。我们先来看小说的故事内容。

《天香》一共有三卷。第一卷开头,讲的是申儒世、申明世兄弟为建造"天香园"选址,小说里这样写:

> 远远就见一片红云悬浮,原来是桃花盛开。花朵丛中,穿行飞舞成千上万粉蝶,如同花蕊从天而降;地下则碧绿缠绕,是间种的蚕豆,豆荚子在风中响着铃铛。

这有点像世外桃源。造园的时候,申家正是兴旺之际,子弟们生活安逸、喜欢玩乐。小说里写到,园子还没完工的时候,申明世的儿子柯海就迫不及待地要带领小伙伴们游园,他在荷花已经谢了的季节,用人工之力造就"一夜莲开"的盛景,传诵一时。

天香园竣工之后,正式设宴招待宾客。申明世把纤细的蜡烛放到莲心里,天黑以后,莲花池中驶入一艘小船,将每一朵莲花点亮,更巧妙的是,每支蜡烛中都嵌着一株花蕊,当莲花被点亮的时候,香味也随之四处飘溢,满池流光溢彩,真正是天上人间。

园子造成之后,主角便逐渐移到下一代。柯海娶了书香门第家的女儿小绸,天香园就成为他们游戏、玩乐的世外桃源。他们制作装裱字画的糨糊,在园子里设集市,学外面的人做买卖,到桃树结果的季节,自己动手做桃酱,被园外的人们争相求购,称为"天香桃酿",柯海请来师傅,自己动手制墨,就连园子里的和尚也喜爱养花。

整个园子桃香弥漫,娇艳无比,真正是盛年好光景,江南好风光。小说里这样写富足优美的江南文化:

> 江南富庶之地,山高皇帝远,像是世外,又像偏安。
> 江南的士子,都不太适于做官。莺飞草长的江南,格外滋养闲情逸致。稻熟麦香,丰饶的气象让人感受人生的饱足。

江南园林中，亭台楼阁、山石、花木，效法自然，又往往与诗画相通。那些经历过宦海浮沉的园主人们，所追求的是人生的"隐逸"境界。

小说里的申家男人也是不喜欢做官的，他们更愿意享受悠游自在的园林生活。而在这样一种比较富足的文化中，已经有了商品经济的萌芽。刚才提到的，申家人在园子里办集市，天香桃酿被抢购，看起来是闺阁游戏，并非为了赚钱，实际上却已经与外面的经济生活息息相通。

小说里接下来要重点讲述的天香园绣的产生与流传，更印证了这一点。

2

柯海虽然与小绸恩爱，但却在阴差阳错中纳闵氏为妾，性情刚烈的小绸于是毅然离去，另住一处，从此终生不再与柯海往来。柯海的小妾闵氏是苏州织工的女儿，绣艺精湛，人也本分老实。小绸和闵氏本来有着芥蒂，后来在柯海弟弟镇海媳妇的牵针引线之下，渐渐走近。小绸对刺绣产生了兴趣，向闵氏学习绣艺，并将诗、画融入到刺绣中。于是，闺阁女子的伤心寂寞、以物遣怀，却反而成就了"天香园绣"的传奇。这就是小说的第一卷"造园"，交代了天香园的由来和"天香园绣"的诞生。

小说第二卷"绣画"和第三卷"设幔"，讲的是天香园绣在第二代女子手中发扬光大，并在第三代女子手中流入民间的故事。

柯海的弟弟镇海，有一个儿子阿潜，在母亲去世后由伯母小绸抚养长大,后来娶了杭州人希昭。希昭是第二卷中的女主人公。她从小被当作男孩子养,熟读诗书,擅长丹青。希昭虽然喜欢天香园绣,一开始却不愿意跟随小绸学习刺绣。

后来,希昭的丈夫阿潜爱上了听曲,如痴如醉,于是离家出走,跟随戏班子到处流浪。于是,小绸与希昭这两个失意人之间似乎有了某种默契和妥协,希昭终于登上绣阁,正式加盟天香园绣,并在小绸的基础上,进一步将绘画与刺绣融合,绣艺很快达到了出神入化的境界。希昭心高气傲,在每完成一幅作品后,除了落款"天香园"之外,还在前面加上四个字,"武陵绣史"。

希昭是杭州人,杭州以前又称"武林",但希昭却认为或许就是《桃花源记》的那个"武陵",并引经据典以论证。小说里有好几处提到"武陵",是有一种出世的气息在里面的。希昭本人就很有道家隐逸的风度,心性高洁,在她的手里,天香园绣从普通的闺阁游戏,进入到了更高层次的艺术审美境界。至此,天香园绣终于名扬天下,发展到了巅峰。

再接下来就是开枝散叶。第三卷的主要人物是希昭的侄女蕙兰。蕙兰出嫁的时候,天香园已经逐渐衰败,申家甚至拿不出像样的陪嫁,于是,她去找小绸,要了"天香园绣"这个名号作为陪嫁,也就是说,日后她绣的东西,都可以落款"天香园"。

蕙兰出嫁后没几年,丈夫就去世了,留下一个孩子。公公伤心过度,一病不起,丈夫的哥哥跟随妻子投奔了老丈人。这样一来,家里就剩下了蕙兰、公婆和孩子。蕙兰靠做绣工支撑一家的吃穿日用,后来,更是违背了天香园绣不得流入外人之手的规矩,设幔收徒,收了两个民间女子为徒弟,一方面是帮助自己,一方面也是让她们学习一门手艺,可以生存下去。

这样，天香园绣就彻底流入了民间。

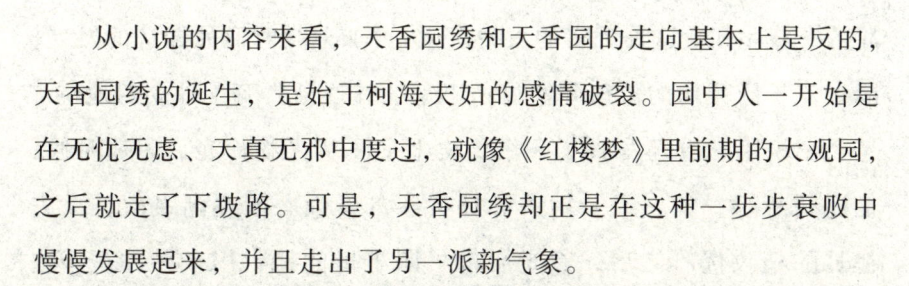

3

从小说的内容来看，天香园绣和天香园的走向基本上是反的，天香园绣的诞生，是始于柯海夫妇的感情破裂。园中人一开始是在无忧无虑、天真无邪中度过，就像《红楼梦》里前期的大观园，之后就走了下坡路。可是，天香园绣却正是在这种一步步衰败中慢慢发展起来，并且走出了另一派新气象。

小说里，申家的女人们虽然是柔弱的闺阁女子，但与申家男人们的挥霍、散漫、游戏人生的态度相比，却有着一种稳定、务实的人生态度。在她们的悉心经营下，精湛的天香园绣不仅有着最上乘的艺术审美，而且还成为了养家糊口的生计来源。作者从这一技艺入手，写出了女性在维持、延续家族生存中的重要地位。

小说里有两处写得很有意思，一处是在第二卷中，闵氏的父亲闵师傅到天香园中看望女儿，他本来是已经感觉到了园子的衰败，心中有点哀戚，但一上绣楼，眼前陡然一亮，小说写他：

> 心中生出一种踏实，仿佛那园子里的荒凉此时忽地烟消云散，回到热腾腾的人间。闵师傅舒一口气，笑道："好一个繁花胜景！"

另一处是在第三卷，蕙兰出嫁后回娘家，这时，申家家道中落，天香园有了凋敝之相，但是，小说里写：

希昭的绣画，是这通篇败迹中的一脉生机。唯有这，方才鼓起蕙兰的心气，不至于对娘家太失望。

这两处，都写出了在家族逐渐没落之际，天香园绣成为了最后的一线生机。这种务实的人生态度，再加上当时商品经济的发展，园中女子们劳作的价值开始显示出来，并逐渐具有了独立的地位。

小说第三卷还写到了一个历史上的真实人物徐光启。那时候，他还很年轻，却已经开始关心社会实务。天香园逐渐衰落，失去往日的精致优雅之后，徐光启借了园子里的地，用来种甘薯，这也很有意思。这种以实用为导向的劳作，看起来不那么高雅，但却预示着另一种走向，就好像小说中的天香园绣一样。

刺绣本身是始于美化生活的需要，后来越来越精致细腻，成为了宫廷贵族享有的高雅艺术。但是，在《天香》中，作者为我们呈现了一个从贵族、皇家逐渐下降到民间的过程。小说中的闵氏，家里是世代织工，从苏州织造局领活计，绣出来的东西是供宫廷用的。她将刺绣带入申家，这从刺绣本身的地位来讲已经是下降了。希昭又使它成为一种高雅的文人艺术，但最终，它还是回归到生计日用。最后，天香园绣也变得很接地气，成为一种坚实的物质生活基础。

于是，小说写出了人与物之间比较和谐的一种关系，通过人的劳作，去创造物，从而获得安身立命之地。《天香》里，好几处提到"天工开物"，并且借用徐光启这个人物，讲了一段话：

日月星辰为昼夜转换，四季更替轮回，昼夜与四季供庄稼种植休憩成长，庄稼种植又为人道生息繁衍，人道则以识天文地理为德，于是相应相生，绵延不绝。

这段话把人与劳作、人与物的关系讲得很透彻。

自然轮转、四季循环，为庄稼种植、生命繁衍提供条件，而人又在耕种、繁衍的过程中去认识天道自然，于是天人相应相生，绵延不绝。

在小说中，天香园绣的产生与流传，正体现了这种人与物的自然与和谐。当天香园绣还是一种闺阁游戏时，它是传统女性排遣寂寞、获得心灵自由的一种方式。比如小绸、闵氏、希昭，她们在对男性的失望中，潜心研究刺绣，最终将天香园绣发展为最上乘的艺术，并且在这种共同的劳作中，建立起惺惺相惜的女性情谊，相互陪伴，一起度过余生。

而当家族逐渐败落时，天香园绣就不再仅仅是一种闺阁游戏，而成为了经济来源。这个时候，刺绣既是心灵的归宿，也是身体的支撑。希昭与蕙兰，彼此守望相助，承担起家族重任。于是，人与物之间的关系，也不再仅仅停留在借物遣怀的层面，而是通过物的劳作与创造，去满足人切实的日常生活需求。

小说最后，写蕙兰绣婶婶希昭临董其昌的一幅字：

> 那数百个字，每一字有多少笔，每一笔又需多少针，每一针在其中只可说是沧海一粟。蕙兰却觉着一股喜悦，好像无尽的岁月都变成有形，可一日一日收进怀中，于是，满心踏实。

这里的喜悦，满心踏实，是通过勤勤恳恳的劳作得来的。这个时候，精神的快乐与物质的收获，是合一的。在劳作中，人们收获生命的满足，在创造物的同时，从中感受天地的气息，感受生命的律动，实现与自然、与世界的和谐，其实就是刚才讲到的徐光启那一段话的意思。在小说中，当天香园失去了庇护身心的功能之后，天香园绣，或者说劳作与创造，带给人一种生命的归宿感，真正成为了安顿身心的桃花源，物质的自给自足带来了心灵的自由。

我们现在怎样做父亲
文贵良讲傅雷《傅雷家书》

◆ 1 ◆

　　《傅雷家书》于1981年8月出版发行，北京各大新书书店上架后一天卖光。至今销售约三百万册。作为一本书信集和散文集，其销售量是非常可观的。今天，我们读《傅雷家书》，想谈一个问题：我们现在怎样做父亲。

　　这个问题是鲁迅先生一篇文章的题目。他的文章发表在1919年的《新青年》上。今年恰好是五四运动一百周年，再讲我们怎样做父亲，也算是对五四运动的一种纪念吧。

　　这也表明这是一个老话题，一个不会过时的话题。

　　鲁迅主要谈了"五四"时代人们怎样做父亲的原则以及理由，原则就是打破中国传统礼教的父权制度，以年幼者为本位，承认他们的独立价值。父亲不是绝对的权力者，而是困难的承担者。他说：

　　　　自己背着因袭的重担，肩住了黑暗的闸门，放他们到宽阔光明的地方去；此后幸福的度日，合理的做人。

这段话非常有名，被不断引用。鲁迅先生这么说的理由是进化论，作为父亲，既然生产了新的生命，就要承担责任：一要保存这生命；二要延续这生命；三要发展这生命。生物都这样做，人类中的父亲尤其应该这样做。

后来的事实证明，中国的父母确实是朝着鲁迅先生所说的方向发展的，不幸的是，发展过头了，走向了极端。独生子女时代，父母将子女视为"小皇帝""小太阳"。传统的棍棒教育变成了娇惯宠养、一味顺从的教育。我们都知道，这两种方式都不对。《傅雷家书》提供了第三种可能：与子女做朋友，成为朋友式的父亲。

2

但是，父亲要成为子女的朋友，尤其是儿子的朋友，不是一件容易的事情。

傅雷也不是一开始就成了儿子傅聪的朋友。傅雷对小时候的傅聪要求非常严格。抗战时期，傅聪跑到云南去了，并不在傅雷身边。这个时期，傅雷父子之间关系有些紧张。1953年开始，傅雷转向成为朋友式父亲。那傅雷是怎么做到的呢？

首先，傅雷开始批评自己，承认自己的错误。这一点对很多大男人来说，非常艰难。他们宁愿扛着子女跑八千米或者一万米，也不愿意对小孩说一声"对不起"。

我们看看傅雷是怎么批评自己的：

孩子，我虐待了你，我永远对不起你，我永远赎不了这种罪过！

尽管我埋葬了自己的过去，却始终埋葬不了自己的错误。

这些诚恳的自我批评，是成为朋友式父亲的起点。有人说，对儿子这么忏悔，好像是罪人，做不到！实际上不难做到，面对子女的时候，跨出一步，向后转，与子女并肩站立。做父母的，站在子女的角度，设身处地地想一想，就会知道自己的许多想法，许多行为，是多么荒唐。换位思考后，发现自己的错误，然后谦虚地承认自己的错误。道理很简单，你要取得子女尊重，你也要尊重子女。

傅雷的自我批评，暗含着一个重要信息，即对儿子的尊重，把父子放在天平的两端，保持着平等的姿态。从这一点说，其实应该做一位有点弱势的父亲。太强势的父亲，往往教出两类子女：一类非常懦弱、没有主见、没有闯劲；另一类非常顽劣、专门与父亲作对。做一位弱势的父亲，有助于小孩的成长。

当然，这里说的弱势，不是无能，不是放任，而是当发生冲突的时候，做父亲的要多忍耐一些，多尊重一点，多等待一会。以平等的方式与子女交往，与子女谈话，以朋友的方式去引导子女，把自己的要求寓于引导之中，让子女不知不觉地接受。

― 3 ―

只是批评自己，还不能成为子女的朋友，至少不能成为有困难向你请求、有喜悦与你分享的那种朋友。傅雷教育儿子,形成了一种独特的教育方法,可以概括为五指握拳法。五个手指,握成拳头,坚强有力。五指握拳的教育方法包括五个方面:提出明确要求,加以适当鼓励,提供实践方法,强化要求的意义,设置缓冲环节。这五个方面相结合,威力无比,教育效果非常好。

举个例子,傅雷如何教傅聪对待爱情与婚姻问题。

爱情与婚姻是年轻人绕不过去的人生问题。傅聪1953年出国,与女友分别,爱情遇到危机。傅雷告诉儿子:"学问第一,艺术第一,真理第一,——爱情第二,这是我至此为止没有变过的原则。"

有人也许不同意这个观点,但仔细想想,就会完全赞同,理由都很明白。这是提出明确要求,傅雷当然希望儿子能够接受。

傅聪显然是接受了傅雷的看法,因为傅雷大约一个月后的信上说:很高兴你又过了一关。……爱情的苦汁早尝,壮年中年时代可以比较冷静。……我祝贺你有跟自己斗争的勇气。一个又一个的筋斗栽过去,只要爬得起来,一定会逐渐攀上高峰,超脱在小我之上。辛酸的眼泪是培养你心灵的酒浆,不经历尖锐的痛苦的人,不会有深厚博大的同情心。所以孩子,我很高兴你这种蜕变的过程,但愿你将来比我对人生有更深切的了解,对人类有更热烈的爱,对艺术有更诚挚的信心!

这种鼓励,不仅接地气,而且很有高度。傅聪与他老师的女儿恋爱订婚,傅雷首先表达了欣喜之情,然后告诉傅聪怎么对待伴侣:

> 对终身伴侣的要求,正如对人生一切的要求一样不能太苛。事情总有正反两面:追得你太迫切了,你觉得负担重;

追得不紧了，又觉得不够热烈。温柔的人有时会显得懦弱，刚强了又近乎专制。幻想多了未免不切实际，能干的管家太太又觉得俗气。

很多人追求完美，完美的人哪里有？首先自己就不完美。结婚了，接下来父母关心的就是生小孩的事情。傅雷的夫人想早点抱孙子，傅雷觉得可以缓一两年。两人争执不下，就把想法告诉傅聪，不过最终主意还是看傅聪夫妇的。

傅雷用中文给儿子写信，用英文给媳妇写信。有一段时间，媳妇来信比较少，傅雷就告诉傅聪提醒媳妇要适当给公公婆婆写信，不过态度要柔和。

后来傅雷接到媳妇的一封长信，傅雷很高兴，回信是：

> 二十四日接到弥拉（弥拉——傅聪的妻子）十六日长信，快慰之至。几个月不见她手迹着实令人挂心，不知怎么，我们真当亲生女儿一般疼她；从未见过一面，却像久已认识的人那样亲切。读她的信，神情笑貌跃然纸上。口吻那么天真那么朴素，TASTE很好，真叫人喜欢。成功的婚姻不仅对当事人是莫大的幸福，而且温暖的光和无穷的诗意一直照射到、渗透入双方的家庭。

要成为朋友式的父亲，也要表达自己的快乐，要说出自己的快乐，让子女们感受到你的快乐。

傅雷是这么表达他的快乐的："儿子变了朋友以后，世界上有什么事可以和这种幸福相比！""我从与你相处的过程中学到了忍耐,学到了说话的技巧,学到了把感情升华!"听了父亲这种快乐的话,哪个子女会不愿意成为父亲的朋友呢?

第九单元 人性深处

这个世界就在动态中，世界没有一刻不在变化，那么人作为世界当中的一份子，人的变化我觉得都合乎常情常理。

过往的时代，大家都比较安于自己的角色。而到了这个时代，大家突然发现，欲望的释放特别厉害。

虽然2000年以前司马迁已经断言：熙熙攘攘，皆为利来利往。人动来动去，熙熙攘攘的一切都是围绕一个「利」字，这是事实吗？也许原来也是事实，但是原来更多的情形是每个人安于命运赋予他那个角色。

——马原

惩罚和被惩罚，被伤害和伤害别人
张新颖讲余华《黄昏里的男孩》

◆ 1 ◆

这篇小说非常简单。

故事的起因是一个小孩从水果摊偷了一只苹果，这样的小事一般来说不太可能成为起因，因为通常不会引发故事，不足以推动故事的发展。但在余华的笔下，我们看到了以相当冷静、简洁的语言进行叙述的堪称触目惊心的过程。这个过程就是摊主孙福对男孩的惩罚过程。本来这个过程随时都可能终止的，可是却一次一次出人意料地不断往下发展。其情形似乎是，一旦走上了某种轨道，就会顺着惯性不可遏止地往下滑。

小孩因为饥饿偷苹果，孙福抓住他后，卡住他的脖子，让他把吃到嘴里的一口苹果吐出来，一直吐到连唾沫都没有了为止。这是第一个环节；第二个环节，扭断了男孩右手的中指；第三个环节，把他绑在水果摊前，要他喊叫："我是小偷。"直到天黑收摊。

我们不禁要问：这个使惩罚不断发展的轨道和惯性是什么？

小说在叙述孙福惩罚男孩的同时，特别叙述了他所做的道德化表达，对照上述的惩罚环节，他说的是：

"我这辈子最恨的就是小偷……吐出来！"

"要是从前的规矩，就该打断他的一只手，哪只手偷的，就打断哪只手……""对小偷就要这样，不打断他一条胳膊，也要拧断他的一根手指。"

"我也是为他好。"

就是这一类冠冕堂皇、充分社会化的理由，使他的惩罚越来越严厉，越来越残酷。也就是说，能够被普遍接受的道德戒律成为发泄恶和残酷的借口。

到后来，他不再为自己失去一只苹果而恼怒，倒是心满意足地欣赏和陶醉于自己的惩罚"艺术"了。

这惩罚也真是"艺术"。不仅需要找到最理直气壮地实施惩罚的理由——这理由是现成的，也就是早就有了的"规矩"，拿来用就是；而且需要欣赏这种"艺术"的观众：有人围上来看，孙福就会兴奋起来，就会刺激他继续表演下去。要男孩自己喊叫"我是小偷"，是这种惩罚"艺术"中的精华，当众自我羞辱。

2

值得注意的是，在整个惩罚过程中，男孩没有反抗，只有接受和顺从。他没有能力反抗：这不仅是说面对孙福，他没有身体的力量；面对公共的社会伦理的"规矩"，他更没有力量。

惩罚过程结束，故事也就结束了。可是小说到这里出现一个大转折，以极其俭省的文字叙述了孙福的遭遇，掀起过去生活的一角，窥见如泛黄的黑白照片般的似乎已经风化了的苦痛和磨难。

很多年前，孙福曾经有过一个还算和美的家庭，可是生活和命运"偷"走了几乎一切：先是五岁的儿子沉入池塘的水中，再是年轻的妻子跟着一个剃头匠跑了。

从过往的经历，似乎可以解释孙福的"恨"，他"最恨的就是小偷"。一个受到伤害的人，伤害郁积，扭曲性情，很容易产生报复的心理和行为，而报复的对象，往往是比自己更无能无力的人。这样，一个受伤害的人就变成了伤害别人的人。

我不想把这个故事的意义普遍化，但我还是要说，这种情境可能发生在我们任何一个人身上——

我们每个人都可能成为孙福，被生活的磨难所改变，以扭曲的方式，以堂皇的理由，发泄对于生活的怨恨和报复；

我们每个人也都可能是那个没有名字的男孩，不知什么时候就会陷入到以公共的、抽象的、高高在上的规则为名义的围困当中，接受惩罚，无力反抗，无法辩驳；

还有一种更可怕的情况：那个被折断了手指的男孩，将来会不会也把自己所受的伤害郁积成伤害别人的力量？也就是说，那个男孩，将来会不会变成孙福？这样的人性变态过程，或轻或重，或隐或显，会不会发生在我们身上？

― ― ◆ *3* ◆ ― ―

想到这些问题，我们再来读惩罚过程完成后的一段文字，实在不能平静：

　　男孩向西而去，他瘦小的身体走在黄昏里，一步一步地微微摇晃着走出了这个小镇。有几个人看到了他的走去，他们知道这个男孩就是在下午被孙福抓住的小偷，但是他们不知道他的名字，也不知道他来自何处，当然更不会知道他会走向何处，他们都注意到了男孩的右手，那中间的手指已经翻了过来，和手背靠在了一起，他们看着他走进了远处的黄昏，然后消失在黄昏里。

资本与道德的较量

文贵良讲茅盾《子夜》

1933年,《子夜》在上海出版,当时就有人认为这是一部"划时代的"杰作。今天看来,《子夜》把工厂、金融市场作为小说的主要内容,确实称得上第一部规模宏大地描写上海现代经济生活的杰作。现代经济生活的一个核心要素是资本,资本极大地影响人们的生活质量和生存状况,刺激着人们欲望的膨胀,从而与道德发生冲突。

《子夜》的第一章,写吴老太爷被接到上海,下船后坐汽车进入吴公馆,受不了上海都市强烈的刺激,当天晚上就一命呜呼。这个开头非常巧妙,它以吴老太爷这位二十年不问外界事情的人来看上海,一下子就把这所大都市的现代特色描绘出来。因此吴老太爷的死亡就带有一种象征意味。

小说中一位人物把吴老太爷比喻为乡下古老的僵尸,一到了上海就风化了。他说道:

> 去罢!你这古老社会的僵尸!去罢!我已经看见五千年老僵尸的旧中国也已经在新时代的暴风雨中间很快的很快的在那里风化了!

很显然,旧中国作为五千年的老僵尸即将风化的说法,是一种比喻的说法,象征着旧中国的经济结构和伦理道德将发生巨大的变化。

资本,尤其是金融资本,能在很短的时间内,让利润成倍增长。

我们先来看看,20世纪30年代的上海,金融市场上的资本家是怎么运作资本的。金融市场的债券、股票受战争的影响很大。

而1930年中国正在发生一场大战,即中原大战。大战的一方是以蒋介石为代表的中央军,另一方是以冯玉祥、阎锡山等人率领的西北军,大战主要发生在河南、山东、安徽等省,所以称为中原大战。

《子夜》并没有直接写这场大战。小说里有这样一个情节:上海是蒋介石中央军的经济后盾。中央军打胜仗,公债就涨;中央军打败仗,公债就跌。正当中央军吃紧的时候,公债下跌,很多散户急于脱手。赵伯韬、吴荪甫、杜竹斋和尚仲礼等四位资本家筹措四百万先低价购进,等到涨上去后再抛售。

难道公债就一定涨吗?他们想了一个办法:花了三十万买通西北军,让西北军后退三十里,一万元退一里,造成西北军失败中央军胜利的假象。公债果然上涨,他们就将手中公债抛出,从中大赚一笔。谁会想到,资本以这种方式参与战争,影响公债市场呢?马克思在《资本论》中指出:"资本来到世间,从头到脚,每个毛孔都滴着血和肮脏的东西。"这话用来形容1930年上海的金融市场,非常切合。

2

冯云卿是从农村来到上海的乡下土财主,在上海金融市场里输得一塌糊涂。

他为了翻身,听从了何慎庵的鬼主意,唆使十六岁的女儿去勾引赵伯韬,以求获得内部信息,想在金融市场打个翻身仗。冯云卿刚听到何慎庵这个主意的时候,也是很震惊,然后是犹豫不决。

他脑子里有三样东西滚来滚去:女儿漂亮,金钱可爱,赵伯韬容易上钩。获得金钱的目的最后占了上风,他决定与女儿谈谈,最后下定了决心,他的想法是:

> 既然她自己下贱,不明不白就破了身,那么,就照何慎庵的计策一办,我做老子的也算没有什么对她不起;也没有什么对不起她已死的娘,也没有什么对不起我的祖宗!

冯云卿唆使女儿去勾引他人,而且还指责女儿,把负罪感转移到女儿身上。这可谓寡廉鲜耻,道德沦丧!

而他的女儿冯眉卿,在领会了父亲的意思后,并没有拒绝,毫无羞耻之感,相反好像心中窃喜。这又让人大跌眼镜。当然,我们也可以认为冯眉卿年纪轻轻,涉世未深,把赵伯韬看作是明星似的人物。她的行为只是极端的追星行为。不管怎么样,冯云卿的行为,已经丧失了道德底线。他的道德意识已经被资本彻底击溃。

在《子夜》中,吴荪甫是核心人物,小说是将他作为上海工业界的王子来塑造的。

他在三条线索上作战。

第一条,他要处理家乡双桥镇农民暴动带来的资金变动。第二条,他要平息他自己所办的裕华丝厂的工人罢工。第三条,他吞并八个小厂、创办益中信托公司,需要周转资金。

最后,他不得不转移到金融市场,谋划捞取巨额资本。他以及他的两个铁杆哥们儿计划做空头。吴荪甫把他自己的工厂和房产抵押出去,获得了一笔现金,投入公债市场。吴荪甫他们三人这么做,还不能保证一定就能赢,他们需要另一个资本家杜竹斋的支持。杜竹斋是吴荪甫的妹夫,胆小多疑。为此,吴荪甫做了杜竹斋四次工作才让杜竹斋勉强答应,一起做空头。

可是,在最关键的时刻,杜竹斋背叛了吴荪甫他们,造成吴荪甫这次投资的全盘失败,工厂、房产全部输掉了。杜竹斋如果坚守同盟,是否会赢,不一定;但是杜竹斋背叛同盟,吴荪甫他们输,就一定!妻舅与妹夫的攻守同盟在资本的巨大诱惑力之下不堪一击。

从这一点来说,吴荪甫的失败,不是败在与赵伯韬的竞争上,而是败在杜竹斋的背叛上。吴荪甫只得离开上海,到外地避暑去了。

3

上述所说的三件事情,足以表明《子夜》中,资本以巨大的力量对道德发起了冲击。而在两者的对抗中,资本完胜道德。

那么,道德还有没有希望?在《子夜》中没有看到这种希望,不过,尽管吴荪甫遭到严重的打击,但并没有被彻底击倒,而是选择去外地避暑,留下了想象的空间。

我们还可以通过一部电影来理解这个问题。

获得第三十九届奥斯卡多个奖项的电影《绿皮书》很火，该电影根据真人真事改编，两位主人公的名字都是生活中人物原型的名字。

《绿皮书》讲述了这样一个故事：白人托尼·利普被黑人钢琴演奏家谢利博士雇用，作为司机和保镖护送谢利博士从纽约出发，去美国南方巡演，时间八周，每周支付托尼·利普一百二十五美元。这是典型的雇佣关系，现在看起来报酬不高，但在20世纪60年代的美国，估计不低，因为这是托尼·利普自己提出的数字。

八周的旅程中，两人有过争执，有过冲突，也有过愉快的时光，他们严格遵守契约。圣诞节的夜里，他们结束旅程回到了纽约。当谢利博士拿着红酒出现在托尼·利普家里的时候，先是托尼·利普家的人非常吃惊，根本没有想到一位黑人会出现在圣诞节的家宴上；接着是托尼·利普的妻子给了谢利一个温馨的拥抱。

这时，你感到八周的雇佣关系升华为一种摒弃了种族隔阂的朋友关系。电影故事有了一个完美的结尾，十分感人，皆大欢喜。

但网上有消息说，谢利博士的后人指出，谢利博士与托尼·利普从来没有成为朋友。

这是真的吗？现实是否就真的这么冷冰冰？不过，我们更愿意看到电影的那种结尾，希望资本给人带来的还有理解与友谊！

"更无情地解剖我自己"

郜元宝讲鲁迅《祝福》

1

1924年2月,鲁迅创作了短篇小说《祝福》,3月就发表在当时一份重要刊物《东方杂志》上。1926年鲁迅第二部短篇小说集《彷徨》出版,《祝福》是打头第一篇。中小学语文课本经常选到《祝福》,作为鲁迅同情劳动人民的一个证据。寡妇祥林嫂的凄苦命运感动了许多中国读者的心。小说的许多细节,大家都耳熟能详。

《祝福》开篇不久就写道,第一人称叙述者"我"在"旧历的年底"回到故乡鲁镇,路上遇到衰老不堪、"纯乎是一个乞丐"的寡妇祥林嫂,"我就站住,豫备她来讨钱"。但想不到祥林嫂不讨钱,而是向"我"提出一连串问题:"一个人死了之后,究竟有没有魂灵的?"如果有"魂灵","那么,也就有地狱了?"如果有"地狱","那么,死掉的一家的人,都能见面的?"

这些问题太意外,太突然,也太难回答了,"我很悚然,一见她的眼盯着我的,背上也就遭了芒刺一般,比在学校里遇到不及豫防的临时考，教师又偏是站在身旁的时候，惶急得多了。对于魂灵的有无，我自己是向来毫不介意的。"

鲁迅小说有两个重要人物。一是阿Q，再就是祥林嫂。如果说在鲁迅小说人物群像中，阿Q是男一号，那么祥林嫂就是女一号。阿Q当然重要，在他身上集中了鲁迅对"国民劣根性"几乎全部的观察。但阿Q的特点是整天"飘飘然"，稀里糊涂，难得清醒而认真地思考一个问题。阿Q认为，"人生天地之间"，任何事都会发生，因此他对任何事都随随便便，所以客观上没有什么问题能够难住阿Q，能把阿Q逼到角落里，使他寝食难安，非要求得一个答案不可。

但这种情况恰恰就发生在祥林嫂身上。"魂灵的有无"，有没有"地狱"，"死掉的一家的人"能否见面——这些问题并不是祥林嫂发明的，可一旦从别人那里听到这些问题，祥林嫂就辗转反侧，日思夜想，非要弄明白不可。这在阿Q，是做梦也想不到的事。

仅仅从这一点看，鲁迅小说女一号祥林嫂要比男一号阿Q深刻得多。

2

祥林嫂之所以要问这些问题，跟三个人有关，第一是柳妈，第二、第三是"我"的本家长辈"四叔"和"四婶"。

首先，是跟祥林嫂一起做女用人的柳妈。柳妈是"善女人"，这是佛教说法，意思就是"信佛的女人"。她说祥林嫂先后嫁给两个男人，将来到了阴司地狱，两个男人都要抢，"阎罗大王只好把你锯开来，分给他们。"柳妈的话让祥林嫂非常害怕，提心吊胆过了一年,后来照柳妈的吩咐,用辛辛苦苦一年的工钱"十二元鹰洋"去土地庙捐了条门槛。柳妈告诉她,门槛就是她的替身,"给千人踏,万人跨",可以"赎了这一世的罪名,免得死后去受苦"。

柳妈信佛,为何叫祥林嫂去土地庙捐门槛?看来她的信仰体系蛮复杂。但这个姑且不论,只说祥林嫂对柳妈的话深信不疑,捐了门槛之后,"神气很舒畅,眼光也分外有神"。

然而没有想到,祥林嫂还没有"舒畅"一天,就受到更大的打击。

原来主人"四叔"吩咐"四婶",祭祀祖宗时,千万不能让祥林嫂碰祭品,因为祥林嫂是嫁过两次的寡妇,"败坏风俗",如果她的手碰了祭品,"不干不净,祖宗是不吃的"。祥林嫂自以为捐了门槛就没事了,但"四婶"仍然叫她别去碰那些祭品。四婶的地位比柳妈高多了,何况她背后还站着"讲理学的老监生"四叔,更是鲁镇第一权威人物。他们这样对待祥林嫂,等于把祥林嫂捐门槛的意义完全否定了。

柳妈的话令祥林嫂恐怖万分,但她毕竟给祥林嫂提供了一个解救的办法。四叔、四婶却连祥林嫂这条精神上的退路也给堵死了。

小说写道,因为四婶不准祥林嫂碰祭品,祥林嫂的精神一下子就垮了,"像是受了炮烙似的缩手,脸色同时变作灰黑","第二天,不但眼睛窈陷下去,连精神也更不济了——直是一个木头人"。

这是第一人称叙述者"我"回鲁镇五年前发生的事。祥林嫂真是可怜,两任丈夫先后去世,唯一的儿子又被狼吃了,周围人在短暂的同情之后,马上开始取笑、捉弄和歧视她,再加上接连从柳妈和四叔、四婶那里遭到那么严重的来自宗教信仰方面的打击,很快又被四叔家赶了出去,成了无依无靠的乞丐。

小说写她只是"四十上下",但看上去已经是一个挣扎在死亡线上的垂老女人,"只有那眼珠间或一轮,还可以表示她是一个活物"。

所以认真说起来,在祥林嫂的悲剧中,柳妈和四叔、四婶,负有不可推卸的责任,尽管他们也并非故意要把祥林嫂推向火坑。

3

但这里就有一个问题:祥林嫂落到如此地步,怎么还能苟延残喘,坚持五年之久?

只能有一个理由,就是柳妈和四婶、四叔的说法在鲁镇固然很权威,足以击垮祥林嫂的心理防线,但祥林嫂对他们的话可能也并非深信不疑。

小说没有写这五年多时间,丢了工作、受人歧视、精神上背负着"一件大罪名"的祥林嫂是怎么度过的。但可以想象,一定还有某种希望在暗暗支撑着祥林嫂。这个希望必须来自鲁镇之外,是柳妈、四叔、四婶们所不能掐灭的。也就是说,祥林嫂肯定知道,或者说肯定一直盼望着,在鲁镇之外,还有比柳妈、四叔、四婶更高明、更权威的人,能给她更加确实的答案。

这个人,就是小说里的"我"。

五年前,"我还在鲁镇的时候",祥林嫂还没有被四叔家解雇。那时候,祥林嫂已经陷入极大的精神危机,却并没有立刻向"我"请教和求助。为何五年后,一遇到从外面回到鲁镇的"我",尽管两人之前很可能从未说过话,但祥林嫂还是主动把"我"拦在河边,一口气提出了那些严重的问题呢?

这可能有两个原因。

首先,祥林嫂自知时日无多,生命的残灯快要熄灭,再不弄清楚五年来纠缠她的那些问题,就怕来不及了。

其次(也更重要),在祥林嫂眼里,"我"跟五年前不一样了。"我"的身份发生了变化。用祥林嫂的话说,"你是识字的,又是出门人,见识得多"。四叔也是"识字的",但与"我"相比就差多了,因为"四叔"不是"出门人"。

在祥林嫂的意识里,什么是"出门人"呢?小说未作交代,但我们不妨做些推测。

第一,"出门"的意思,就是在鲁镇之外更大的世界走了一遭,因此"见识得多"。

第二,"出门"包括"出国"。这种猜测并非毫无根据。阿Q就知道"假洋鬼子"曾经"不知怎么又跑到东洋去了",祥林嫂为何就不可以知道"我"也去"东洋"留过学呢?

但不管祥林嫂所说的"出门"是什么意思,总之在她眼里,"我"的权威超过了柳妈、四婶和四叔,应该有资格解答她的问题。她对"我"寄寓莫大的希望。很可能,正是这个希望支撑着她,让她挨过了异常艰难的五年。

可惜"我"的回答太模棱两可,而且简直毫无耐心,什么"也许有吧,——我想"。什么"然而也未必,——谁来管这等事——",什么"其实,究竟有没有魂灵,我也说不清",诸如此类。更可恶的是,"我"还简直没有耐心,最后趁祥林嫂被他模棱两可的回答打蒙了,"不再紧接的问","迈开步便走",把祥林嫂一个人"剩"在河边。

这就给祥林嫂造成更大的精神伤害。本来就风烛残年,再这样雪上加霜,于是第二天,祥林嫂就去世了。而最后掐灭祥林嫂微弱的生命之火的,竟然是第一人称叙述者"我",一定程度上,也就是作者鲁迅的化身。

造成祥林嫂悲剧的人实在太多。这里有柳妈、四婶、四叔,有祥林嫂"好打算"的第一任婆婆和第二任丈夫贺老六的大伯(他在阿毛被狼吃掉之后没收了祥林嫂的屋子,赶走了祥林嫂)。当然,还有鲁镇那些男男女女,他们喜欢听祥林嫂讲阿毛的故事,也曾为祥林嫂一掬同情之泪,但很快就感到"烦厌和唾弃";他们的笑脸,让祥林嫂感到"又冷又尖"。

而在所有这些人之外,还有一个作者"我"!

鲁迅说,"我的确时时解剖别人,然而更多的是更无情地解剖我自己"。这是真的,《祝福》就是一个证据。

人们应当肯定，并且宝贵的是什么

郜元宝讲路翎《财主底儿女们》之二

路翎（1923—1994）是中国抗日战争时期最有成就的一位文学天才。1940 年，17 岁的他就以短篇小说《"要塞"退出以后》登上文坛，从此一发不可收，在中短篇小说、文学评论和戏剧领域，都成果卓著，引人瞩目。

这里要说的是从根本上奠定路翎文坛地位的长篇小说《财主底儿女们》。该书动笔于 1940 年，1941 年完成初稿，但不幸遗失在战火中。路翎并不气馁，很快又彻底重写，分别于 1943 年 11 月、1944 年 5 月完成上下两部、80 多万字的巨著。

路翎的挚友和文学导师胡风认为，"时间将证明，《财主底儿女们》底出版是中国新文学史上一个重大的事件"，这"不但是自战争以来，而且是自新文学运动以来的，规模最宏大的，可以堂皇地冠以史诗的名称的长篇小说"。胡风还说，路翎以"青年知识分子"为辐射的中心点，让整个中国现代史都"颤动在这部史诗所创造的世界里面"[1]。

但路翎本人比较低调,他并不认为自己写出了"史诗",他说他只是竭力想告诉读者和他自己,"在这个'后方',在这个世界上,人们应当肯定,并且宝贵的是什么"[2]。应该说,正是这个创作动机推动年轻的路翎奋力完成了《财主底儿女们》。

小说所描写的许多人物确实都按照各自的方式,追求或失落了"应当肯定,并且宝贵"的东西,其中并非胡风所谓"青年知识分子"的金素痕,就是这样一个典型。

2

顾名思义,《财主底儿女们》的主角,应该是苏州大财主蒋捷三老人的三男四女(小说背景是1932年"一·二八"抗战到1941年苏德战争爆发这段时间)。但有趣的是,至少在小说"上部",牢牢占据小说画面中心、写得最出彩的并非蒋家三男四女,而是大儿媳妇金素痕。

金素痕年轻、美丽、富有,本来应该懂得感恩和满足,但出于人类贪婪的本性,她希望永远年轻,永远美丽,永远富有,因此她要抓住青春不放,最大限度地享受年轻和美丽,最大限度地攫取财富。

她的丈夫蒋蔚祖是苏州有名的富户蒋捷三最宠爱的长子,善良、聪慧、温顺而至于懦弱。他很满意自己的婚姻,深爱着活泼美艳的妻子金素痕。但金素痕贪恋物欲横流的世界,不懂得珍惜

---

[1] 胡风《<财主底儿女>序》,引自"中国现代文学作品原本选印"路翎《财主底儿女们》(上),人民文学出版社,1985年3月第1版页1。本文对小说正文的引用,均根据这一版本。
[2] 路翎《<财主底儿女们>题记》,同上书,第2页。

丈夫的爱，只知道如何把自己打扮得更漂亮，如何在社交场中更风光，如何博取更多男人的崇拜，如何跟蒋捷三老人及其众多子女斗智斗勇，从而获得更多财产，甚至渴望以大儿媳妇的身份支配和号令全家。

金素痕就是这样唯我独尊，对丈夫和家人颐指气使，颇有《红楼梦》里王熙凤的遗风。她经常纵情声色，彻夜不归，沉湎于权力和金钱的追逐，直闹得沸反盈天，恶名在外。等到丈夫因她而发疯、自杀，这才终于有所觉悟，似乎知道了什么是"应当肯定，并且宝贵的"，也似乎学会了如何去爱。但覆水难收，悔之晚矣。

这是金素痕人生悲剧的核心。

3

蒋捷三老人把妻子儿女都放在南京或上海，自己盘踞苏州，在中国最好的园林式建筑里安享晚年，同时遥控着苏、宁、沪沿线的庞大资产。陪伴他的是姨娘和姨娘庶出的几个幼小子女，还有大儿子蒋蔚祖与大儿媳妇金素痕。除了二儿子蒋少祖很早反叛家庭，出洋留学，蒋捷三并没有什么别的忧患，一家人其乐融融，相安无事。

打破这个局面的是金素痕。这个年轻的少妇越来越不满足于跟威严的公公和诗意的丈夫享受苏州的宁静，越来越向往现代化的南京与上海。她娘家就在南京，去不了上海，至少也要去南京。

终于机会来了。先是蒋家三女儿蒋淑媛要在南京举行30岁生日大派对，邀请南京、苏州、上海三地亲友参加。金素痕因此就有足够的理由带着凡事听命于她的丈夫一起去南京。其次，她声称此番去南京，不仅要祝贺蒋淑媛的生日，还要"进法政学校"

学法律——她父亲金小川就是一个资深律师。金素痕最终目的是要摆脱蒋捷三的管束,"在南京常住下去",并以儿子阿静和丈夫蒋蔚祖来要挟蒋捷三,不断套取老人的钱财。

　　蒋捷三早已洞悉媳妇的诡计,而"蒋家底人们对金素痕总怀着戒备或敌意,他们认为这是由于金素痕是,用他们的话说,罪孽深重的女人",但因为蒋蔚祖过于懦弱,过于依恋妻子,蒋捷三老人投鼠忌器,无计可施,只好为蒋蔚祖和孙子(当然也是为金素痕)在南京置地买房,源源不断地供给他们生活所需,蒋家众兄弟姐妹谁也不能干涉金素痕的自由。

　　到了南京的金素痕如鱼得水,很快就抛弃了苏州大户人家的规矩,过上南京暴发户的放荡生活。她父亲金小川名义上是律师,其实是卑鄙狡诈的诉棍,专门钻法律空子,从中牟利。姐姐则是一味玩弄男性(南京俗称"放白鸽")的邪恶女人。尽管有各种传说(比如金素痕因为倒卖从蒋家偷来的文物古玩而与某个珠宝商打得火热),但小说实际上并未具体描写金素痕有什么婚外恋或婚外情。她只是物欲膨胀,轻看丈夫的痴情,喜欢在声色场所纵情挥霍享受,如此而已。

　　金素痕的"堕落",首先因为她有金家人的某种邪恶基因,其次因为当时作为国民政府首都的南京上流社会有太多诱惑,而丈夫蒋蔚祖的懦弱客观上也助长了她的气焰。

　　蒋蔚祖因为对妻子的爱得不到回报,陷入无边的失落、猜疑、嫉妒、愤恨与焦虑。但他平时只能压抑这些负面情感,轻易不敢也不愿对金素痕发作。在"蒋家人"面前,他还要竭力为妻子辩护,也为自己的面子辩护。最后,因为三妹蒋秀菊证据确凿地说她"看见嫂嫂,在汽车里,另外有个男人",蒋蔚祖这才顷刻之间精神崩溃,变成一个疯疯癫癫的痴汉子;虽然还残存着一丝理智,但绝大多数时间并不清醒。

丈夫发疯,对金素痕打击不小。她习惯地轻视丈夫的痴情,却并没有对丈夫绝情,甚至还爱着(至少是怜惜和关心着)这样的丈夫,因此丈夫发疯令她十分痛苦和惶恐。她先是把丈夫带回苏州,希望和蒋捷三老人一起寻求医治。后来又把丈夫带回南京,"向老人发誓说,她要医好蒋蔚祖"。

可惜药石无灵,蒋蔚祖清醒、康复的希望越来越渺茫。"于是,绝望的、痛苦的金素痕便进一步地委身于荒唐的生活",在变态的物欲享乐中寻找片刻安慰。但这又进一步刺激了蒋蔚祖残存的理智,加深了他的疯狂。

时而清醒时而疯癫的蒋蔚祖痛恨妻子的背叛,企图报复,却又改变不了对妻子习惯性的依恋,不忍决裂,倒是千方百计想挽回妻子的心,博取她的温柔与怜悯。而当金素痕诅咒发誓要回到他身边,要忠于他一个人时,蒋蔚祖又反弹性地表示怀疑,认为金素痕还是在欺骗他。

在疯狂的道路上,蒋蔚祖越走越远。他那如怨鬼一般无休止的纠缠令金素痕生不如死。此外金素痕也不得不承受来自蒋家和社会的巨大压力,再也无法心安理得,享受罪中之乐了。

◆ 4 ◆

蒋捷三得知蒋蔚祖回到南京后病情加重,就更加挂念儿子,憎恶金家人。他命令管家把蒋蔚祖召回苏州。为防止心爱的儿子逃回南京的魔窟,"愤怒的老人锁上了蒋蔚祖"。与此同时,老人开始整理家产，预先分给每个子女。但他不懂现代法律常识，被钻了空子，遭到金小川金素痕父女的起诉。

给蒋捷三老人雪上加霜的是，浑浑噩噩的蒋蔚祖竟然趁乱逃回南京，被精明的金素痕一把抓住，以爱的名义哄骗他呆在一间无人知晓的空屋（其实是被软禁起来），而金素痕本人则装扮成死了丈夫的寡妇，从南京赶到苏州，向蒋家要人。

小说写金素痕在火车上一路不曾合眼，"她伏在车窗口底刺骨的寒风里，对自己轻轻地说话，怜恤着自己，想着自己底未来"。陷入恐慌的女性很容易激发起这种自我保护意识。走进苏州的蒋家大门时，她又暗暗对自己说，"我不下手，别人就要下手了！那么就死无葬身之地！"金素痕就是怀着这样一种欺骗和抢劫的凶心，在蒋捷三老人和一大帮佣人的阻扰下，硬是抢走蒋家所有文契，迅速逃回南京。

不得已，蒋捷三只好扶病，冒着严寒再次赶到南京，向金家索要文契和蒋蔚祖。金小川金素痕抵死不承认蒋蔚祖在金家，反而向蒋家要人。在南京的蒋家老宅，金素痕以一人之力对抗蒋家十几口"愤怒的妇女们和抱着手臂的男子们"，全无惧色。蒋捷三没有办法，竟然在寒冬腊月，抱病领着三个警察，在南京城到处寻找想象中被金素痕谋杀或露宿街头的蒋蔚祖，最后无功而返。

但是，取得阶段性胜利的金素痕并没有真正高兴起来，反而感到很悲哀，"她发觉自己年岁增大，华美的时代已经过去"。她对一度被蒋家人抢去的失而复得的儿子阿静倍感珍惜，"最不幸的，是她此后必得担负蒋蔚祖底命运。蒋蔚祖此后除了是她底发疯的丈夫之外，不再是别的什么了"。"她在深夜醒着，静静地躺着，觉得自己底毁灭了的良知在复苏"。

带着这种悔罪的心情，大年初一，金素痕带着孩子，给被她软禁的蒋蔚祖送去年食和一个平凡的妇人的爱心。但她得到的只是蒋蔚祖的怀疑、不逊和报复。蒋蔚祖甚至怀疑金素痕要下毒害死他。过去看得比生命还重要的娇妻，现在已经不算什么了。不管金素痕如何洗心革面，如何祈求他的"可怜"，疯狂的蒋蔚祖绝不回心转意。他要金素痕放他回苏州，他要见始终宠爱着他的老父亲："一个女人算的什么！在这个世界上最大的恩爱还是父子！"

无可奈何的金素痕终于决定让丈夫自由，不再软禁他了。但她万万没想到，唱着《红楼梦》"好了歌"的疯疯癫癫的蒋蔚祖本来可以坐火车，却突然决定步行回苏州。他在这个"荒唐的旅程"忍饥挨饿，乞讨，偷盗，奄奄一息之际，才被奉命寻找他的管家发现于常州火车站。

在蒋蔚祖逃走（失踪）后的半个月，与一切人所想的完全相反，金素痕度着痛苦、惶惑、在她热烈的一生最难以忘怀的一段时间，"似乎她以前从未因蒋蔚祖而这样不安。她以前，在糊涂的英雄心愿和炽热的财产欲望下是那样的残酷、自私，而易于自慰。但现在她悲伤、消沉、柔弱、爱儿子，希望和蒋家和解。""她希望蒋蔚祖归来。后来希望得到他平安的消息。她向苏州发了那个电报，没有顾忌到她所念念不忘的人世底利害，没有想到这个电报是揭露了她底可耻的骗局。她要丈夫，她以为现在要医好丈夫是非常容易的。""她所需要的，并不是霉烂的生活，虽然这种生活显得荣华；她所需要的是煊赫的家庭地位，财产，和对亲族的支配权。""她所想象的与老头子的和解，是十分动人的"，"这个图画是十分旧式的，和她在南京所过的生活全然相反。和平要在废墟上建立起来。"

金素痕并不知道，就在蒋蔚祖被管家带回苏州的第二天，蒋捷三老人溘然长逝。她带着上述严重的不安和真诚的悔罪之心来到苏州，本来是要与丈夫、与公公和解的，可一旦知道自己比蒋家儿女提前一步赶上了老人的葬礼，就立刻意识到残酷的财产争夺战已经正式拉开帷幕，于是她一边真诚地哭灵（无人相信她的真诚），一边思考如何面对即将赶来的蒋家儿女们。

　　然而对金素痕来说，当务之急是要把丈夫蒋蔚祖这块筹码紧紧抓在手里，"金素痕最大的努力还是花在丈夫身上：她竭力使他倾向她，以便应付未来的战争。"可惜稀里糊涂的蒋蔚祖不肯合作，因此在激烈的财产抢夺战即将爆发之时，孤立无援的金素痕又从天使变成魔鬼，露出自私贪婪残酷的本性。她褫夺了老管家的权柄，利用大儿媳妇的名分指挥一切。在蒋家儿女到达苏州之前，"她底第一批财物已经在运往南京的途中了"。

5

　　不出金素痕的所料，先后到达苏州的"蒋家人"面和心不和，无法合力对付金素痕，在理直气壮要求"分家"的金素痕面前溃不成军。

　　但是，一度陶醉在节节胜利的诉讼中的金素痕很快又颓唐起来。这主要是因为蒋蔚祖的继续发疯令她无依无靠。她哀求蒋蔚祖，希望唤醒他，"使疯人回到初婚的回忆和少年的憧憬"，跟她重新"过一种正直的生活"。但她只能得到受伤太深、无法痊愈的蒋蔚祖报复性的斥责和疯癫。她名义上有丈夫，实际上已经永远失去了，"她发觉了自己多日以来并未感到蒋蔚祖底生命"。蒋蔚祖"永恒地孤独"着，金素痕无论如何也无法与蒋蔚祖取得"心灵底深刻的和谐"。

她和蒋蔚祖一同跌入了人间地狱。

尚存一丝理智的蒋蔚祖不断诡秘地侦查金素痕是否还需要他。但不管金素痕如何表白,他总是无法判断金素痕真实的情感,总是继续怀疑,嫉妒,受伤,又痛恨自己意志薄弱和对人间温暖的留恋。恍惚中,蒋蔚祖纵火焚烧了他独居的屋子,并自以为不可被饶恕,因此开始流浪,混迹于被视为"渣滓"的南京城的贱民行列。

起初,金素痕以为蒋蔚祖已死,"确信自己,在这个人间,失去了往昔的寄托,明日的希望,主要的,疯狂的伴侣,是孤零了"。在独自"送葬"了蒋蔚祖之后,金素痕匆忙地嫁给一位年轻的律师。但即使再嫁之后,金素痕仍然确信自己还是爱着蒋蔚祖这个不幸的"书生",可怜的疯人。她的再嫁,只是为蒋蔚祖留下的寡妇孤儿找寻生活出路。她明知新的婚姻必将"势利和冷酷",也只能跳入其中。"她诚实地忏悔着,她底悲哀的热情吞噬了一切。在某一天早晨从恶梦里醒来的时候,蒋蔚祖就变成纯洁的天神活在她心里了"。她曾经在蒋蔚祖的灵堂哭诉:"蔚祖!蔚祖!你总知道我底心!我是你底素痕,无论在这个人间,还是在——九泉!蔚祖,一切都完了,我们做了一场恶梦!我们在应该相爱的时候没有能够爱,现在你去了,而我也不久了。我是一个恶毒的女人!——从此,我要在这个万恶的人间。"尽管如此,求生的意志还是帮助她"用一种非常的力量""压下了可怕的迷乱,结了婚",获得暂时平安。

6

金素痕的故事如果到此为止,她还算是不幸中的万幸。确实,她本来可以带着对死去的丈夫的忏悔和怀念,勉强享受新婚的安宁。没想到，死人竟然复活，四妹蒋秀菊偶尔在手执"二十四孝"的送葬的队伍里发现"已经死了好几个月的蒋蔚祖"，把他带回大姐蒋淑珍家。蒋家人立刻围绕是否要把金素痕再婚的消息告诉蒋蔚祖而大起争执：瞒着他，免得他继续受伤害？告诉他真相，让他断念而重新做人？三姐蒋淑媛力排众议，坚持让蒋蔚祖知道了真相。

蒋蔚祖果然万念俱灰，再次逃离蒋家人，找到金素痕的新居，在达到了恐吓金素痕并差不多摧毁其意志的目的之后，纵身跳入长江。

金素痕看到鬼魅一样的前夫，刹那间几乎精神失常。她承认"我欠他的"。几天后，她果然带着孩子，离开第二任丈夫，在上海买房隐居，偶尔以行善聊以自慰，再也没回南京。

1937年"八·一三淞沪会战"爆发，政府发布疏散令，上海、南京两地开始大规模流徙。有人在码头遇到金素痕，"憔悴而苍白，眼睛陷凹"，不停地叹息"人生一场梦！"，因为这时候她已经死了儿子，准备独自一人逃难去汉口。

作者写道，"这个可怜的女人，她底生涯中的灿烂的时日，是过去了。她在南京和苏州所作的那些扰动，是变成传说了。金素痕，在往后的时日，是抓住了剩下来的东西——金钱，而小心地、顺从地过活了"。

金素痕从此在小说中再也没有露面。战乱年月她将如何度过余生，谁也无法想象。但可以肯定，已经"变成传说"的"她在南京和苏州所作的那些扰动"，必将深刻烙印在她的内心。时间越久，她的悔恨与悲哀也会越发深重，而对于小说作者提出的问题，在这个世界上"人们应当肯定，并且宝贵的是什么"，金素痕的回答应该最能发人深省吧？

吴妈与阿Q

郜元宝讲鲁迅《阿Q正传》

小说，尤其是中长篇小说，如果注重刻画人物，通常总会有人物形象的三个等级：首先是一两个主人公或中心人物，其次是若干地位居中、比较重要的人物，再就是分量不等的一些次要人物。

《阿Q正传》按今天的划分法，应该属于中篇小说，人物众多，阿Q无疑是中心人物或主人公，但似乎并没有地位居中的重要人物。读者熟悉的那些名头很响的人物，像不让阿Q姓赵的赵太爷，用大竹竿追击阿Q的赵大爷（即赵秀才），满嘴"妈妈的"、动辄给阿Q贴罚单的地保，"真正本家的赵白眼、赵司晨"，静修庵的老尼姑和小尼姑，以及阿Q瞧不起却又斗不过的"小D王胡等辈"，戏份有多少之别，但都可归入次要人物的范畴。

好的小说，主人公固然重要，次要人物也不容忽视。因为第一，主人公的世界缺不了次要人物。没有次要人物的陪衬与烘托，主人公就生活在真空，啥也谈不上了。第二，好的小说，次要人物本身往往也很精彩。《阿Q正传》上述一系列次要人物之所以名头很响，就因为鲁迅在描写他们时一丝不苟，虽然寥寥数笔，甚至一笔带过，却一个个活灵活现，妙到巅毫，让人印象深刻。

不仅如此，有些小说的次要人物看似简单，实则相当复杂，给读者的接受与阐释带来不小的挑战，一定程度上还会影响到我们对主人公的理解。

《阿Q正传》里的"吴妈"就是这样一个复杂的次要人物，不太容易一眼看透。

我们就来看看这个吴妈，究竟有多么复杂。

作者交代，"吴妈，是赵太爷家里唯一的女仆"。阿Q每次提到她，都情不自禁想到绍兴戏《小孤孀上坟》。据此推测，她大概是年轻守寡的"节妇"，即"贞节的妇女"。

小说写有天傍晚，吴妈洗好碗碟，坐在厨房的长凳上，跟舂米间歇抽烟休息的阿Q"谈闲天"。谈着谈着，阿Q突然向吴妈求爱，连说两句"我和你困觉，我和你困觉！"还"忽然抢上去，对伊跪下来"。

吴妈反应如何呢？鲁迅的描写很精彩，不妨照引如下：

> 一刹时中很寂然。
> "阿呀！"吴妈愣了一息，突然发抖，大叫着往外跑，且跑且嚷，似乎后来带哭了。

接着就是赵府上下一片忙乱。少奶奶和隔壁邹七嫂出来安慰吴妈，防她寻短见，打包票说"谁不知道你正经"。赵秀才则拿着大竹竿追打阿Q，将阿Q驱逐出赵府，还连夜派地保对阿Q实行五项霸王条款的惩罚。

阿Q被剥夺得一贫如洗，不能再在未庄立足。他的命运急转直下。先是进城，作为"小脚色"参与偷窃，得到一点赃物，冒冒失失拿回未庄贩卖，算是风光了一回。但赃物很快卖完，不仅暴露了做贼的底细，而且又"用度窘"起来，最后稀里糊涂宣布要革命，却被革命后的政府当窃贼逮捕，枪毙了。

2

显然，阿Q的命运转折与悲剧结局，多少跟吴妈有关。但怎样理解和评价吴妈，有两派意见，分歧很大。

一派倾向于批评和责难吴妈，姑且称之为"倒吴派"。他们认为在这件事上，阿Q是无辜的，而吴妈的问题就很大了。

首先，吴妈果真如邹七嫂所说，是"正经"人，就不该留在厨房跟阿Q"谈闲天"。如此孤男寡女的局面，双方都必须回避，何况吴妈还是一个年纪轻轻的寡妇。

电影《阿Q正传》给吴妈添了很多戏，比如说吴妈曾经奉赵太爷之命通知阿Q去舂米，又让她给阿Q点亮油灯，还一边"谈闲天"，一边纳鞋底，这样吴妈就有理由留在厨房了。但小说只写她"谈闲天"，并未替阿Q点灯，也没有纳鞋底，更未曾奉赵太爷之命通知阿Q来舂米。吴妈是闲着没事，专门找阿Q"谈闲天"的。

其次，吴妈"谈闲天"也不好好谈，她唠叨的不是"太太两天没有吃饭哩，因为老爷要买一个小的——"，就是"我们的少奶奶是八月里要生孩子了——"，总之都跟男女之事有关。

要知道，阿Q自从在酒店门口公然调戏了小尼姑，就满脑子都是"女人,女人!——",这是未庄一场不大不小的风波,吴妈应该有所耳闻。在这种情况下,吴妈还大谈男女之事,难道是要进一步强化阿Q对异性的渴望吗?赵太爷都快做爷爷了还纳妾,阿Q已过而立之年却仍然光棍一条,这种巨大的反差怎能不深深地刺激阿Q?所以不怪阿Q突然发痴,怪只怪吴妈偏偏哪壶不开提哪壶。

第三,阿Q调戏小尼姑当然很卑鄙,但并未如地保所说,竟然狂妄到"连赵家的用人都调戏起来"。我们看阿Q只不过在特殊氛围(封闭的厨房、和小寡妇吴妈单独相处、不停地被吴妈灌输老爷纳妾而少奶奶生孩子的信息)一时失控,冒冒失失向吴妈求爱,如此而已,并未对吴妈实行多么严重的性骚扰。

所谓"我和你困觉,我和你困觉!"固然粗鲁莽撞,但"忽然抢上去,对伊跪下了",却又相当"文明"和"时髦":《伤逝》男主人公涓生向女主人公子君求爱,不也是这个姿势吗?

综合上述各种情况,吴妈的反应就显得过火了。

小说强调阿Q向吴妈求爱之后,"一刹时中很寂然",这说明阿Q尊重吴妈,求爱之后,并未采取进一步行动,而是静静等候吴妈的反应。而所谓"一刹时中很寂然",另一方面也说明,吴妈并非真的受了惊吓而完全失控,乃是在电光火石之间有过一定的思考权衡。她很可能意识到自己这回是引火烧身了,不该和阿Q独处,不该跟他"谈闲天",这都于寡妇名节大有妨碍。想到这里,她才"愣了一息,突然发抖"。为保全名节,即使旁边没有别人,也必须防患于未然,于是一不做,二不休,索性把事情闹大,把将来万一败露的恶果全部提前推给阿Q。

如果说留在厨房,与阿Q独处,跟阿Q"谈闲天",向阿Q唠叨赵太爷纳妾、少奶奶生孩子,都还是吴妈的无心之过,那么在并未受到严重的性骚扰、也并无第三者在场的情况下,吴妈不肯大事化小,小事化无,而是小题大做,闹得沸反盈天,这就完全是为了撇清自己而有意陷害阿Q。

吴妈这一闹,事实上可把阿Q给害惨了。所以阿Q最后的死,吴妈也要负相当的责任。

"倒吴派"还追根穷源,把问题上升到阶级意识和道德观念层面,说吴妈和阿Q一样都是用人,却没有正确的阶级立场,满心维护赵家的利益,凡事想着赵家,希望赵家为她做主,而置同一阶级的阿Q的生死于不顾。

另外吴妈的封建礼教观念根深蒂固,太看重虚伪的所谓寡妇名节。为保全这名节,不惜小题大做。另外小说还写道,"吴妈只是哭,夹些话,却不甚听得分明",在赵府一班人面前,吴妈不可能说阿Q的好话,多半还是进一步撇清自己,抹黑阿Q。

如果吴妈没有这种不必要的寡妇名节观念,如果吴妈看到赵家是统治者,而阿Q才是阶级兄弟,她就不会这样了。她完全可以考虑和阿Q联手闹革命,甚至不妨和阿Q结成革命夫妻。这种大好局面被吴妈一手给断送。

再看吴妈害了阿Q,只拿到阿Q破衣烂衫的一部分纳鞋底,此外并未捞到任何好处,而且最终还是不明不白地离开赵家,进城打工去了。可见,吴妈的落后的阶级意识和道德观念,不仅害了阿Q,很可能也害了她自己。

── 3 ──

再看为吴妈辩护的"保吴派"是怎么说的。他们认为,"倒吴派"虽然顾及具体历史环境，但考虑得还不够彻底，对吴妈提出了不切实际的过高要求。

"保吴派"强调，在辛亥革命初期，全未庄的人都不懂"革命"是什么，怎么能要求吴妈认识到自己和阿Q属于同一阶级，联合阿Q反抗赵家、闹革命呢？实际上比起未庄其他人，吴妈还是看得起阿Q的。肯跟他一起"谈闲天"，就是看得起他的一个证据。

但这并不等于吴妈就懂得自己和阿Q都是被压迫阶级，更不等于她因此就必须接受阿Q那种毫无前奏、突如其来的可笑的求爱。

那么，吴妈不避嫌疑，掌灯后与阿Q孤男寡女在厨房里"谈闲天"，是否值得非议呢？"保吴派"认为，说这种话，本身就是封建思想作怪。像吴妈那种粗笨的乡下女人倒并没有这种肮脏的思想。

至于阿Q式的求爱，则是另一回事。那时候处于危险境地的不是阿Q，而是吴妈。俗话说"没有不透风的墙"，万一传出去，阿Q毫发无损，吴妈可要身败名裂了。

所以要吴妈镇定自若，息事宁人，也太不切实际。阿Q向吴妈求爱，尽管和调戏小尼姑有所不同，但在吴妈看来也够吓人的。她不赶紧告发阿Q，还等什么呢？

吴妈大哭大闹，客观上确实将阿Q推到了绝境。但这在吴妈也是别无选择，我们不能要求吴妈大包大揽，承担事情败露之后可能产生的一系列恶果。这跟要求吴妈解放思想，丢弃传统的寡妇名节观念，对阿Q粗鲁而危险的求爱一笑了之，都是不切实际的幻想。鲁迅如果这样写，就不是吴妈，而是泼辣的王熙凤，或时髦的交际花了。

恰恰相反，正因为鲁迅写出吴妈阶级意识的淡薄和传统名节思想的顽固，甚至写出吴妈的自私自保，那才是真实的吴妈。

但这样的吴妈，是没有必要、也没有能力迫害阿Q的。

不是吴妈害了阿Q，而是未庄社会利用吴妈的遭遇为借口，令阿Q无立锥之地。

看来，为吴妈辩护能自圆其说，而批评和责难吴妈，也并非毫无道理。

或许我们只能说，真实的人和人的真实处境都是复杂多面的，让真实的复杂多面的吴妈跟同样真实的复杂多面的阿Q共同演这场"恋爱的悲剧"，正是鲁迅的高明之处。如果让我们一句话就能说尽阿Q，一眼就能看穿吴妈，也就不是鲁迅了。

次要人物吴妈的复杂性，让我们再次领略到《阿Q正传》这样的文学经典的伟大。

瞧马伯乐这个人

郜元宝讲萧红《马伯乐》

20世纪30年代中期,萧红和萧军一起,从东北流亡到上海,很快和文坛盟主鲁迅结下深厚的友谊,得到鲁迅慈父般的呵护和大力支持。

鲁迅帮助萧红出版了她的成名作、长篇小说《生死场》,并高度评价这部小说,认为它展示了东北沦陷区人民"对于生的坚强和死的挣扎",显示了"女性作者的细致的观察和越轨的笔致"。鲁迅的评价一锤定音;著名作家茅盾与著名评论家胡风也纷纷跟进,对萧红大加称赞。

一夜之间,萧红成了当时女作家群中仅次于丁玲的第二号人物。

这以后,因为和萧军闹矛盾,因为1936年鲁迅逝世,更因为抗战形势急转直下,萧红又开始了痛苦的流亡生活,创作一度停顿。

直到20世纪40年代初到了香港,萧红的生活才安定下来。她再度投入创作,很快就几乎同时发表了两部长篇《呼兰河传》

与《马伯乐》。

具有自传色彩的长篇《呼兰河传》再次展示了萧红的才华，深受读者喜爱。至于《马伯乐》，许多人只看到上半部，又因为这部小说主要描写普通中国人在战争期间的流亡生活，调子比较低沉、灰暗，跟"抗战文艺"的主流不甚合拍，所以一直被冷落。

20世纪90年代中期，"萧红热"再度升温，但大家经常谈论的还是《生死场》和《呼兰河传》，《生死场》确实展现了萧红狂放不羁的才气，但毕竟是处女作，谈不上精心的布局和老练的叙事。《呼兰河传》是一个转折，有意识地借鉴鲁迅的国民性批判来审视乡里乡亲，但也还有许多模仿的痕迹。鲁迅对《生死场》、茅盾对《呼兰河传》都先后发表过批评意见。

比较起来，《马伯乐》其实更加成熟。萧红1939年在重庆时酝酿这部另类的长篇，1940年春执笔于香港，1941年出版了十万字的"上部"。但直到80年代初，有学者才发现原来"上部"之后，《马伯乐》还有八万字曾在香港的杂志上连载，只是因为1942年1月22日萧红病逝于香港而未能完篇。

现在我们把新发现的八万字和之前的十万字合起来看，《马伯乐》的容量确实相当可观，它的整体成就很可能在《生死场》《呼兰河传》之上。如果只读《生死场》《呼兰河传》而不读《马伯乐》，就会忽略萧红最后奋力创作的这一部更加成熟的作品。

所以讲萧红，就绕不过她的《马伯乐》。

2

小说《马伯乐》的主人公就叫马伯乐，他是青岛一户殷实人家的大少爷，没有一点实际生活的能力，就知道向守财奴的父亲要钱，或偷偷变卖太太的首饰。他也曾说动父亲，资助他到上海开书店，结果才一个月就血本无归，灰溜溜逃回青岛，被家里人瞧不起。于是他感到家里待不下去了，拼命想逃出去。

马伯乐缺乏行动能力，却富于想象，可惜他的想象很简单，就是喜欢把事情一味地朝着最坏的方面去想。他是一个无所作为的悲观主义者。他唯一的作为，就是到处宣传大事不妙，大祸将至。再就是无论遇到什么困难，首先就想到逃跑。

"九一八"事变后，马伯乐找到借口，为全家将来的逃难打前站，从青岛只身来到上海。他发现上海人竟然歌舞升平，一点都不关心迫在眉睫的战争，甚至挤在商店门口抢购航空奖券，梦想发财。他感到匪夷所思，气不打一处来，就骂出他的口头禅："真他妈的中国人！"好像他本人不属于中国人之列。

确实，马伯乐觉得他比普通中国人境界更高。他是一个先知，或预言家。比如他在青岛海边看到日本人开了八十多艘战舰来黄海搞"演习"，就断定中日必有一战，于是决定全家必须离开青岛，逃往内地。

有这样的预见性和忧患意识，按说很不错，问题是马伯乐因此就不想好好活了，只想漫无目标地逃跑，而且仇恨跟他想法不同的所有人。

这种悲观主义、逃跑主义，他还美其名曰"国家民族意识"！但他压根儿就不知道什么叫积极备战，什么叫抵抗，什么叫战争期间的日常生活。

唯一能让他兴奋起来的就是"逃跑"。"逃跑"成了他人生的主题。

那么，马伯乐是不是痛恨战争，痛恨挑起战争的日本人呢？

也许大大出乎你的意料，马伯乐并不痛恨战争，也并不痛恨挑起战争的日本人。首先他一贯崇洋媚外。其次他觉得战争的到来是命中注定，没什么是非对错。更重要的是，他内心深处其实很感谢战争，因为战争的爆发让他确认了自己是一个先知和预言家，战争也给了他最好的借口，可以理直气壮地逃跑。不仅逃避战争，也趁机逃避他作为家庭的长子、女人的丈夫和三个孩子父亲的责任。

战争，逃难，还给了他许多意想不到的好处。比如，他只身来上海打前站的三个月，就很少刷牙洗脸。逃难嘛，干嘛讲究这些！比如，一听到淞沪之战的炮声，他就去抢购大米，蛮横地把排队买米的妇女们挤到后面去，还自以为是地辩护说："这是什么时候，我还管得了你们女人不女人！"又比如，他逃到武汉，竟然闹了场恋爱，可一旦听说大武汉也将不保了，就立刻计划逃往重庆，新结识的恋人早被他抛到九霄云外。

所以他不恨战争，反而渴望战争早日降临。日本人迟迟不动手，他就焦躁不安，因为如果战争打不起来，他就不能名副其实地充当全家人的逃难总指挥，就得不到全家人的尊敬，至少他太太就不会从青岛逃到上海，乖乖地把私房钱带给他，让他来全权支配。

所以，马伯乐对大祸将至的预见性和警觉性，他的忧患意识、"国家意识"和"民族意识"，都是为自己做打算的冠冕堂皇的借口。就像作者在小说里指出的，"他爱自己甚于爱一切人"。他的唉声叹气、自怨自艾，实际上都是自怜自爱。

小说《马伯乐》没有引人入胜的故事情节，翻来覆去只写马伯乐怎样如惊弓之鸟，一边高喊"爱国主义"的口号，一边骂着"真他妈的中国人"，一边袖手旁观，无计可施，只知道一个劲儿从青岛逃到上海，从上海逃到南京，从南京逃到武汉，从武汉又准备逃往重庆。

这样一个胆小怕事、自怜自爱、凡事一走了之的逃跑主义者，心理当然特别脆弱。他经常咬着手帕或枕头，嘤嘤地哭个不休，非要他太太像哄小孩一样哄个半天，才能缓过劲来。这是永远长不大的巨婴式男性形象的典型，在他身上集中了萧红对中国男性众多负面因素的观察，正如在阿Q身上集中了鲁迅对中国人众多精神缺陷的总结。

在抗战期间，鼓舞人心的作品总是最受欢迎。甚至标语口号式的"抗战文艺"也聊胜于无。但萧红特立独行，硬是将极不信任的目光投到马伯乐这样一个乏善可陈的中国男人身上，极尽讽刺挖苦之能事。这在当时就很容易被看作是悲观、灰暗、泄气之作。

但"抗战文艺"其实需要萧红这样实事求是的勇气。总不能抗战一来，就不再反思民族精神的阴暗面和某些致命的缺陷，就要求作家们完全放弃理性的反思和冷静的解剖，完全赞歌一片。如果那样，恐怕也不利于抗战主体的精神建设。

《马伯乐》创作于如火如荼的抗战大背景下，但我们可以推而广之，把萧红对马伯乐式的中国男性的观察运用到别的时代，那么，萧红为鲁迅所肯定的"女性作者的细致的观察和越轨的笔致"，就会益发显出其可贵。

在萧红眼里，中国男性是否都像马伯乐那样不堪吗？也不尽然。

就在酝酿长篇《马伯乐》的同时（1939年），萧红发表了《回忆鲁迅先生》。这篇独创性极强的长篇散文，避开鲁迅作品，也避开一切理性的分析和论断，采用跟《马伯乐》完全相同的散文笔法，琐碎记录鲁迅在日常生活中的待人接物，一言一行，一颦一笑。

她写道：

> 鲁迅先生的笑声是明朗的，是从心里的欢喜。若有人说了什么可笑的话，鲁迅先生笑得连烟卷都拿不住了，常常是笑得咳嗽起来。
>
> 鲁迅先生走路很轻捷，尤其使人记得清楚的，是他刚抓起帽子来往头上一扣，同时左腿就伸出去了，仿佛不顾一切地走去。

开头这样写鲁迅，可谓出人意料，石破天惊。

其实不仅开头，萧红将这种笔法一贯到底，通篇都是这样忠实记录鲁迅的日常生活，由此勾勒出她心目中的鲁迅形象。

鲁迅和马伯乐站在对立的两端，通过比较，我们可以更清楚地看到中国之大，不仅有精神空虚、人格猥琐、软弱无骨的渣男，也有精神充实、人格高大、强劲伟岸的英雄豪杰。

把《马伯乐》跟《回忆鲁迅先生》放在一起，可以看出萧红对中国男性的全面认识。

爱的缺失比钱的缺失更可怕
陈思和讲张爱玲《金锁记》

―――――◆/◆―――――

张爱玲的《金锁记》是文学史上的一部名篇,曾经获得评论界极高的荣誉。

在这篇小说发表不久,翻译家傅雷就化名"迅雨"发表评论,盛赞《金锁记》是张爱玲"目前为止的最完满之作,颇有《猎人日记》中某些故事的风味。至少也该列为我们文坛最美的收获之一"。海外最负盛名的文学史家夏志清教授更加直截了当地说:"在我看来,这是中国从古以来最伟大的中篇小说。"也许这些评价都有些过分,但我可以毫不犹豫地说,《金锁记》是张爱玲所有作品中最令人感到震撼的一部作品。

但是,对《金锁记》也有不同的理解。我先讲一个故事:十多年前,《金锁记》曾经被改编成话剧搬上舞台,当时编导都希望一位著名演员来主演曹七巧,这位演员是我的朋友,没想到她读了剧本以后婉言谢绝了。

为此，我就特意问她为什么不愿意扮演这个角色。她沉吟了一下，告诉我说：她读了剧本，却无法找到角色性格的内在"种子"。无法理解她一个做母亲的人，怎么会对自己的儿女有如此扭曲的毒恶。这位演员在舞台与银幕上扮演过各类母亲的艺术形象，可是在她眼里，像曹七巧这样的母亲形象实在太匪夷所思了？

所以，我们这一讲就从这里讲起：曹七巧和她的子女们。

《金锁记》创作于1943年，在故事的叙事时间上，大致可分三个时间片段。

小说一开始就说："三十年前的上海，一个有月亮的晚上……"接着又说，那两年正忙着换朝代，当指辛亥革命。那么，小说第一个片段是指1912年前后，曹七巧嫁到姜家才五年，已经生了一双儿女。接着一个片段就是十年以后，曹七巧丈夫和婆婆先后去世，于是有了大闹分家会的场面，时间应是1922年前后，儿子长白不满十四岁。然后故事慢慢地延续着。再到下一个时间节点，就是女儿长安已年近三十岁了。曹七巧破坏姜长安与童世舫婚姻的时间，应该是1940年前后。这样再留出一年时间，儿子长白的妾绢姑娘自杀，再过一两年时间，就轮到曹七巧带着仇恨死了。——那正好是1943年。

于是，小说结尾说："三十年前的月亮早已沉了下去，三十年前的人也死了，然而三十年前的故事还没完——完不了。"这就是小说《金锁记》完整的时间概念。

据张爱玲的弟弟张子良回忆，《金锁记》故事是自有其本的。

故事来源于李鸿章家族中的一房家庭故事，人物基本上都有原型的。但是发生在前两个时间节点的故事，1912年张爱玲还没有出生，1922年张爱玲才两岁，都不可能是第一手材料，多半是来自张爱玲听旁人叙说再加上她的特殊的写作才能，所以，这几个场面——曹七巧出场、叔嫂调情以及曹七巧大闹分家会的场面，主要来自她的艺术想象。这些场面都是小说中的精彩场面，也是最具匠心的场面，看得出张爱玲刻意模仿古典小说的许多艺术表现手法。

然而，姜家分家以后的故事，才使张爱玲有可能走进现实版《金锁记》的日常生活。小说后半部分的意境变得开阔，笔法越发近于写实，场面也走出了大家庭的模式，集中表现曹七巧与子女长白、长安之间的纠葛。如果说，小说前两个场面的曹七巧显得可笑可怜，那么到了后半部分——从曹七巧折磨儿媳妇芝寿、破坏长安婚姻两个故事中，刻画出这个人物性格中令人恐怖的一面。

2

现在，我们可以来讨论曹七巧与她的儿女的关系了。

首先我们要分辨清楚：是什么样的动力造成了她与子女之间的畸形关系？大约张爱玲的本意是强调曹七巧因为正常的情欲得不到满足，转而把财富视为命根子，为此她一生被套在黄金的枷锁里面，牺牲了自己本来可以享受的天伦，成为一个丑陋、刻毒、乖戾又不幸福、害人又害己的被异化的人，形成了这样的怪异人格。

这是张爱玲为这篇小说取名"金锁记"的原因。

张爱玲太看重金钱的力量了。她是这样来写晚年的曹七巧："三十年来她戴着黄金的枷。她用那沉重的枷角劈杀了几个人，没死的也送了半条命。她知道她儿子女儿恨毒了她，她婆家的人恨她，她娘家的人恨她。"这似乎是盖棺定论了。其实在早些年，曹七巧的丈夫还没死的时候，作家也写到了黄金枷锁的比喻："这些年了，她戴着黄金的枷锁，可是连金子的边都啃不到，这以后就不同了。"

我们从这两处关于黄金枷锁的描写中似乎可以体会："金锁"是在曹七巧三十五年前嫁入姜家豪门开始就被戴上了的。但在前十五年中，她忍受委屈、压抑情欲，苦心照料病人，并不能真正享受（支配）这个家庭的财产。在后二十年中，丈夫死了，家产也分了，她掌控了一大笔财产，足以过衣食无忧的寄生生活，但她还是不幸福，不仅不幸福，而且陷入了半疯状态的迫害症里。她与娘家婆家的亲戚都断绝关系，对子女苛刻狠毒，都是为了把财富紧紧抓在手里，唯恐旁人来谋取她的财产。这就是张爱玲对于《金锁记》原型的亲戚故事的解读。一般研究者也自然沿着张爱玲的思路来理解曹七巧。夏志清就是这样分析的："小说的主角曹七巧——打个比喻——是把自己锁在黄金的枷锁里的女人，不给自己快乐，也不给她子女快乐。"

但是，《金锁记》的阐释如果仅仅停留在"金锁"的隐喻上，那么，这部小说的后半部分的意义远远没有被发掘出来。"金锁"的隐喻在前半部分表现得很充分，因为曹七巧在丈夫的残废身体上得不到情欲的满足，唯一能够安慰她、约束她的就是对这个豪门家族拥有的财产的向往。可是，"金锁"仍然无法解释，小说的后半部分曹七巧为什么有了钱财还对自己的子女如此刻毒，为什么要破坏儿女们应有的幸福权利？这就是我们要追问的：在"金锁"以外，还有什么更为可怕的力量推动了曹七巧向自己的子女疯狂报复？

曹七巧不是西方文学经典里的守财奴的形象，如夏洛克、葛朗台、阿巴贡等，曹七巧的故事完全是一个中国故事，她的性格就是中国封建大家庭文化中锻铸而成的一种怪异的典型。更加隐秘地隐藏在她的身体内部发力，制约了她的种种怪诞行为的，不是对财产的欲望（这点在她的后半生已经得到满足），而是一个无法填补的巨大空洞似的欲望：性的欲望。这一点，傅雷在评论《金锁记》时已经注意到了，他尖锐地指出："爱情在一个人身上不得满足，便需要三四个人的幸福与生命来抵债。可怕的报复！"

曹七巧本来是一个市井之女，家里是开麻油店的，她在做姑娘的时候，与猪肉铺的卖肉老板打情骂俏，油腻腻的猪肉给她带来虽然粗俗却又温厚的情欲。请注意：作家把曹七巧的情欲与猪肉联结在一起，直截了当地表现出她的情欲就是一种肉的欲望，物质的身体的性爱欲望。可就是这么一个充满肉体欲望的女人被嫁入豪门，去陪伴一个虽然有钱却没有好身体的男人。她男人从小患软骨病，虽然不影响生育，但是肌肉萎缩的身体，与曹七巧向往的强壮的男性肉体大相径庭，这样就能够解释曹七巧为什么嫁入姜家后连续生有一双子女，依然不能满足她的身体欲望。小说开始部分就描写在老太太的起坐间里，曹七巧与小叔子姜季泽的调情。姜季泽是个纨绔子弟，一来生得风流倜傥，身体结实，二来是在外吃喝嫖赌无所不为，没有道德底线。这两个条件都符合曹七巧的感情意愿，她主动出击，挑逗小叔。

这一场面，作家这样写道：

> 七巧直挺挺的站了起来，两手扶着桌子，垂着眼皮，脸庞的下半部抖得像嘴里含着滚烫的蜡烛油似的，用尖细的声音逼出两句话道："你去挨着你二哥坐坐！你去挨着你二哥坐坐！"她试着在季泽身边坐下，只搭着他的

椅子的一角，她将手贴在他腿上，道："你碰过他的肉没有？是软的、重的，就像人的脚有时发了麻，摸上去那感觉……"季泽脸上也变了色，然而他仍旧轻佻笑了一声，俯下腰，伸手去捏她的脚道："倒要瞧瞧你的脚现在麻不麻！"七巧道："天哪，你没挨着他的肉，你不知道没病的身体是多好的……多好的……"

这一段描写很像《水浒传》里的潘金莲与西门庆的调情场面，但是用在张爱玲笔下，强烈体现了曹七巧对男性健康身体的生理需要，她的语言近似于梦呓，直接地、无羞耻地倾诉出来。傅雷在分析曹七巧时用了"爱情"这个词，其实不是很恰切，在曹七巧的感受里，"爱情"不包括精神性的愉悦追求，甚至也不是生儿育女的繁衍本能，她需要的就是生理上的男性肉体对她的直接呵护和热烈刺激。可惜的是，这种一般市井女人轻而易举能够得到的肉体享乐，恰恰在这座用黄金堆砌起来的大宅门里无法满足。

曹七巧身体里这种隐秘的饥渴激情得不到满足，又是二爷正房太太的身份把她钉在继承财产的位置上，使她也不敢轻易出轨。姜季泽虽然荒唐，毕竟还是有道德底线的，不敢在叔嫂关系上乱了伦理大纲。在这种极度压抑的环境下，曹七巧对姜季泽的感情由怨恨发展到报复，才会在财产分配上斤斤计较、欲置之死地而后快。所以，在大闹分家会上，表面上表现出来的是曹七巧对姜季泽的所有财产锱铢必较，冷酷无情，似乎物质欲望压倒了一切，其实追求财产的背后恰恰是情欲的报复。

再接下来就是分家后姜季泽重访曹七巧，企图再续旧情，而曹七巧也不是没有过对新生活的向往，下面一段描写，是被所有

的评论家津津乐道作过分析的:

> 七巧低着头,沐浴在光辉里,细细的音乐,细细的喜悦……这些年了,她跟他捉迷藏似的,只是近不得身,原来还有今天!可不是,这半辈子已经完了——花一般的年纪已经过去了。人生就是这样的错综复杂,不讲理。当初她为什么嫁到姜家来?为了钱么?不是的,为了要遇见季泽,为了命中注定她要和季泽相爱。她微微抬起脸来,季泽立在她跟前,两手合在她扇子上,面颊贴在她扇子上。他也老了十年了,然而人究竟还是那个人呵!他难道是哄她么?他想她的钱——她卖掉她的一生换来的几个钱?仅仅这一转念便使她暴怒起来。就算她错怪了他,他为她吃的苦抵得过她为他吃的苦么?好容易她死了心了,他又来撩拨她。她恨他。他还在看着她。他的眼睛——虽然隔了十年,人还是那个人呵!就算他是骗她的,迟一点儿发现不好么?即使明知是骗人的,他太会演戏了,也跟真的差不多罢?

这一段写得非常好,是一种血淋淋的灵魂自白。在曹七巧的欲望世界里,物质欲望与身体欲望展开了紧张搏斗,而身体欲望一度也上升到了感情欲望,她竟然也用了"相爱"这个词,幻想自己踏进姜家豪门不是为了钱而是为了爱,虽然她想到钱的时候也暴怒过,犹豫过,但终究妥协了,甚至为了这个男人可能对她的爱,她愿意做出钱财上的牺牲。

但是,很不幸,在曹七巧进一步不动声色的试探中,她终于发现姜季泽完全是在欺骗她的感情，而且是蓄谋已久的欺骗！难道还有比热恋中准备牺牲一切去爱的女人突然发现男人始终在欺骗她更加可怕的事情吗？曹七巧爆发的愤怒以及赶走季泽，不是为了捍卫财产，而是为了被欺骗的感情。失去了爱的痛苦远远超过了对财产的占有欲，是姜季泽的欺骗才使曹七巧全面崩溃，从此她失去了与现实的接触，对什么人也不再信任。此时此刻，她穷得只剩下钱了。

爱的缺失比钱的缺失更可怕。爱情、性欲、男欢女爱，那是生命的元素，是与人的生命本质联系在一起的，爱的缺失会导致生命的缺失，生命就不完整不健康，没有爱的生命就是残废的生命、枯槁的生命；然而钱和物质只是在一小部分的意义上与生命发生关系，大部分只是人生的元素，它只能决定人的日子过得好不好，缺失钱的人生肯定不是好的人生，但并不影响生命本质的高尚与饱满，更不能决定人在精神上的追求和导向。所以，曹七巧面对的不仅仅是金锁的桎梏，更残酷的是她即使想打碎金锁，仍然得不到真正的爱与异性的健康肉身。在这种地方特别能显现出张爱玲创作的现实主义力量，她往往不给生活留一点暖色，因为她本人也不怎么相信人间确有真爱。

所以在小说的后半部分，曹七巧并不是死死守住黄金的枷锁专与子女过不去，而是她无可奈何地被锁在黄金的枷里，忍受着欲火的煎熬，——终于把她熬得形同厉鬼，转过身来害周围一切被她逮着的人。不幸的是，由于她把自己封闭在黄金的枷锁里，她周围的人只有自己的子女。张爱玲在这个人物身上完全抽去了作为母亲的元素，把曹七巧变成人不人鬼不鬼的恶魔典型。

3

曹七巧与儿子长白是什么关系呢？小说这样写道：

> 她眯缝着眼望着他，这些年来她的生命里只有这一个男人，只有他，她不怕他想她的钱——横竖钱都是他的。可是，因为他是她的儿子，他这一个人还抵不了半个……现在，就连这半个人她也保留不住——他娶了亲。他是个瘦小白皙的年轻人，背有点驼，戴着金丝眼镜，有着工细的五官，时常茫然地微笑着，张着嘴，嘴里闪闪发着光的不知道是太多的唾沫水还是他的金牙。他敞着衣领，露出里面的珠羔里子和白小褂。七巧把一只脚搁在他肩膀上，不住的轻轻踢着他的脖子，低声道："我把你这不孝的奴才！打几时起变得这么不孝了？"

张爱玲写作不避鄙俗，这样的令人难堪的场面她都敢如实写出来，我们读了上面这个片段，面对这样的母子关系，能不感到恶心吗？接下来她就描写这对母子双双蜷缩在鸦片榻上的卑琐情景：

> 久已过了午夜了。长安早去睡了，长白打着烟泡，也前仰后合起来。七巧斟了杯浓茶给他，两人吃着蜜饯糖果，讨论着东邻西舍的隐私。七巧忽然含笑问道："白哥儿你说，你媳妇儿好不好？"长白笑道："这有什么可说的？"七巧道："没有可批评的，想必是好的了？"长白笑着不做声。七巧道："好，也有个怎么个好呀！"长白道："谁说

她好来着？"七巧道："她不好？哪一点不好？说给娘听。"长白起初只是含糊对答，禁不起七巧再三盘问，只得吐露一二。旁边递茶递水的老妈子们都背过脸去笑得格格的，丫头们都掩着嘴忍着笑回避出去了。七巧又是咬牙，又是笑，又是喃喃咒骂，卸下烟斗来狠命磕里面的灰，敲得托托一片响。长白说溜了嘴，止不住要说下去,足足说了一夜。

结果到了第二天，长白说的关于媳妇的隐私都变成了七巧在牌桌上的闲话，最后间接导致了儿媳妇芝寿的死亡。当然不能说世界上不存在这样一种变态的母子关系，在这种关系中的曹七巧，早已经丧失了母性，堕落成一个被性饥渴折磨得没脸没皮的女人。

如果说，曹七巧与儿子长白之间的畸形的母子关系，还是来源于封建家庭里的种种罪恶的生活真实，那么，曹七巧对女儿长安的态度就更加过分，更加刻毒了。曹七巧用尽手段来破坏长安的婚姻，当然不是舍不得陪嫁而阻止女儿的婚事，更不是舍不得女儿出嫁，怕她以后过苦日子，曹七巧心里对儿女的（哪怕丝毫的？）爱早就荡然无存了。

我们从曹七巧几次诅咒长安的刻毒话语中，可以体会她的情绪复杂混乱，既是一个没落的老女人对时代潮流（男女自由交际）的抗拒，也有对姜家豪门的极度怨恨与快意复仇。但这都不是最根本的理由，如果从生命形态而言，就是一个性饥渴的老女人不愿看到自己女儿有正常的婚姻生活。她无法理性地掌控把自己折磨得死去活来的情欲：一听到儿子与媳妇的隐私，就莫名兴奋，丑态百出；一听到女儿私下恋爱，心里就蹿起无名之火，不择手段地进行破坏。

从外人看来，曹七巧就是一个半疯状态下的变态者，但从内心来分析，正如张爱玲在小说的结尾时描写的一段话：

> 她摸索着腕上的翠玉镯子，徐徐将那镯子顺着骨瘦如柴的手臂往上推，一直推到腋下。她自己也不能相信她年青的时候有过滚圆的胳膊。就连出了嫁之后几年，镯子里也只塞得进一条洋绉手帕。十八九岁做姑娘的时候，高高挽起了大镶大滚的蓝夏布衫袖，露出一双雪白的手腕，上街买菜去。喜欢她的有肉店里的朝禄，她哥哥的结拜弟兄丁玉根，张少泉，还有沈裁缝的儿子。喜欢她，也许只是喜欢跟她开开玩笑，然而如果她挑中了他们之中的一个，往后日子久了，生了孩子，男人多少对她有点真心。七巧挪了挪头底下的荷叶边小洋枕，凑上脸去揉擦了一下，那一面的一滴眼泪她就懒怠去揩拭，由它挂在腮上，渐渐自己干了。

这个从"滚圆的胳膊"到"骨瘦如柴的手臂"的比喻，夏志清教授赞扬为"读者读到这里，不免有毛发悚然之感"。在我的理解，这个比喻依然在通过曹七巧的身体变化暗示情欲对人的生命的摧残，由此才会引申出曹七巧弥留之际对她人生道路的反省，以及对人生另一种可能性的向往。张爱玲对这个麻油店女人作践挖苦够了以后，也隐隐约约地流露出一丝同情来。

曹七巧无疑是现代文学史上的艺术典型之一，是个独一无二的人物。但在曹七巧与她的儿女之间的敌对关系中，她失落了作为母亲最本质的元素——母性，正因为这种人性的缺失，使曹七巧性格变得黑暗愚昧,没有一丝暖意和亮点。我的朋友不愿意出演这个角色是有理由的,作为一个演员,在她还没有找到"这一个"角色性格的内在种子的时候,放弃也是对艺术的严肃态度。她还对我说:"其实母亲的元素,本来是多少可以在曹七巧的自我折磨中起到一点挽救作用,可惜张爱玲不了解这一点,再坏的人,做了母亲对子女也是有爱的。"于是我想起了张爱玲的《小团圆》,即使对她自己的母亲,也是充满了误解与偏见。

假如你爸爸是"混蛋"

郜元宝讲王蒙《活动变人形》

1

《活动变人形》是著名作家王蒙先生的代表作之一，也是中国当代最具经典意义的一部文学名著。这部小说可以帮助我们对人生、人性尤其是中国式家庭伦理的问题，有一种新的感悟。

一提到王蒙，大家首先想到的应该是一种健康向上、通达睿智、乐观幽默的人生态度与人生境界。在许多人的印象中，王蒙确实就是这样一个人。但围绕《活动变人形》展开的话题却相当沉重，相当悲催，也相当刺耳，通俗的说法就叫作"假如你爸爸是'混蛋'"。

为何要讲这么一个古怪的题目呢？

因为王蒙先生 20 世纪 80 年代中期创作的这部《活动变人形》，主要就是围绕书中人物"倪藻"的父亲"倪吾诚"而展开。所以读懂倪吾诚这个主要人物，也就读懂了《活动变人形》全书。但小说写倪吾诚，没有别的，从头到尾就是写他做人如何失败，如何不堪，如何不符合普通人心目中好父亲的标准。倪吾诚许多心理和言行既荒唐可笑,又卑琐龌龊,简直就是一个不折不扣的大"混蛋"。

关于倪吾诚的可笑、可鄙、可恶,小说有浓墨重彩、不厌其烦的描写,我们不妨拣最重要的几点来捋一捋。

首先倪吾诚他"不顾家"。倪吾诚的家是组合式的,有寡居多年的岳母,有十几岁就死了丈夫、跟着母亲一起守寡的大姨,即倪吾诚妻子的姐姐,再就是倪吾诚自己一家四口:妻子、儿子和女儿。后来还添了个小女儿。这一大家子,总共七口人,住在20世纪40年代初日本占领的北京,生活非常艰难。

倪吾诚岳母、妻子和大姨这母女仨操持家务,厉行节约,岳母和大姨每年还能收到乡下老家一些佃租,尽管如此,柴米油盐基本开销的压力还是很大。为什么?因为倪吾诚虽然同时在两所大学兼课,收入不菲,但他交给妻子的家用太少,也太没规律,想起了才随便给一点。这就经常弄得全家无隔宿之粮,吃了上顿没下顿。

倪吾诚的钱都到哪去了?原来他爱面子,爱结交名流,经常上馆子,一顿能吃掉半个月工钱。此外他宣称和妻子没有共同语言,不停地搞婚外恋。这自然又是一笔开销。倪吾诚的妻子得不到丈夫的钱,也得不到丈夫的心,甚至不能让丈夫对家庭承担起码的责任,这个不幸的女人成天怨声载道,以泪洗面。她的痛苦当然也就是她母亲、她姐姐和一双儿女的痛苦。

这是倪吾诚第一重罪,叫"不顾家",只顾自己花天酒地、潇潇洒洒地享乐。

倪吾诚的第二重罪,就是刚才讲过的婚姻上的不忠,背叛妻子搞婚外恋。他甚至还在经济上哄骗妻子,交出一方已经作废的图章，说可以凭这个去他所在学校总务科领工钱，结果让他的妻子当众受辱。

倪吾诚第三重罪是"休妻"。他最后是在妻子不想离婚、也原谅了他所有过错的情况下，不依不饶，硬是逼着妻子，无可奈何地跟他"协议离婚"。

以上是倪吾诚最主要的三重罪，就是"不顾家"、搞外遇、"休妻"离婚。

此外他还有一个致命缺点，就是留学欧洲两年，成了"假洋鬼子"，拼命贬低中国文化，主张全盘西化。他喜欢高谈阔论，不着边际，比如要求全家人学习西方生活方式，要勤刷牙（一天三次，牙膏牙刷质量要好），勤洗澡（最好一天两次），讲话要礼貌（最好懂点外文），待人接物要大气，男女老幼都不许随地吐痰。衣着要光鲜得体，走路要昂首挺胸。还要经常谈点黑格尔、费尔巴哈、罗素等西方哲学家的思想，不时上馆子吃顿西餐。还要补充麦乳精、鱼肝油之类的营养品。

他妻子说：好，全听你的。但钱呢，钱呢？这时他会不屑一顾，顾左右而言他。或者恼羞成怒，批评妻子，说你怎么就整天想着钱，俗气。至于他自己，可是最不把钱当回事。凭他的资质和尚未发挥出来的百分之九十的潜能，区区一点小钱算什么？

但"倪吾诚"并非完全不把钱当回事。闹钱荒时他比谁都着急，不惜耍无赖跟店家赊账，甚至厚着脸皮，拖着儿子，向有钱的朋友告贷。而只要钱一到手，就赶紧花光，完全不讲计划，不为家人和别人考虑。

既然这副德行，可想而知，他必然是"心比天高、命如纸薄"，到处碰壁，众叛亲离。他与妻子为敌，连带着也与岳母、大姨子为敌。孩子们天然地站在母亲一边，也成了他的敌人。他在外面追求爱情，但终身并未得到真爱。他的第二次婚姻比第一次更惨。他喜欢结交名流，呼朋引类，请吃，吃请，但没有谁真瞧得起他。在他落难的时候，没有谁主动想到帮他。他爱琢磨问题，爱发议论，但不肯下苦功夫，整天忙忙碌碌静不下来，最终荒废了学问，就连上课也颠三倒四，不知所云，吸引不了学生，以至于被大学解雇，丢了饭碗。

总之倪吾诚里里外外都失败了，但吃苦头的还是家人，他自己则一走了之，跑到外地另谋出路去了。他的"不顾家"的恶行，至此也就发挥到了极致。

2

看到这里，你也许会说，哦，原来《活动变人形》是一部"审父"或"弑父"的小说，作者把做父亲的倪吾诚放在被告席上，一条条历数他的罪状，进行无情的审判和全盘的否定，就像小说中倪吾诚的儿子倪藻、女儿倪萍、小女儿倪荷那样，跟着外婆、姨妈和妈妈一起谴责和诅咒自己的父亲。

但事实并非如此，或者至少也并非完全如此。

毫无疑问，小说无情地揭露了倪吾诚种种可笑、可恶、可鄙，无情地描写了倪吾诚四处碰壁、一无所成的结局（有个细节写他临死都没能给自己混上一块手表），也充分地描写了亲人和朋友对他的怨恨、贬损与"败祸"（方言，尽情尽兴地拆台、诋毁）。

但小说也有另一些值得注意的地方，那就是在更高意义上，作者对倪吾诚还是有一定的理解、同情、悲悯和宽恕，包括局部的肯定。

首先，留学欧洲的倪吾诚思想文化上确实高人一筹。说他学问不行，主要是他妻子的观点，但他妻子最高学历只是大学预科旁听生，她批评丈夫无真才实学，根据不足，何况还是在两个人闹得不可开交的时候说的，这就更不足为凭了。倪吾诚跟德国学者一起办学术杂志，整日整夜翻译国外学术论著，仅仅这两点就说明他在学术上并非毫无所长。只是他一曝十寒，未能坚持用功，加上后院起火，鸡飞蛋打，最终才无所建树罢了。

其次倪吾诚推崇现代文明，批评中国文化某些落后保守的方面，也不能说完全错了。比如他要求家人讲卫生，讲礼貌，不能佝偻着走路，而要昂首挺胸，要加强锻炼，要注意营养，这都没错。他固然没有经济实力支撑这些倡导，但总不能因此就否定他这些现代化和科学化的倡导本身。

另外倪吾诚对科学的推崇和赞美几乎到了迷狂的地步。小说写他重病卧床，凭着对科学的信仰，给儿女们示范大口吞服鱼肝油的细节，有点戏剧化，但依然十分感人。至少对于科学，倪吾诚还是有一颗赤子之心。后来他下乡劳动，为了普及科学，竟主动请缨，让并无医学技能的农村赤脚医生给他割治白内障，结果弄得双目失明。这就是以生命（至少是生命的一部分）殉了科学的理想！

说到倪吾诚婚姻上的不忠，确实不可原谅，但这事的起因之一，是他不能跟妻子组成小家庭，而被迫与丈母娘大姨子同在一个屋檐下。倪吾诚希望单独过，不跟岳母大姨子掺和，但他妻子离不开寡居的母亲和姐姐。如果挤在一起，彼此照看，相安无事，那倒也好。问题是只要发生夫妻冲突，妻子就习惯性地向母亲和姐姐搬救兵，后两位往往不分青红皂白，只知道维护倪吾诚的妻子，打击倪吾诚。

这就加深了倪吾诚与岳母大姨子的矛盾，也加剧了他们夫妻间的隔阂。

在这件事上，倪吾诚并非毫无可恕之处。连他妻子也曾抱怨母亲对女婿、姐姐对妹夫"败祸"得太狠了。比如在"假图章"事件中，母女三人联手报复倪吾诚。一个经典的细节，就是大姨子将一碗滚烫的绿豆汤砸到倪吾诚身上，弄得倪吾诚有家难归，流落在外，差点一命呜呼。反过来，倪吾诚始终保持着"君子动口不动手"的风度与底线。在中国式的家庭纠纷中，倪吾诚也还是可圈可点。

倪吾诚最初和岳母闹翻，是因为看见老太太随地吐痰，忍不住在妻子面前说了两句，不料被妻子告发到岳母那里，引起岳母勃然大怒。随地吐痰是不对，而且他也并没有当面让老太太难堪，只是在妻子面前嘟囔了几句。所以这件事的理儿还是在倪吾诚这一边。

最后小说还重点描写了倪吾诚对儿女的挚爱。他打心眼里喜欢儿女，非常看重跟儿女们在一起的天伦之乐。他的舐犊情深，实属罕见。仅仅因为夫妻感情破裂，加上岳母和大姨子火上浇油，使得倪吾诚失去了家庭，也失去了他最珍惜的天伦之乐，变成孤家寡人，还要被儿女们谴责，诅咒，离弃。

这种痛苦，难道不值得同情和宽恕吗？

―――― ◆ *3* ◆ ――――

所以，《活动变人形》并非只写倪吾诚一个人，围绕倪吾诚，也无情地揭露了中国家庭内部所有人的原罪。你看作者也批评了外婆、姨妈和倪吾诚的妻子，包括受这些长辈影响的儿女们。它既不为尊者讳，也不为幼者讳，可谓"一个都不宽恕"。

但与此同时，作者也深刻揭示了家庭伦理悲剧主客观两方面的根源，写出了祖孙三代共同的无奈、无助和无辜。这就在更高意义上赦免了、宽恕了所有人。

可以说，《活动变人形》有两种笔墨，两副心肠，那就是爱而知其恶，恶而知其善。比如倪吾诚是"混蛋"得可以，但他也有纯真善良的一面，也有成为"混蛋"的客观原因和值得理解、值得宽恕之处。

最后我们还要抖两个包袱。

首先你只要看《王蒙自传》就知道，《活动变人形》基本上就是一部纪实性和自传性的作品，写的就是王蒙自己的父母、外婆和姨妈。当然小说比自传更丰满，也更放得开。其次，1984年王蒙的二儿子生病了，王蒙陪着他到处求医问药，还到处旅行，以调整情绪，排解忧郁。正是在这过程中，王蒙突发奇想，以自己的童年和家人为原型，写出了这么一部撕心裂肺而又贴心贴肺、暖心暖肺的作品。

因此我想，王蒙创作这部作品，一个最大的动机就是想告诉儿子，也告诉天底下所有的年轻人：如果你是小辈，不幸遇到倪吾诚这样的"混蛋"爸爸，或者小说中描写的长期守寡而性情古怪的外婆与大姨，以及心态脾气也好不到哪里去的母亲，那么你最好的方式，就是既要敢于正视长辈们的缺点与罪恶，也不能揪住不放。

同时你还要反躬自省，问问自己有没有同样的缺点与罪恶。只有这样，你作为小辈，才能正确地认识和对待长辈，才能对包括你自己在内的所有人给予更高的理解、宽恕与同情。这样你才能避免重蹈覆辙，走出历史的惯性与怪圈，走向光明和美好。

因此《活动变人形》不仅是一部优秀的文学作品，它可能还有助于调解家庭矛盾，也有助于净化和调整年轻一代人的性情与心态。

南京大萝卜与名士风度

王宏图讲叶兆言《南京人》

／

在散落在广袤的中华大地上的诸多古都当中,南京是极具特色、极富魅力的一座。

和位于中原地区的西安、洛阳相比,南京偏于东南一隅,坐落在长江边,临江傍山,易守难攻,有虎踞龙盘的天然地理优势,而且自古以来在人们的眼里一直有王气缭绕,是出真命天子的福地。

历史上前后有十个大大小小的朝代在此建都,然而,它们大多并不是威震四方、统辖九州的全国性政权。除了明朝初期和国民政府那两个短暂的历史档期,在南京坐江山的一直是偏安一方的小朝廷,而且寿命都不长,城头变换大王旗成了家常便饭。

作为南京土生土长的作家,叶兆言对这座古都的历史变迁极为熟悉,他创作的小说大多以南京为背景,最有名的当推《一九三七年的爱情》《很久以来》《刻骨铭心》三部长篇小说组成的"秦淮三部曲"。此外他还围绕南京人这一主题,前后写了数十篇散文,收录到《南京人》和《南京人·续》两本集子当中。

这些散文篇幅虽然不长,但却涉及南京的方方面面,不仅讲述了它的历史演变、人口构成、四季风物、城南和城北地区的鲜明差异、市政规划建设,还津津乐道地展示了它别具风情的吃喝玩乐,男人和女人的气质性情,那些脍炙人口的名胜古迹诸如明孝陵、中山陵、中华门、秦淮河、夫子庙、玄武湖一一点到,甚至像先锋书店这样的文化新地标也没有遗漏。他的文章旁征博引,但一点没有掉书袋的迂腐气,通篇趣味盎然,给读者描绘出一幅南京人生活状态的全景图。

叶兆言在这些散文中关注的重心在于,生活在南京这座染带着浓重迟暮气息的古都中的人们,有着怎么一种与众不同的性情气质。

正因为千百年来经历了如此多的兴亡盛衰,南京也成了一座令人伤怀、悲悼的城市。对此叶兆言在书中做了精辟的概括,"亡国在南京不是什么稀罕事,亡国简直就是南京的标志。亡国之音是南京的主旋律,它在南京的上空不断回响着、徘徊着,警示着后人。历史留给南京的任务,仿佛就只有两件事可以做,这就是不断地繁华,然后不断地亡国"。

因此,人们乐此不疲谈论的金陵王气在他眼里就蜕化成了金陵亡气。

———— *2* ————

在这座到处回响着亡国之音的故都中,人们会有怎样一种独特的精神气质呢?

到过南京的游客,十有八九听到过将南京人戏称为大萝卜的说法。叶兆言觉得它是对南京人一种善意的讥笑。南京人淳朴、热情,又保守,做事总是慢了半拍子,不甚精明,进取心不强,因此错过了诸多发展的良机。但它又不是凭空产生的,有着深厚的历史渊源。叶兆言在书中这样说:"南京大萝卜在某种意义上说,是六朝人物精神在民间的残留,也就是所谓'菜佣酒保,都有六朝烟水气'。自由散漫,做事不紧不慢,这点悠闲,是老祖宗留下来的。"

人生在世,除了食色等本能的生理需求外,对于意义和价值的追寻也是不可缺少的一环。由于天生禀赋、家庭环境、日后境遇的巨大差异,各人有着各自不同的活法,所谓虾有虾路、蟹有蟹路,就是这个意思。但不可否认,大多数人由于受到种种社会习俗礼法的束缚,并不能随心所欲做自己喜欢做的事,他们为了饭碗,为了长辈的期望,为了难以推卸的责任,有时更为了自己无法控制的贪欲,奔波劳碌,恓惶不安,难以尽兴如意地品味人生,最终留下了或多或少的遗憾。

但也有一部分人心性高远,有着超越常人的胸襟情怀。他们不愿顺从通常的礼俗规则,常常是率性而行,我行我素,常做出惊世骇俗的举动。人们通常将这类特立独行的人的所作所为贴上了"名士风度"的标签。而名士风度与南京这座城市有着莫解之缘,可以说它就产生在南京。

魏晋时期,政治纷争异常残酷,一些士人为了全身远祸,寄情于自然山水,热衷于清谈玄理。有人的行为举止甚至到了令常人匪夷所思的怪诞境地。

据《世说新语》记载,"竹林七贤"之一的刘伶酒后在屋里脱得精光,遭到别人指责后他这样为自己辩解,"我以天地为栋宇,屋室为裈衣,诸君何为入我裈中?"这几句意思是:我把天地当作房子,把屋子作为衣裤,诸位先生为何跑到我裤子中来啊!在这一则趣闻中,刘伶将名士风度推向了极致,率真放任的性情体现得淋漓尽致。

时光流逝,魏晋六朝显赫一时的名士早已灰飞烟灭,但其流风遗韵则波及坊间,余香萦回,在很大程度上铸造了今日南京人的性情。

叶兆言在书中这样评价:

> 南京是一座没有太大压力的城市。正是因为没有压力,也就造成了南京人的特色。南京人没有太强的竞争意识,就是有,也往往比别人要慢半拍。南京人不仅宽容,而且淳朴,天生的不着急。南京大萝卜实在是一个非常形象的说法,南京人天生的从容,不知道什么叫着急,也不知道什么叫要紧。即使明天天要塌下来,南京人也仍然可以不紧不慢,仍然可以在大街上聊天,在床上睡觉,在电视机前看电视,在麻将桌上打麻将。

他举了一个让人颇感惊讶的例子。1937年卢沟桥事变爆发之际,南京的市民已习惯了喊几声抗日口号,随后依旧沉浸在琐碎的世俗生活中,醉生梦死,优游度日。直到7月9日,有关七七事变的报道才出现在南京的报纸上,在标题的处理上还有些轻描淡写,根本没有觉察到一个崭新的时代已揭开了序幕。许多南京人一直要到"八一三"淞沪抗战打响后才如梦初醒,才意识到全面抗战已经开始。

3

叶兆言在书中描绘的南京人的性情气质是一种偏于审美而非功利化的人生态度。它的产生并不是偶然的,而是与南京独一无二的历史境遇息息相关。

到过南京的游客或多或少地觉察到,这座古都和位于北方的古都有着巨大的差别。它既有南方其他城市所没有的恢宏阔大的气象,保存至今的古城墙就其规模而言在全世界首屈一指;但又享有江南的丰饶与灵气,秦淮河畔灯红酒绿的繁盛成了它吸引世人眼球的名片。

在南京建都的当权者,大多胸无大志,满足于偏安的格局,即便敌方兵临城下,也依旧夜夜笙歌,沉醉在温柔乡中,乐不思归。这种贪图安乐的心态从上到下传染到了民间,既然一言九鼎的皇帝都是这样,那平民百姓为何不今朝有酒今朝醉,抓住当下的时光,尽情地享受人生的种种乐趣?

正是这样一种近乎苟安的心理氛围孵化出了一种非功利化的人生态度,它不追求建功立业,无意做叱咤风云的英雄豪杰,也不想为了某个抽象的理念而牺牲自己随性适意的生活方式。

正如宋朝一代文豪苏东坡在《前赤壁赋》中所说的,"惟江上之清风,与山间之明月,耳得之而为声,目遇之而成色,取之无禁,用之不竭,是造物者之无尽藏也",它超越了人世间的恩怨纷争,朝代更替,呈现出一种超拔宏阔的境界。人们乐在其中,优游自在地赏玩，全然将人世间的烦恼是非抛之脑后。

有了这种心态，人们对人世间的利害得失，便不会那么斤斤计较，而是随遇而安，无心与人争抢。叶兆言这样评论道："南京人并不好斗。南京的男人凡事都不愿意太计较，吃亏占便宜无所谓。目前正逐渐流行的一句话，很能概括南京男人的精神状态，那就是'多大的事'。"

在旁人眼里举足轻重的大事，非得拼老命而一搏的事，到了许多南京人那里，便变得轻飘，那算是"多大的事"，为了它放弃优游自在的生活，瞎起劲，多不值啊！

对此你可以说他们缺乏远大志向，不思进取，颓废气十足，但这也是他们生存状态的真实写照。他们不做作，不打肿脸充胖子，平平淡淡，虽缺乏豪迈阳刚之气，也没有感天动地的壮举，但也成就了别具一格的人生姿态。

我们往哪里去
文贵良讲马原《牛鬼蛇神》

2008年，马原被查出肺部肿瘤，但不太确定是不是癌症。经过慎重考虑，他采取保守治疗法。保守治疗法，就是不吃药不化疗，而是跑到了海南岛，喝他认为最健康的水，呼吸他认为的最新鲜的空气，每天坚持锻炼。2012年，他的长篇小说《牛鬼蛇神》出版。十多年过去了，他还活得好好的。疑似身患癌症的马原，在《牛鬼蛇神》中讲述了自己对生命的思考，对人生意义的考察。

五十岁以上的人，看到《牛鬼蛇神》这个标题，会很自然地想起一个动荡的年代，想起一类特殊的人。小说也引用了1966年《牛鬼蛇神歌》里的歌词："我是牛鬼蛇神，我有罪，我该死……"但是小说不是要写那个时代所说的牛鬼蛇神，而是有马原自己独特的指向。

小说的主要人物大元和李德胜，大元出生于东北，李德胜生活在海南。这一南一北的两人只因"文化大革命"的串联而在北京相识，共同在一起生活了十一天，自此成为一辈子的挚友。他们用书信保持关系，十七年后的1983年才又一次相见。1989年，大元邀请李德胜到拉萨聚会。李德胜的故事大多是通过书信告诉大元的。到了2007年，李德胜的小女儿李小花成了大元的第二任妻子。

以上就是这个故事的梗概。

大元出生于1953年，属蛇；李德胜比他大四岁，出生于1949年，属牛。"牛鬼蛇神"中嵌入了大元和李德胜两人的属相。这就把1966年的所谓"牛鬼蛇神"转向了纳入自身的"牛鬼蛇神"，化解了"牛鬼蛇神"的政治含义，而增添了对平凡人们的日常生活意义的关注。

这显示了马原思考自己的一种独特方式，他把人——大元和李德胜，和物——牛和蛇，以及"鬼神"——其他生灵当作一个整体来思考。他的思考没有局限在一己一身之内，而是扩展到他人，扩展到人与其他生物，人与万物共生。

2

关于"鬼神"，有必要介绍李德胜的经历以及故事。李德胜于1966年大串联后回到了海南岛，一直生活在家乡。他开过理发店，开过药材铺，当过医生，人生起起伏伏，过的都是普通人的日子。

他认识了当地的一个小牧童。小牧童的奶奶长了一个肉瘤，到处治疗但没有治好。最后被李老西治好了，两人成为好友。

这个李老西就是李德胜，李德胜在家乡就叫李老西。

有一天，李德胜告诉小牧童自己做了一个梦：有一个恶鬼到了崩石岭，说是每天要收三个魂，我向它求情，它答应我，这一次不收人，一个人也不收。李德胜也要答应它，决不与它作对。

没有多久，一场瘟疫席卷当地，小牧童一家养的牛每天死三头，不多不少。

小牧童一家首先要求李德胜与恶鬼作战，可是李德胜找不到恶鬼，恶鬼只是出现在他的梦中。小牧童一家就把李德胜告上法庭，法庭最终判决李德胜劳改三个月，罚款八百元，关掉药材铺，一辈子不准行医。从法律的角度看，这种告状和判决都非常荒唐。但关键是李德胜认可"鬼"的存在。李德胜憎恶破坏自然的人类，自己生活在人与鬼的世界中。他认为"我们是有鬼的人"。

"鬼神"在李德胜的世界中，作为神秘的东西，好像真实存在，存在于人们的日常生活中。这就引向了马原所说的"常识"。认可常识，并不是反对真理。常识是事实的一部分，是人们生活的一部分。很多不能用科学解释的事实，仍然是我们的生活。这样看来，马原所谓的"牛鬼蛇神"是指人类、动物和鬼神共存的一个世界，即我们所说的生活。"生活会教会你。"

3

马原在小说中反复思考了三个问题：我们从哪里来，我们是谁，我们往哪里去。

这里的"我们"不包括"动物"和鬼神，指的是人类。

马原提出的是大问题，人从哪里来，人是谁，人往哪里去。马原在小说中提出一个很有意思的问题。他认为在《圣经》中，水不是上帝创造的，因为《创世纪》中上帝开始出场就在水面行走，然后才创造万物。再者就是上帝无法控制大洪水,大洪水是自己消退的。而水是构成人的身体的最重要的物质成分,而且也是最多的物质成分。

他由此断定,上帝是借了水和地才创造了其他万物,其中人是上帝创造物中的佼佼者。但因为水不是上帝创造的,人是否是上帝创造的就变得非常可疑。人也不是外星人,因为外星球上没有水,也不能产生生命。

生命如何来的,仍然是一个未解之谜,可见他也并不相信达尔文的进化论观念。"我们是谁"的问题,小说中讨论比较多。马原认同"我们是地球万物的主宰"这一观念。这就一方面肯定了人在地球高于其他生物,另一方面也批判了以自我为中心的人对地球的生物多样性的破坏。这种破坏也包括对水和空气的污染。

马原患病后,离开都市去有健康的水、有健康的空气的地方居住,本身就是对人类中心观的一种反思。

关于我们是谁的问题,马原提出的第二个看法是:我们是"心和智的结合"。

"心"包括情感、善恶、想象。"智"包括知识、哲思、计算,等等。这些大道理没有多大意思,对我们是谁的问题的理解,要回到人物的命运上。

李德胜的人生是不断遭遇打击后的选择。理发店开不成了,他开药材铺;药材铺开不成了,他开扎彩铺。他总是能找到自己谋生的方式,确立人生的意义。

这也许就是马原所说的心与智的结合?

李德胜的女儿后来嫁给大元,大元是和他年龄差不多的朋友,昔日的朋友变成了女婿,他能接受这个事实吗?

小说中这样写道:

> 李老西的人生,是一种小草式的人生,当有石头压制的时候,总是能寻找到吸收阳光和雨水的道路。这种寻找的动力,就是来自李老西对亲人,对朋友,对万物的一种温情。

大元与李小花新婚不久,就发现自己得了重病。大元选择了保守治疗法,离开大都市,离开医院。小说关于这一段的叙事很简单,用日记的方式讲述,但给人一种感受:新婚后李小花的爱情,儿子的理解,是给予患病后的大元的巨大安慰。

我们从哪里来?说不清楚。我们是谁?小说说了,也没有说清楚。我们往哪里去?小说没有直说,但是很明白。

实际上,重要的不是往哪里去,而是怎么去。大元的人生告诉我们,在爱的温馨中,在自由健康的环境中,走向人生的完结,那是最理想的。

宇宙维度中的生与死

严锋讲刘慈欣《三体》

《三体》这部作品大家都非常熟悉,它已经成为近十年来非常耀眼的文化现象,其影响力远远超出科幻文学的领域。

《三体》为什么能够拥有包括马云、雷军、奥巴马在内的广大读者?它的看点在哪里?到底为什么令人如此痴迷?我觉得除了科幻迷津津乐道的那些硬核科幻的元素外,《三体》里包含了大量对历史、社会、文化、人生、人性、道德的思考,而这些思考又是从技术的角度,在一个前所未有的巨大的宇宙空间展开。这在以前的中国科幻,乃至中国文学中都是没有过的。

这就是《三体》的核心魅力。

所以我以前说过一句话,后来也被很多人引用,那就是"这个人单枪匹马,把中国科幻文学提升到了世界级的水平"。很多年过去了,我现在还是这个看法,并不觉得这个看法有什么夸张。

如果我们要为刘慈欣的作品归纳一些关键词的话,最显眼的一个就是"宏"。

这不仅是字面的,比如他创造了一些独有的名词:宏电子、宏原子、宏聚变、宏纪元,"宏"更代表了一种大尺度、大视野的宏大视野。刘慈欣偏爱巨大的物体、复杂的结构、全新的层次、大跨度的时间。这种思想与审美的取向,看上去与我们的时代是格格不入的。

我们都知道,这是一个碎片化的时代、一个零散化的时代、一个微博和微信的时代。这个短、平、快的时代其实早就开始了。熟悉中国现当代文学的人都知道,整个"文革"后文学的走向,就是消解宏大叙事,"躲避崇高""回到日常",走进"小时代"。

刘慈欣也多次表示自己写的是一种过时的科幻。那么,他为什么要反其道而行之?在对传统的回归之外,他又注入了何种新质,提供了怎样的新视野?他对潮流的反动,为何本身又变成了流行的潮流?

刘慈欣最喜欢的科幻作家是阿瑟·克拉克。刘慈欣是在高考前夜看了克拉克的《2001太空漫游》,他这样描写当时读后的心情:

> 突然感觉周围的一切都消失了,脚下的大地变成了无限伸延的雪白光滑的纯几何平面,在这无限广阔的二维平面上,在壮丽的星空下,就站着我一个人,孤独地面对着这人类头脑无法把握的巨大的神秘……从此以后,星空在我的眼中是另一个样子了,那感觉像离开了池塘看到了大海。这使我深深领略了科幻小说的力量。

这段话是我们理解刘慈欣作品的一把钥匙,也有助于我们理解科幻文学的意义。

为什么大家对科幻越来越感兴趣呢？其实人一直喜欢幻想，所以有神话、宗教、文学。但是，人又不满足于幻想，渴望真实。人越来越理智成熟，从前的幻想已经无法满足现代人的精神需求，所以人一直在寻找幻想的新形式，这就是科幻。从前人信神，现在人信科学，两者的共同点是都能给人提供安慰和希望，但科学的安慰和希望比从前的神更加真实可信，从这个意义上科学不但是现代的神，而且比旧神更加威力强大。在某种意义上，科幻就是科学神话的最佳载体，或者说是旧神话与新科学的合体，将会越来越成为人类的主导性神话。

这样我们就可以开始理解"宏"的意义了。

首先，这是对我们熟悉的日常生活的一种超越，我们好像看到了另外一个世界，一个更大的世界。其次，我们对这种超越要有信心，这个超越还要讲道理，至少要在某种程度上是可证明的，哪怕我们还不能完全理解。那么科学的意义就在此现身。现代科学已经发展到这样一种程度，不要说普通人难以理解其中的原理，就是不同专业的科学家之间，往往也难以理解同行的工作，从这个意义上讲，科学也正在变成一种"宏"，一种外在于我们的巨大的东西，令人觉得神秘和敬畏。这种神秘和敬畏有没有意义？我觉得非常有意义。人活着，总要有点敬畏，总要对世界保持一点神秘感，否则生活就太没有意思了。

与这个"宏"相关的是维度，这是《三体》中非常关键的一个概念，也是一个令人敬畏的概念。我们知道一维是一条线，二维是一个平面，三维是二维加上高度。这些都是容易理解的，但什么是四维呢？这就很难想象了。当然，这对于数学家来说完全没有问题，物理学家更是不断推出新的维度。根据热门的弦理论，宇宙有多达十一个维度。这完全超出了我们直观的想象，但是从科学上来说是可能的。维度越高，空间越复杂，能看到的东西就越多。

《三体》中提到过一个"射手"假说：

> 有一名神枪手，在一个靶子上每隔十厘米打一个洞。设想这个靶子的平面上生活着一种二维智能生物，它们中的科学家在对自己的宇宙进行观察后，发现了一个伟大的定律："宇宙每隔十厘米，必然会有一个洞。"它们把这个神枪手一时兴起的随意行为，看成了自己宇宙中的铁律。

在刘慈欣看来，生命是从低维向高维发展，一个技术文明等级的重要标志，是它能够控制和使用的维度。在低维阶段，生命只获得有限的活动空间、有限的视野、有限的认知和控制能力。在《三体1》中，三体人给地球叛军之外的人类进行的第一次交流，只发来五个字："你们是虫子。"在高维生物看来，低维生物就是虫子，这是刘慈欣作品中经常出现的一个词。

有些人看到这个词很不高兴，认为刘慈欣是在贬低人类。其实他是跳出人类中心主义，从一个更高的维度来重新审视人类，打破一些人的盲目和自大。另一方面，虫子有虫子的生存能力。作品中的一个人物大史说：虫子的技术与我们的差距，远大于我们与三体文明的差距。人类竭尽全力消灭它们，但虫子并没有被灭绝，它们照样傲行于天地之间，把人类看作虫子的三体人似乎忘记了一个事实：虫子从来就没有被真正战胜过。

所以，从维度的概念出发，一要认清人类低维生存的真相，二要努力向高维发展。

怎么发展呢？在这方面，刘慈欣的想法是一以贯之的，那就是人类必须冲出地球，飞向太空。在刘慈欣的一些作品中，当地球面临生存危机的时候，都会形成对立的两派，一派要坚守，一派要出走。

我们可以看到，出走派其实是代表刘慈欣本人的立场。他是一位太空主义者，坚定地认为人类的未来是宇宙星辰。留在地球，就如同人类从一开始就不走出非洲，或者拒绝大航海，那只能坐吃山空，文化封闭，技术停滞。他说："地球是一粒生机勃勃的尘埃，而它漂浮的这个广漠的空间却一直空荡荡的，就像一座摩天大楼中只有一个地下贮藏间的柜橱里住上了人。这个巨大的启示一直悬在我们上方，这无声的召唤振聋发聩，伴随着人类的全部历史。这个启示，就像三十亿年前海洋给予那第一个可复制自己的有机分子的启示，已经把人类文明的使命宣示得清清楚楚。"

那么，是不是我们兴冲冲一头扎进宇宙的怀抱，就从此得道升天，获得拯救了呢？

事情远远不是这么简单，这里我们就来到了《三体》最核心、最吸引人也最具争议性的层面：黑暗森林理论。假如在太空中存在着无数的文明，它们之间应该是什么样的关系？

刘慈欣别出心裁地设想了一门"宇宙社会学"，专门研究这个问题。宇宙社会学设定两条公理："第一，生存是文明的第一需要；第二，文明不断增长和扩张，但宇宙中的物质总量保持不变。"粗一看这"公理"很简单，很平淡，但是它经过层层逻辑推演，导出的宇宙文明之间的关系却非常黑暗，非常残酷。这两条公理可以视为达尔文"物竞天择，适者生存"的进化理论的宇宙版本。在更加宏观的尺度上，在其展开过程中，就其淘汰的规模而言，宇宙进化论远比达尔文版更加惊心动魄。宇宙高维文明那种"毁灭你，与你何干"的漫不经心的态度，直刺建立在长期的人类中心主义之上的自恋情绪，也呼应着"天地不仁，以万物为刍狗"的东方世界观。

很多人难以接受如此残酷的宇宙模型。另外，这个黑暗森林版的宇宙，不是与刘慈欣一贯坚持的走向太空的诉求矛盾吗？

在这方面，其实存在着一些误解。

黑暗森林理论只是一个纯粹的思想实验、一种纯粹的逻辑推演。它推想的是在大尺度空间，在资源有限的情况下，相互隔绝而又技术飞速增长的文明之间可能形成的关系。那么，这样的宇宙模型是否适用于我们人类内部的关系呢？当然不能简单套用，但是，如果我们给地球文明加上相似的限定，如果我们的文明之间也形成了沟通的障碍，如果我们地球的资源也有限，如果不同的文明又对彼此技术的飞速发展耿耿于怀，那么相互的猜忌也是不可避免的，猜忌导致的技术封锁也是最有效果的打击手段。

同样的逻辑，我们也能够推导出打破这种囚徒困境的解决方案：寻找可能的沟通手段，拓展可能的生存空间。在所有的选项中，最差的博弈就是封闭隔绝。

黑暗森林理论的要义是生存，这也折射了中国从近代以来救亡图存的核心诉求，刘慈欣可以说是把这种历史与现实的情结提升到宇宙的高度。刘慈欣写尽了宇宙间生命为了生存的努力，也写尽了生存的复杂性，包括个体生存与群体生存的冲突，置之死地而后生，生中有死，死中有生。其中最有代表性的是程心这个人物，为了拯救生命却带来更多的死亡，为千夫所指。但是，我们最好不要忘了《三体3》结尾关一帆对程心的一段话：

> 我当然知道你不怕，我只是想跟你说说话。我知道你作为执剑人的经历，只是想说，你没有错。人类世界选择了你，就是选择了用爱来对待生命和一切，尽管要付出巨大的代价。你实现了那个世界的愿望，实现了那里的价值观，你实现了他们的选择，你真的没有错。

是的，程心没有错。如果我们把黑暗森林的逻辑贯彻到底，那宇宙总有一天会毁灭。但只要有一个生命心怀爱与悲悯，那么这个黑暗森林就还有一线光亮，这个宇宙也就还有再生的希望。

第十单元 超越生死

无数的人在长生不老的希望面前失败了，希望破灭了，很容易走向绝望。

当任何一种巨大的奋斗、探索的热望，回到了冷静的现实世界，明确了人只有短短的一生，他们都会觉得物质享受非常重要，离开了这一生，就没有未来。这种意识有强大的力量，它在整个的人生当中，使你变得更现实。

当一个人失去了理性，失去了对真理的热情，丧失了信仰，那么整个族群都将变得非常的可怕，社会也会出现各种各样的问题。这一切大部分都是来自一种绝望感，来自一种垂死的心理。

——张炜

划破黑夜的精神火炬

郜元宝讲胡适《不朽——我的宗教》
和周作人《霭理斯的话》及其他

◇ 1 ◇

现代作家,用散文的形式来探讨人生的哲理,追问生命的意义,有两个人的两篇文章很值得注意,这就是胡适《不朽——我的宗教》、周作人《霭理斯的话》。他们的想法很接近,只是表述不同而已,所以不妨放在一起来讲。

先说胡适《不朽——我的宗教》。

胡适自幼丧父,是年轻守寡的母亲将他一手拉扯大,所以胡适很爱他的母亲,也非常佩服他的母亲,因为孤儿寡母,在胡家这个大家族里特别不容易。

胡适的母亲则很崇拜大自己三十岁的丈夫,从小就用丈夫的言行来教训胡适,比如叫胡适跟他父亲那样,在思想上独尊儒家。儒家思想以孔子为代表,既然"子不语怪力乱神",那就应该努力于现实世界的事务,不去关心神神鬼鬼,所以胡家的门口贴有"僧道无缘"四个大字,宣布这家人不欢迎佛道两教的朋友。孔子又说"未知生,焉知死",叫人好好活着,不必整天想着死和死后如何。胡适的母亲从小就教给胡适这种儒家的自然主义和现实主义。

但胡适小时候体弱多病,三岁多了,如果没人扶,还不能自己跨过门槛。他的母亲很担心儿子的健康,有时也就顾不得亡夫的教训,跟随家里的妇女去烧香拜佛,尤其是拜观音菩萨。小胡适看在眼里,就觉得奇怪:怎么"僧道无缘"的家庭也烧香拜佛拜观音呢?

十一岁那年,胡适读《资治通鉴》,看到司马光引用(也就是赞同)东晋梁朝的思想家范缜对"神灭论"的有关论述,特别是范缜所说的"形者神之质,神者形之用——神之于质,犹利之于刀;形之于用,犹刀之于利——舍利无刀,舍刀无利。未闻刀没而利存,岂容形亡而神在?"就大感佩服,声称自己也是范缜的信徒了。

一年后走亲戚,看见路边一个亭子里供着几尊神像,他就鼓动同行的外甥一起把这些神像扔进水沟。外甥和长工们吓坏了,赶紧将他劝开。神像没有扔,胡适回家却发烧说起胡话来。长工就告诉胡适妈妈路上发生的事,胡适妈妈当然吓得不轻,赶紧烧香、谢罪、许愿。这件事过去之后,胡适不受任何影响,在心里继续相信神灭论,也就是无神论。

胡适是孝子,他当然不会当面顶撞母亲,但1918年,年轻的北大教授、从美国学成归来的胡适博士因为提倡"文学革命"而"暴得大名"的第二年,他母亲去世了。

为了纪念母亲,也为了梳理自己的思想,胡适撰写了他著名的文章《不朽——我的宗教》,刊载于《新青年》杂志,又稍加修改,用英文同时发表,公开宣布和自己的母亲截然对立的无神论思想。

既然是"不朽",也就是"永恒""不死"的意思,怎么还是无神论呢？

原来胡适的"不朽"，不是"死后灵魂不灭"，而是模仿中国古人所谓"立功、立德、立言"的"三不朽"说，而发明出他自己的"社会不朽"。

胡适说，古人的"三不朽"只适合极少数杰出人物，不适合芸芸众生，而且"功德言"这三者的定义很模糊，尤其没有注意到消极的方面，而他的"社会不朽"（Social Immortality）可以包括一切人的一切好的坏的言行，这些言行一旦做出来，都会影响到天下后世。用胡适的话说，"小我"的一切都会融入"大我"，而"大我"是不朽的，那融入"大我"的"小我"也就一样"不朽"了，差别只在于程度的大小和功效的善恶而已。所以人就要竭力避免恶言恶行，追求嘉言懿行，也就是竭力避免坏的恶的不朽，追求好的善的不朽，并且努力扩充这后一个不朽。

胡适说，这就是他的宗教，就是他心目中人生的最高价值、最高意义。同样的思想，他后来又写进《我的信仰》以及《四十自述》，因此广为人知，在现代中国社会发生了巨大影响，尤其"小我""大我"的说法，更是深入人心，至今还不时可以听到。

— 2 —

我们再来看周作人。

周作人对这个问题的思考，跟胡适很相似。但胡适说他的"社会不朽"是受到范缜以及中国古代"三不朽"等思想的启发，最后由自己创造出来。周作人则非常谦虚，他说自己这方面的想法并非自己的发明，而完全从英国作家、学者霭理斯那里抄来的。

我们知道,周作人写文章有个习惯,就是喜欢抄书。一篇文章的主体不是自己说话,而是抄录别人论著中的精彩段落。有人给他一个"文抄公"的称号,周作人不以为意,反而说抄书有什么不好呢?你以为抄书容易吗?你怎么知道自己的文章一定比别人的好,完全可以自说自话,不必引用他人?再说你知道抄书应该抄什么,不该抄什么吗?你读一本书,一篇文章,知道精华在何处吗?周作人既然有这种想法,当然就抄书不止了。他这篇《霭理斯的话》,正如文章题目所示,几乎完全是抄英国学者和作家霭理斯的话。

那么,周作人究竟抄了霭理斯什么了不起的话呢?原来这个英国人是这么说的:

> 世上总常有人很热心的想攀住过去,也常有人热心的想攫得他们所想象的未来。但是明智的人,站在二者之间,能同情于他们,却知道我们是永远在于过渡时代。在无论何时,现在只是一个交点,为过去与未来相遇之处,我们对于二者都不能有什么争向——没有一刻无新的晨光在地上,也没有一刻不见日没。最好是闲静地招呼那熹微的晨光,不必忙乱的奔向前去,也不要对于落日忘记感谢那曾为晨光之垂死的光明。
>
> 在道德的世界上,我们自己是那光明使者,那宇宙的顺程即实现在我们身上。在一个短时间内,如我们愿意,我们可以用了光明去照我们路程的周围的黑暗。正如在古代火炬竞走——这在路克勒丢思(Lucretius)看来似是一切生活的象征——里一样,我们手里持炬,沿

着道路奔向前去。不久就要有人从后面来，追上我们。我们所有的技巧，便在怎样的将那光明固定的炬火递在他的手内，我们自己就隐没到黑暗里去。

周作人引了这段话之后，只加了一句自己的评论，他说，"这两节话我最喜欢，觉得是一种很好的人生观——或者说是霭理斯的代表思想亦无不可。"言下之意，霭理斯的"代表思想"的精华部分，也就在这几句话里头了。

这就是他抄书的眼光！

周作人所抄的上述霭理斯的话，和胡适的"社会不朽"有相通之处。但霭理斯单单立足于积极方面，而胡适的不朽，即一个人的言行必然发生的或大或小的社会影响，既有好的方面，也有坏的方面，胡适当然是要叫我们注意不要有坏的东西传达给天下后世，不要遗臭万年，遗祸无穷，而要尽量将自己的好的方面发挥出来，泽被后代，流芳百世，但胡适的设想虽然全面，却不够简洁有力。胡适毕竟是在说理。说得再好，也还太抽象，而霭理斯把这个道理概括为一个很有画面感、有视觉冲击力的在人类黑暗中传递火炬的意象，这就令人一下子明白其中的意思，而且容易记忆。

其实鲁迅也说过类似的话，"在进化的链条上，一切都是中间物"。有人把鲁迅这句话概括为"历史中间物的思想"，这和霭理斯所描述的"黑暗中的火炬传递"是相通的，但没有火炬传递这个意象更容易令人一听就明白。

所以周作人那么喜欢"霭理斯的话"，也就可想而知了。周作人确实终生信服霭理斯的话，用"黑暗中的火炬传递"的意象来激励自己，非常勤奋地做学问写文章。尽管他有时也很悲观，说历史总是循环，很少真正的进步；说一切圣人的教训都无用，因为地球上好的教训实在太多，但人类还是不断犯错误，而且是重复地犯那十分低级的错误；说许多的努力好比是"伟大的捕风"，伟大是伟大，但结果都是什么也得不到的"捕风"。

尽管如此，他还是不肯放弃努力，因为他觉得这一切悲观失望的方面，犹如空虚的暗夜。暗夜是可怕、无情的，但那划破暗夜的火炬的光芒，不管是微弱还是强烈，不是更加美丽吗？与其唉声叹气，毫无作为地消失于周围无边的黑暗，还不如知其不可而为之，用一代又一代不肯服输的人类所传递的精神火炬，来划破黑暗，反抗虚空。

这一层思想，比起胡适单纯的乐观主义的"社会不朽论"，似乎还要更加丰富，也更加感人一些。

"魂灵的有无"与"死后"
郜元宝讲周作人《死之默想》及其他

/ 1 /

鲁迅小说《祝福》第一人称叙述者"我"在"旧历的年底"刚回到故乡鲁镇,就被可怜的祥林嫂拦在河边,问出一连串关于死后有无魂灵和地狱、一家人能否在地狱相见这样一些终极问题。

祥林嫂为何偏偏要拿这些问题来问"我"?因为她想当然地认为,这个"我""是识字的,又是出门人,见识得多"。

很遗憾,"我"被祥林嫂的问题弄得惊慌失措,支支吾吾,答非所问,这就使得祥林嫂在无数次身心两面的伤害之后,又遭遇更大的精神伤害。第二天,这个可怜的"弃在尘芥堆里"的女人,就带着无限的疑惑与恐惧,离开人世,去了她所不知道的漆黑的所在。

《祝福》第一人称叙述者"我"和作者鲁迅当然不能画等号,但鲁迅跟这个"我"一样,"对于魂灵的有无",确实也是"向来毫不介意的"。

鲁迅熟悉西方宗教、哲学和文学,很早就爱读但丁和陀思妥耶夫斯基的作品，对《神曲》里那些鬼魂在地狱所受的刑罚以及陀思妥耶夫斯基小说人物在"万难忍受的境地"关于生与死的思索，印象深刻，直到晚年还如数家珍。

此外，鲁迅对中国古代各种思想文化流派（包括外来的佛教），以及民间社会对鬼魂和死后的各种观念和说法也十分了解，因此"对于魂灵的有无"以及死后灵魂的归宿这个终极问题并不陌生，但这只限于理性的关注与研究，并不等于他相信和认同那些灵魂和死亡的观念，正是在这个意义上他才说，对于这些他是"向来毫不介意的"。

我们知道，在留学日本时期，为了驳斥浅薄科学主义者"破迷信"的谬论，鲁迅曾经替世界各大宗教做过辩护，但除此之外，他本人确实并不相信身体消亡之后，不死的灵魂还要去天堂或下地狱，或者进入佛教的无尽轮回。对生命的终结，他只用一个字概括，那就是"坟"。"坟"是空虚无物，不值得为此劳心费力，重要的是从出生到坟墓之间的道路，也就是活着的时候应该如何活得更好。

20世纪30年代青年学者李长之写过一本有名的《鲁迅批判》，说鲁迅的思想最核心的部分就是强调"人必须活着"。这是有道理的。用鲁迅自己的话来说，就是"一要生存，二要温饱，三要发展，有敢于妨碍这三者的，无论它是三坟五典，八索九丘，祖传神丹，都要踏倒"。其实在这一点上，鲁迅和孔子"未知生，焉知死"的思想是高度一致的。

20世纪20年代，鲁迅写过一篇寓言故事《死后》，收在散文诗集《野草》中。晚年又写过一篇文章，就叫《死》。但无论《死后》还是《死》，尽管都是正面谈论"死"的文章，却令人闻不到一点死亡的气息，纯粹是借着谈"死"来谈"生"，洋溢着"生"的激情。

2

1924年12月，周作人写过一篇《死之默想》，一本正经也来谈"死"，而他的思路竟然和鲁迅高度一致，也是借谈"死"来谈"生"。关于"死"本身，则明确表示毫无兴趣。

这篇文章一上来引用希腊诗人巴拉达思的一首小诗：

> 你太饶舌了，人呵，不久将睡在地下；
> 住口吧，你生存时且思索那死。

周作人开玩笑地说，听了这位希腊诗人的话，他没事的时候，当真也曾想过"死"的事情，"可是想不出什么来"，"我不很能够感到死之神秘，所以不觉得有思索十日十夜之必要，于形而上学的方面也就不能有所饶舌了"。这还是孔子那句话，"未知生，焉知死"。

那么有没有"灵魂不死"呢？周作人对此也是断然否定的。他说"对于'不死'的问题，又有什么意见呢？因为少年时当过五六年的水兵，头脑中多少受了唯物论的影响，总觉得造不起'不死'这个观念"。他还说那些神仙鬼怪的故事一点也不可爱，尤其神仙们的生活，在他看来更是单调乏味，无聊透顶。

否定了"死"，也否定了"不死"，周作人就堂而皇之亮出他的人生观：

> 大约我们还只好在这被容许的时光中，就这平凡的境地中，寻得些须的安闲悦乐，即是无上幸福；至于"死后，如何？"的问题，乃是神秘派诗人的领域，我们平凡人对于成仙做鬼都不关心，于此自然就没有什么兴趣了。

这和鲁迅在此前九个月创作的小说《祝福》第一人称叙述者"我"的说法,不是如出一辙吗?假如祥林嫂遇见周作人,得到的回答,和《祝福》中的"我"所提供的,应该完全一样吧。

3

再来看看胡适。

1919年2月,胡适在《新青年》6卷2号上发表了《不朽——我的宗教》,斩钉截铁地否认了"神不灭论",也就是不承认死后还有灵魂。他说人的灵魂随肉体的死亡而寂灭,但这并不可悲,因为人还可以通过别的办法达到"不朽"。中国古人有三不朽说,即立德、立功、立言,只要有高尚的道德,显赫的功业,卓越的著书立说,都可以不朽。

但胡适并不满足于古人的"三不朽",因为那只限于少数杰出的个人,不能包括芸芸众生,而且所谓"德功言"的界说也很模糊。因此胡适在古人的"个人不朽论"的基础上,又提出了他自己创造的"社会不朽论",意思是无论谁,也无论做了什么,都会影响到天下后世,只不过程度之大小与效果之善恶,有所不同而已。这种"社会不朽论"教人对自己的一言一行都必须负责,所以是积极有益的人生观。

很显然,在这样的人生观里,宗教意义上的"灵魂"和"死后"是没有任何余地的。

1924年,就是鲁迅写《祝福》、周作人写《死之默想》的同一年,胡适给1923年在全国范围内举行的"科学与人生观"大讨论所产生的一部论文集写序,重申了1919年这篇《不朽——我的宗教》

的基本观点。有人讽刺说，这是"胡适的新十诫"。

1931年，胡适发表了《我的信仰》，写他小时候和守寡的母亲，在宗教信仰上本来恪守父亲的遗训，独尊儒家，"僧道无缘"。但母亲为了给他这个独生子祈求健康福祉，免不了要烧香拜佛，尤其是拜观音。后来胡适偶尔读到司马光《资治通鉴》所引述的东汉范缜的"神灭论"思想，就为范缜所折服，成了"神灭论"坚决的拥护者。这个细节又出现在1931年出版的《四十自述》中，该书专门有一节，就叫"从拜神到无神"。

胡适的母亲1918年逝世，这直接导致了胡适写作那篇《不朽——我的宗教》，来阐发人生的意义。后来的《四十自述》和《我的信仰》都是由此发展而来。当胡适在不同时间发表他的"无神论"和"社会不朽论"时，对他母亲为他而烧香拜佛，自然表示了悲悯和感激，但理智上早就把他母亲那可怜的信仰给彻底否定了。

胡适母亲二十三岁做了寡妇，鲁迅、周作人的母亲三十八岁开始守寡。她们当然含辛茹苦，但比祥林嫂可要幸运多了。不过，有一点她们还是和祥林嫂相同：在灵魂和死后这些根本的信仰方面，她们跟她们的儿子也完全不能沟通。

如果胡适、鲁迅、周作人的母亲向她们的儿子问起"魂灵之有无"和"死后"，这些"识字的，又是出门人，见识多"的人中龙凤，中国文坛的领袖人物，是否也会像《祝福》第一人称叙述者"我"那样，惊慌失措，支支吾吾，落荒而逃呢？

这实在是一个有趣的问题。

反抗绝望

郜元宝讲鲁迅《未有天才之前》《希望》
《生命的路》及其他

一般谈论中国现代文学,似乎只有小说、诗歌、戏剧、散文才是文学,其他都不算。其中小说的地位又一超独霸,一枝独秀,而散文的定义又太狭窄,似乎只有描写抒情叙事的散文才是文艺性散文,也就是美文,发议论的就不算,比如杂文。鲁迅杂文是个特例,没有人敢于否认他的杂文是文学,但别人的杂文是否属于文学,就很难说了。

近年来,中国文学的体裁概念有一种放大的趋势,逐渐冲破了上述相对狭隘和固化的格局。比如小说的地位就有些降低,至少不像过去那样一枝独秀了。诗歌戏剧一直徘徊于低谷,尽管在专业的诗歌界和戏剧界还很红火。最主要的,散文园地大大丰富了,出现了各种各样的散文,比如文化大散文,比如书评,比如学者散文,等等。

用这个新的、放大了的文学体裁的眼光再来看现代中国散文,就有不少值得注意的文学现象。其中最值得重视的就是议论性的散文。其实，周作人最初提倡的"美文"就是英国的随笔 essay，其主体就是议论文，并非偏于描写抒情乃至叙事的那种所谓文艺性的"美文"。美文原来是论文，只不过出于误解，才被弄得狭隘化了。总之现代文学中那些偏于议论的散文很值得重新加以认识。其实鲁迅的杂文就偏于议论，而翻开《古文观止》，议论性的"美文"不也比比皆是吗？让议论性的散文回归"美文"的范畴，也是发扬光大中国散文的这一优秀传统。中学生作文不会写议论文，这不能不说是我们的语文教育的一个遗憾。

说到议论性散文的复活，或者按照文学史的脉络，就叫"美文"或"杂文"的复兴吧，就无法回避这一类杂文经常谈论的一个主题，即人生的意义和价值究竟是什么。

这本来应该是哲学家在哲学论著中回答的问题，但中国现代的一些议论性散文也会经常触及，而且这些作家用散文的形式追问人生的意义，无论思考的深度还是影响的广度，一点也不逊色于哲学家的论著，甚至还有过之而无不及。

2

我们就且来看看鲁迅的议论性散文是如何探索人生意义这一终极问题的。

鲁迅杂文，是"匕首""投枪"，专门"攻击时弊"。他自己很谦虚，说"攻击时弊"的杂文不应该追求永恒的价值，而应该甘心和"时弊"一同灭亡。如果攻击时弊的杂文总是有读者，生命力很绵长，那就意味着这种杂文所攻击的时弊本身依然存在，社会依然没有进步。所以鲁迅盼望他的杂文"速朽"而非"不朽"。他的杂文"速朽",就意味着杂文所攻击的对象消失了,社会进步了,杂文的功效和意义也就显示出来。

鲁迅所讲的是他主要的文学活动,即杂文写作的意义归宿,其实也就是他人生的意义,因为他人生的绝大部分时间就消耗在用杂文的方式攻击时弊了。

从来没有(或很少有)文学家肯这样定位自己的文学创作,他们总是希望自己的作品具有某种永恒和不朽的生命,而鲁迅却希望他的作品"速朽",可见鲁迅是把社会进步和人生的改良当作自己追求的主要目标,至于自己得到怎样的回报,并不是他首先考虑的问题。

现在都说,"五四"新文化鼓励个人主义,鼓励个人成名成家,鼓励个人追求生命价值的最大化,即通常所说的"自我(价值)的实现",并且认为这套价值体系容易导致自私自利的价值观念的流行。如果我们仔细了解"五四"一代人的真实想法,你会发现,上面这些说法是有多么冤枉他们。

就拿鲁迅来说,他就不希望自己的作品不朽,反而希望它们速朽,这就不是为自己着想,而是为社会着想。周作人一再说鲁迅之所以取得那么高的成就,并非他一心想成名成家,恰恰相反,当他工作的时候,简直就忘我了,很少考虑自己的得失,只看重工作本身的意义。比如他的许多作品都不署自己的名字,要么不断变化笔名来发表。鲁迅就是本名叫周树人的这个作家一生所用的几百个笔名中的一个。你能说这样的人,是自私自利吗?

鲁迅在《未有天才之前》这篇讲演中,鼓励大家不要一心做天才,而不妨去做替天才服务的泥土。这句话经常被误解,好像鲁迅看不起大家，说你们既然不是天才，就老老实实做泥土吧。

其实并非如此。生命的意义并不全在天才式的高峰体验，泥土的意义也值得追求，做泥土的快乐也值得享受。泥土所做的琐碎的小事，和天才所做的伟大功业，在性质上并无什么不同。甚至泥土的意义就是天才的意义，只不过说法不同而已。

相反，如果我们仅仅用世俗的天才标准来衡量自己与他人，比如父母们只用高考上大学、将来进北大清华牛津哈佛，来激励子女，让他们在这条独木舟上与同样想法的年轻人进行生存竞争，那么他们的生命将十分单调，也十分危险。别说失败的概率很高，就算成功了，也很可能得不偿失。

鲁迅劝大家做泥土，绝不是贬低大家，更不是叫大家上当，而是叫人充分享受人生的意义和乐趣。

3

鲁迅的散文诗，其实是充满议论的《希望》，还有一句名言，叫"反抗绝望"。

生活有许多不如意事，令人失望，甚至绝望。这本来是个无解的问题。你怎么去劝慰一个绝望的人振作起来呢？告诉他们"既然冬天已经来临，春天还会远吗？"那他们会说，"既然春天不远，那接下来不还是冬天吗？"可见许诺一个美好的远景，以此鼓励别人，鼓励自己，有时并不管用。万一你所许诺的，或你自己所怀抱的理想，最终被证明是空洞虚妄呢？

鲁迅的鼓励就很特别。他说希望也许是虚妄的，但匈牙利诗人裴多菲说得好，"绝望之与虚妄，正如希望相同"。既然绝望也是虚妄的,既然你整天唉声叹气,跟你整天盼望祈求,都是虚妄,那么我还不如选择希望,我还不如反抗自己或他人的绝望!我干嘛要被绝望压倒呢?万一希望并不虚妄,万一绝望反而是个骗局,我不是亏大了吗?

鲁迅的态度是如此积极,如此乐观。但他的积极和乐观,不是廉价和盲目的,而是看穿了所谓悲观绝望的把戏,这才转向乐观和希望。

他认为,这才是生命应有的色调,才是生命应有的意义。

这种战胜了或竭力要战胜悲观绝望、竭力要为生命开辟一条生路的态度,在鲁迅的小杂文《生命的路》中表达得最充分,我们就用其中的文字,来结束这一讲吧:

> 生命的路是进步的,总是沿着无限的精神三角形的斜面向上走,什么都阻止他不得。
>
> 自然赋予人们的不调和还很多,人们自己萎缩堕落的也还很多,然而生命决不因此回头,无论什么黑暗来防范思潮,什么悲惨来袭击社会,什么罪恶来亵渎人道,人类的渴仰完全的潜力,总是踏了这些铁蒺藜向前进。
>
> 生命不怕死,在死的面前笑着跳着,跨过了灭亡的人们向前进。
>
> 什么是路?就是从没路的地方践踏出来的,从只有荆棘的地方开辟出来的。
>
> 以前早有路了,以后也该永远有路。

当你老了
郜元宝讲周作人《老年》、鲁迅《颓败线的颤动》及其他

1

从清末"维新运动"到"辛亥革命"的二三十年,"少年"无疑是文化新潮中最重要的一个话题。梁启超《少年中国说》(1900)登高一呼,应者云集。直到今天,在各种媒体还经常可以听到"少年强,则国强"的口号。青少年教育和成长,始终牵动着亿万中国家庭的心。

"五四"前后,《狂人日记》"救救孩子……"的呐喊振聋发聩,加上进化论思想的巨大影响,所谓"青年必胜于老年",老年人要为青年人让路做牺牲,这种"幼者本位"的观念被鲁迅、周作人引进中国,也迅速流行开来。

当时的"少年""幼者",其主体相当于今天的"青年",也包括今天所谓少年,因为少年转眼就成了青年。当时没有成年人与未成年人的说法,在青年和少年中间也没有划出清楚的界线。

青年(或青少年)的地位抬得如此之高,在中国可谓亘古未有。

这当然不可能是传统读书人的想法。

我们知道，新文化运动的主阵地是《新青年》杂志，汇聚于此的是一帮自称"少年"的新派知识分子。《新青年》前身《青年杂志》1915年创刊时，主编陈独秀三十六岁，鲁迅三十四岁，周作人三十岁，钱玄同二十八岁，李大钊二十六岁，胡适、刘半农同龄，才二十四岁。

一年后《青年杂志》改名《新青年》，再过一年"文学革命"正式发动，上述几位也不过添了一两岁，今天说起来都还是青年。这些人发起"新文化运动"，当然要以"少年"为主体，老年人根本没地位。

2

然而，当时社会上传统的"尊老"思想还很流行，这就势必要和"少年中国""幼者本位"的观念发生激烈碰撞。但随着新文化运动节节胜利，白话文很快战胜文言文，创作白话新文学的绝大多数是青年，所以不管"尊老"的思想如何顽固，如何强大，至少在新文化运动内部，活跃分子是清一色的青年，是非对错由他们说了算。

当然有例外。1919年五四运动爆发，蔡元培五十一岁，梁启超四十六岁，当时都是老年了，但他们主动放弃老人和长者的姿态，甘心乐意跟在"一帮少年"屁股后面跑，被后者欣然接纳，引为同道，多少也能发出他们自己的声音。

不过，与时俱进的老年毕竟是少数，绝大多数都被推到青年人的对立面，因此"父与子的冲突"非常普遍。那些掌握了话语权的新文化运动主角们写到父辈或祖父辈,几乎千篇一律要加以丑化和漫画化,比如鲁迅《祝福》中的四叔,巴金《家》中的高老太爷及其不成器的儿子们,稍后还有茅盾《子夜》中的吴老太爷,钱锺书《围城》中的方遯翁。老年人几乎代表了糊涂、落后、闭塞,反动、腐朽、垂死,可笑而又可憎。对老年人的这种文化定位深刻影响了后来的文学创作,老年人的地位一落千丈。钱玄同甚至主张,人过四十,就该自杀。

这当然太偏激,也太简单,必然激起反抗。但文坛、学界和舆论媒体既然被青年人和拥护青年的个别中老年权威所掌控,老年人的声音就很难发出来。我们现在看严复等人的通信,多少还能感受到那些迅速被推到历史舞台边缘的老人们的悲哀与无奈。

有趣的是,"新文化运动"高潮过后,终于有人以老年人的身份站出来说话了,但并非章太炎、严复、林纾等曾经呼风唤雨后来被边缘化了的老人,而是新文化阵营内部的领袖人物。他们刚刚还以"少年"自居,一转眼发现自己也老了,就凭借自己所拥有的话语权,开始为老人说话。

"五四"以后,刘半农有句名言,说转眼之间,他们这些"五四"人物就被推到"三代以上",不仅成了老人,还简直成了"古人"!刘半农是感叹时代发展太快,"后生可畏",但他对后起之秀也很不满,禁不住要以老年人的口吻进行攻击。刘半农的杂文《老实说了吧》,就是说"我们"这班如夏商周"三代以上"的老人固然没什么了不起,但"你们"年轻人也不怎么样!刘半农说出这番话,爽快是爽快,但也为此付出了代价:在文坛新秀们看来,尽管刘半农从法国辛辛苦苦挣回来货真价实的博士学位,学到许多新的治学方法,但他本质上已经站到青年的对立面,变成满身晦气的过时的老人了。

这一点，刘半农很有代表性。"五四"以后，所谓"京派文人"往往就属于这个类型，他们在文学史上的形象通常都是些暮气沉沉的老人。并非他们真的老了，而是他们的思想起了变化，选择了和"少年时代"不尽相同的新的文化立场。

3

周作人"五四"时期写过一篇纲领性文章叫《人的文学》，但他所谓"人"，只是抽象的男人、女人和小孩，并不包括老人。

到20世纪30年代，周作人开始大谈老年问题，1935年还专门写了篇杂文叫《老年》，对日本南北朝时期著名的兼好法师和德川幕府时代的诗人芭蕉赞不绝口，因为他们都有关于老人的通达言论。钱玄同说人过四十就该自杀，很可能就是受了周作人所介绍的芭蕉的影响。

回顾中国文学史和思想史，周作人觉得大概《颜氏家训》有一点关于老人的通达意见，但他没有找出来。他所知道的只有陶渊明某些诗句，明末清初思想家傅山的一篇《杂记》和乾隆年间一个叫曹庭栋的人所著的《老老恒言》。

周作人特别欣赏《老老恒言》，说它"不愧为一奇书，凡不讳言人有生老病死苦者不妨去一翻阅，即作闲书看看亦可也"。周作人对这部"闲书"念念不忘，三年后又写了一篇书评，题目就叫《老老恒言》，反复说这是"一部很好的老年的书"，"通达人情物理，能增益智慧，涵养性情"，其中关于"养老"的论述，"足为儒门事亲之一助"，就是有助于推广《论语》《孟子》《礼记》中那些尊老养老的"孝道"。

周作人对某些同龄人为老不尊,整天跟在年轻人屁股后面跑,深表不屑。有人说这是在讽刺吃过青年的亏却仍然不肯放弃青年的鲁迅,但也令我们想起蔡元培和梁启超。

周作人主要反思,"五四"以后,为何会出现盲目抬高青年而一味打压老年的偏激思想?他发现一个根本原因,是中国作家、思想家、言论家们很少想到人是会老的这一事实,因此为老年人着想、为老年人写作、适合老年人看的书寥若晨星。好像老年人就不是人似的。这就逼迫那些不甘落伍的老人只好假装忘记"老丑",混在年轻人的队伍里胡闹。

所以周作人呼吁要把老年人也算在"人"的概念里,给老年人适当的空间,至少要有一些让老年人说话、适合老年人阅读、可以听到老年人心声的书籍。

如果说"五四"发现了现代意义上的"人",尤其是"女人""儿童",那么不太受人注意的是,"五四"以后,以周作人为代表的一些知识分子还进一步发现了"老人"也是"人",也需要给予关心。

4

一般以为,直到1927年"广州事变"之后,因为看到青年的种种不良乃至罪恶的表现,鲁迅才声称他的"青年必胜于老年"的进化论被"轰毁"了。

其实鲁迅早就怀疑老人/青年二元对立的思维模式。1925年所作散文诗《希望》就说,"我早先岂不知我的青春已经逝去了?但是以为身外的青春固在"。所谓"身外的青春",就是他所深爱的"青年人"。但《希望》接着又说,"然而现在何以如此寂寞?难道连身外的青春也都逝去,世上的青年也都衰老了么?"这就是鲁迅对于青年的怀疑和责备了,难道你们也都老了吗?他的结论是,"纵使寻不到身外的青春,也总得自己来一掷我身中的迟暮"。就是说,即使没有青年同志,他这个老人也不怕独自去战斗。

如果说《希望》显示了鲁迅对青年人的怀疑和不信任,那么另一篇《颓败线的颤动》就是写青年对老年恩将仇报,老年对青年爱恨交加。

《颓败线的颤动》讲一个女人,年轻时为了养活女儿,不得不去做妓女。但女儿长大之后,竟然跟女婿一起,还拉着他们的孩子,声讨母亲年轻时的屈辱经历。他们说"我们没有脸见人,就只因为你","使我委屈一世的就是你!""你还以为养大了她,其实正是害了她,倒不如小时候饿死的好!"面对这种指责,垂老的妇人无言以答,心中翻江倒海,激荡着"眷恋与决绝,爱抚与复仇,养育与歼除,祝福与咒诅"种种矛盾的感情。用鲁迅自己的话说,就是简直要"出离愤怒了"。

鲁迅始终对青年寄予厚望,他深知中国的希望只能在青年。但在与青年交往合作的过程中,他往往又忍不住失望乃至愤怒。他临终之前不久发表的对左翼青年的公开信,就毫不客气地说,在号称进步的左翼文学界有不少"'恶劣'的青年"。鲁迅杂文所攻击的对象,往往就是那些活跃于文坛的青年。

鲁迅对青年的怀疑、失望和责难,早在1923年的一次笔战中就火力全开了。对他自己的学生、后来成为著名语言学家的魏建功,鲁迅曾经这样大发雷霆:"我敢将唾沫吐在生长在旧的道德和新的不道德里,借了新艺术的名而发挥其本来的旧的不道德的少年的脸上！"

回想当初"救救孩子"的呐喊，岂可同日而语？

总之步入中老年之后，第一代"五四"人变得更稳健，更深刻了。他们提出"老年"问题，并非否定英姿勃发的青年生力军，更不是要回到以老年为本位的旧传统，而是强调，一个社会既要有青年的声音，也要有老人的声音。如果把老人不当人，老人的想法无论对错都无人倾听，那么这个社会就不够健全。

"五四"一代讨论老年问题，当然远没有他们当初呼喊少年时那么响亮。今天中国早已是老龄社会，老年人的生态心态成了严重的社会问题。此时此刻，回顾"五四"一代对青年和老年的论述，就真是别有一番滋味在心头了。

智慧树下的吟唱

李丹梦讲穆旦《智慧之歌》

1

穆旦是个颇有特色的诗人、翻译家，他的诗在大众中并无太大的声名、反响，但在知识分子尤其是专业读者那里却颇受瞩目和欢迎。近年来，关于穆旦的研究更是持续升温。这跟穆旦诗作的抒情方式和言说主题有密切关系。穆旦的诗歌构思和书写带有很强的理性色彩、玄学意味，和中国人熟知亲切的感性抒情迥然不同。感性抒情是由眼前看到的具体、可触的事物勾起诗化的情绪波澜，简单说即从所见激发诗性。但穆旦的诗歌却是直接对问题的切入，诗人通过对抽象概念（诸如爱情、智慧、友谊、战争等）的专注、凝视，衍生出了一种独特的诗意的思想运动。其隔膜和魅力均由此而起。

穆旦诗句的结构通常并不复杂，用词也毫不花哨，但串联起来却透出明确的晦涩与不和谐之感，颇有些外国诗的格调。这里的确存在西方影响或模仿西方的痕迹（如英国诗人艾略特和奥登的诗歌趣味），但绝大部分是出于穆旦自己的真情流露和创造。在"五四"以来的中国新诗史上，穆旦首度将理性和激情熔铸在一起，他被誉为"中国现代诗最遥远的探险者、最杰出的实验者与最有力的推动者"。自始至终，穆旦诗歌关注的都是作为个体的知识分子与社会的关联，袒露了他们心灵炼狱的震荡、挣扎与求索，一种尖锐、紧张以至"丰富，和丰富的痛苦"。

穆旦本名查良铮，1918年生于天津，祖籍浙江海宁，与武侠小说家金庸（本名查良镛）系同族叔伯兄弟。1935年，穆旦考入清华大学外文系，1940年毕业于西南联大，后留校任教。1942年，24岁的穆旦怀揣一腔爱国激情加入由国民党将领杜聿明率队的中国远征军，赴缅甸对日作战，亲历了惨绝人寰的野人山撤退，有五万多中国军人死于途中。穆旦是极少数幸存者之一。这次战役对他的刺激极大，他诗作里那异乎寻常的冷峻清醒、张力撕扯，与此不无干系。毕竟一个曾经和死神唇吻并饱受了惊恐、饥饿与自然界蚕食、杀戮等极限体验的人，是难以唱出祥和浪漫的歌的。他心仪的曲调总有些不谐之音，如同一直潜伏、突然绽露的命运嘲弄或圈套。1949年，穆旦自费到美国留学，就读于芝加哥大学英文系，1953年回国在南开大学外文系任教。在随后的一系列政治运动中屡遭冲击，受尽磨难。1977年2月26日，穆旦因突发心脏病死在手术台上，享年59岁。

穆旦的诗歌大多写于20世纪40年代，后来因政治气候捉摸不定，他把精力主要放在英俄诗歌的翻译上。王小波曾称穆旦的译作是中国现代文学史上"最好的文字"，并尊穆旦为偶像。穆旦翻译了拜伦、雪莱、普希金的大量诗作，自己的诗歌创作却基本处于停滞状态，直到1976年，诗歌的春天才姗姗回到穆旦身上。《智慧之歌》便创作于这一时期。

据现有资料统计，穆旦1976年一共写了二十七首诗，《智慧之歌》系开篇之作，历来被认为是诗人晚年最具纲领性意义的作品，它淋漓尽致地展现了穆旦在风烛残年之际，对生命的沉思与荷担。

虽然历经坎坷，穆旦并没有被岁月压垮，更未停止对现实和自我的思索。1975年在给友人郭保卫的信中，穆旦写道："我是特别主张要写出有时代意义的内容，问题是，首先要把自我扩充到时代那么大，然后再写自我，这样写出的作品就成了时代的作品了。这作品和恩格斯所批评的'时代的传声筒'不同，因为它是具体的，有血有肉的了。"《智慧之歌》便是践行这一主张的佳作，它不仅是诗人个体人生智慧的总结，亦折射出历史转折关头民族劫后余生的精神状态。

2

穆旦给《智慧之歌》的落款时间是1976年3月10日，一个乍暖还寒的时节，还有半年"文革"就要结束了。但在当时的环境下，这注定还是一首只能藏在抽屉里的诗。那么，穆旦为什么要写它？沉寂了近三十年的诗笔、歌喉，怎么突然发声了？究竟有什么不能已的情愫呢？

诗作开门见山交代了这点："我已走到了幻想底尽头。"但凡诗人，大多热衷幻想，穆旦1942年底曾写过一首《幻想底乘客》，那时的"乘客"虽然走上了错误的驿站，但毕竟还有幻想的支持。

一旦幻想消灭,诗人、诗歌恐怕都不复存在了吧。联想到第二年春穆旦的溘然离世,《智慧之歌》俨然是诗人留给后世的一份"诗歌遗嘱"。

回首往昔,当穆旦1953年满怀憧憬地回到祖国时,他做梦也想不到,不过一年,自己就被定为"肃反对象"。1958年,他又因参加国民党远征军的污点经历,被安上"历史反革命"的罪名,接踵而来的管制、批判、检讨、劳改,成了穆旦今后十八年生活的家常便饭。

当他终于从改造农场回到南开,等待他的日子也好不到哪去。一家六口像闷罐沙丁鱼一样,挤在学生宿舍楼的小屋。由于自己的"历史问题",插队内蒙古的大儿子始终得不到入党、升学的机会,穆旦内心倍感煎熬、自责。

1976年初的一个晚上,穆旦到南开校外帮儿子打听招工事项,不慎摔伤了腿,导致股骨骨折。腿伤成为诗人晚年心境的一个转折点,他在给友人的信中说:"腿痛使我感到寿命之飘忽,人生之可畏,说完就完。"祸不单行,费时二十年才翻译完毕的拜伦巨著《唐璜》,竟然出版无望,这给穆旦的打击更为沉重。在主动封笔创作后,穆旦几乎完全靠译诗来接续、维系生命的意义。《智慧之歌》就是在这样一种近乎绝境的生活荒漠中弹奏出的一曲天籁。

比照"风刀霜剑严相逼"的人生窘境,让人诧异震撼的是诗人那娓娓道来的平静语调和哲理思索。《智慧之歌》共有六节,每节六行,每行字数、节拍大体均齐,每节的偶数行还押着尾韵,读来声调铿锵,极富乐感。从结构上看,穆旦明显对诗作有过全局性的考量,起承转合的构造甚为清楚自然。首节回溯过往,是起;第二到第四节逐一罗列并叹惋爱情、友谊、理想的今昔巨变,是承;

第五节诗人从追忆的世界中回过神来看待"痛苦"的现实、当下，这是转；最后一节点出诗眼"智慧"二字，指明痛苦与智慧的辩证关联，这又是合。

总之，整首诗不仅诗律有致，起承转合的逻辑也很严密。明明要说智慧，却先从幻灭说起，进而谈到爱情、友谊等的诸多"丧失"，这种反面着笔、欲擒故纵的言说不仅透着自嘲反讽，亦显露出诗人试图超越痛楚的自我把控与努力。而由此展现的跌宕戏剧的诗性思维，更是独具穆旦风格，让人心折。整首诗就像是一位心思缜密的智者对我们的智慧开示。

我已走到了幻想底尽头，/ 这是一片落叶飘零的树林，/ 每一片叶子标记着一种欢喜，/ 现在都枯黄的堆积在内心。

这是第一节。逝者如斯，年华老去，年轻时拥有的美妙"幻想"终于到了结束和清点的时刻。人生无常，难免留下种种遗憾。诗人曾说，"'人生是个坏演员'，它的确演得很不精彩，随随便便就混过了一辈子"。这是他致信老同学董言声时写的，就在同一封信里，他紧接着表示："我总想在诗歌上贡献点什么，这是我的人生意义。"一方面是"幻想"走到了尽头，另一方面却仍秉持着积健为雄的自我期待，这种矛盾的心态贯彻了《智慧之歌》的始终。诗歌首节将暮年人生比作"落叶飘零的树林"，却又说每片叶子都标记着"欢喜"。诗人虽貌似侧重了前者（即飘零），却也让读者不自主地生出期待，或许最终还会有"欢喜"的归来与反转？生命是一个不断掩埋又发掘、发现的过程，在万物的流动变迁、毁灭死亡中，穆旦试图寻求某种永恒的意义。这应该就是智慧了吧。

3

在给诗人兼好友杜运燮的信中,穆旦说:"岁数大了,想到更多的是'丧失'(生命,友谊,爱情),(也有理想),这些都不合时。"巧合呼应的是,"爱情"、"友谊"和"理想"的"丧失",恰恰为《智慧之歌》第二到第四节的主题,它们成了引出智慧的铺垫与前提。

在标记"欢喜"的叶子中,有一片是"爱情",这是"青春的爱情",炫目灿烂,然而注定不成熟,也不长久,所以诗人将其比作一闪而过的"流星",要么"永远消逝",要么"冰冷僵硬"。穆旦的初恋是燕京大学的一个女学生,因为家里逼婚,据说是把诗人甩了,穆旦的自尊受到重挫。好友杨苡后来回忆说,断绝关系的消息传来,"整个楼道都听得到他愤怒的声音";从西南联大毕业后,穆旦又跟金陵女子大学的曾淑昭有过一段情缘,后因诗人参军入伍也搁浅了。

或许正是这些不尽如人意的罗曼史激发了穆旦对爱情的悲观感受,他早年名作《诗八首》对爱情的书写也是悲观重重:爱情非但没有预想的甜蜜,反而充满了危险、懈怠和背叛。到了《智慧之歌》,穆旦对爱情的悲观认知依旧,但时间的淘洗、暮年的遭际和身体状况,让他似乎看开、放下了不少,从那异常平静的语调里,我们不难体悟出来。千沟万壑,千头万绪,都敛于平静。穆旦知道,"青春的爱情"本质上是不可强求也无法圆满的遗憾。而且相比1976年时的荒漠凄凉处境,当初爱情的折磨着实不算什么。

穆旦晚期的诗作,依然讲究语言,依然是抽象的抒情,但诗意却明朗澄澈了许多,颇有"绚烂过后归平淡"的意味。穆旦老了,成熟了,他的诗亦如陈年佳酿,虽包装简单,却愈品愈浓。我们发现,诗人越来越倾向于使用自然意象,像《智慧之歌》里的落叶、流星、花、荆棘等，这在他早期的诗作中比较罕见。此种变化让读者感觉亲切了不少。

中国古典诗歌基本就是一个建立在自然意象上的转喻循环体系，像"开轩面场圃，把酒话桑麻"，"问君能有几多愁，恰似一江春水向东流"，等等。国人一看到类似的句子，就油然升起诗的感受、归乡的感觉。这是农业国千年历史培养、熏陶出的牢固的诗性追求和阅读趣味。而曾经从缅甸森林死里逃生的穆旦对自然却没什么好感，在他心里，自然就像个高深莫测的冷血杀手。穆旦晚年诗作里频频征用自然意象和他长期从事浪漫主义诗歌的翻译实践有莫大关系，拜伦、普希金都是浪漫派，自然在他们笔下被视为人的本性而予以肯定和追求，这对穆旦应该会有潜移默化的影响。另一方面，选择自然意象入诗，也是穆旦表达社会关注、参与中国进程的一种努力与表现。

穆旦从来都是具有现实情怀与抱负的诗人，只是这种情怀深藏在他的抽象抒情里不易了察罢了。浅显易懂的自然意象容易让读者读出或联想到与诗句相应的社会现象，将"喧腾的友谊"比作茂盛一时却对即将到来的肃杀的"秋季"一无所知的"花"，就是如此。

1956年，"艺术上百花齐放、学术上百家争鸣"的"双百"方针的推出，受到广大知识分子的热烈响应，穆旦发表了《葬歌》《九十九家争鸣记》等七首诗，结果第二年"反右"，诗人挨批，他的诗作也成了"毒草"，"百花时代"变成了萧瑟的秋天。此后好几年，穆旦主动和几位朋友断绝了往来，因为"怕给人家找麻烦"。想当初穆旦是那么倚重友情，在《还原作用》（1940）一诗中，他写道："安慰是求学时的朋友，／三月的花园怎么样盛开，／通信联起了一大片荒原。"现如今朋辈之间的正常交流、"血的沸腾"被"社会的格局"阻碍了,"热情"亦被"生活的冷风"掐灭。

值得一提的是,1972年8月穆旦最要好的朋友、巴金的夫人萧珊因病去世,穆旦难过极了,他引用拜伦的话说:"我感到少了这样一个友人,便是死了自己一部分。"都说知己好友是我们的镜子,一面镜子碎了,自我的影像也随之消逝,再不会有"对影自成双"的温暖与默契了。这种友谊的"丧失",想来也是岁月流逝的必然。

第三种"丧失"是"理想",也就是诗人毕生的信仰,它指引诗人在"荆棘之途"中走得"够远"。"为理想而痛苦并不可怕,／可怕的是看它终于成笑谈",这似乎是穆旦一生荒诞命运的写照,它表明个体努力的无效性或无意义,但诗人仍力图坚守"理想"的底线,一种自我的说服、消耗、抗争、燃烧。想起乔布斯在斯坦福大学2005年毕业典礼上的演讲,他说:"生活会用板砖砸你的头。但一定不要失去信仰。"对穆旦而言,哪怕这种信仰(或者说"理想")是痛苦的,他也要在虚无的荒原中绽放"意义"的花朵。这真是"丰富和丰富的痛苦"了:

> 只要痛苦还在,它是日常生活／每天惩罚自己过去的傲慢,／那绚烂的天空都受到谴责,／还有什么彩色留在这片荒原?

爱情、友谊、理想,原是诗歌永恒性的命题,但它们实际都短命得很,穆旦因此感到"痛苦"。他在1976年写的另一首诗《老年的梦呓》中总结说:"年轻的日子充满了欢乐,／啊,只为了给今天留下苦涩!"穆旦并不怨天尤人,他只是将这种"痛苦"看作是对"自己过去的傲慢"的"惩罚"。"绚烂的天空"受到"谴责",大地成了一片黑白的"荒原"。在此穆旦象征性地把个人遭际跟广大的社会变动交织起来:自我的惩罚、痛楚被叠印、嵌入到宏观天地的色彩剥夺中,从而写出了"一代人的历史记忆与经验"。由"痛苦"而来的理性思索,让穆旦超越了生死,他唱出了真正的"智慧之歌":

> 但唯有一棵智慧之树不凋,/ 我知道它以我的苦汁为营养,/ 它的碧绿是对我无情的嘲弄,/ 我咒诅它每一片叶的滋长。

短短四行诗,穆旦投入了太饱和也太复杂的感情,有领悟也有不解,有接受亦有不甘,以至愤激的诅咒。正是这些看来矛盾纠结的情绪流露,切实展现了晚年穆旦对他本人以及整整一代人的历史经验和生命痛感的"智慧"总结:智慧的彻悟和获得要以不断的"丧失"为代价。诗人坦然接受了这点,但并不轻易低头。某种程度上,《智慧之歌》就如同穆旦坚守信仰的誓言。它提醒我们,"智慧"绝非不食人间烟火的超脱与旷达;诗人的智慧应该像一只人生的蝴蝶,虽饱经风霜,仍然要以翩翩的舞姿穿越绵密的现实风雨。

超越绝境的"过程"
李丹梦讲史铁生的《命若琴弦》和《我与地坛》

史铁生的这两篇作品都写于20世纪80年代,《命若琴弦》是在1985年,《我与地坛》是在1989年。

20世纪80年代是中国当代文学的黄金期。伴随着"文革"的结束与反思,文学进入了一个思想和文体解放的"新时期"。史铁生的《我与地坛》既像大散文又像小说,这种文体的模糊性,便是文体解放、探索的一个明显例子。在80年代,文学的构思开始从政治书写转向个性化的创作探寻。无论是《我与地坛》,还是《命若琴弦》,时代背景都比较模糊,这亦可视为文学构思"向内转"的标记吧。

《命若琴弦》写得如同一则干净简练的寓言,其中蕴含的生命道理显然并不拘于一时具体的政治,它是亘古不变的。就像作品开头暗示的那样:两个瞎子,一老一少一前一后地在苍莽的群山中走着,头上的草帽起伏攒动,"像是随着一条不安静的河水在漂流,无所谓从哪儿来,也无所谓到哪儿去"。

《我与地坛》中的地坛位于北京安定门外,它原是明清两代皇帝在每年夏至时节祭祀土地神的场所,系中国现存的最大的祭地之坛,但史铁生在文中有意隐去了这点,从一开始,地坛就被设置为自我精神的地标。搬了几次家都在地坛周围,"我常觉得这中间有着宿命的味道:仿佛这古园就是为了等我,而历尽沧桑在那儿等待了四百多年"。史铁生一再强调《我与地坛》是散文而非小说,亦有维护和忠于自我心灵的味道。言下之意,这是关于内心、灵魂的诚实敞现与本真的言说,绝无小说式的虚构与造作。可以补充的是,2011年,就在史铁生去世后不久,《天涯》杂志上刊出了《关于在北京地坛公园塑造史铁生铜像的倡议书》,得到很多人的响应,这实可视为广大读者对作家灵魂书写的共鸣与呼应。虽然倡议最终没有实现,但史铁生也值了。在读者心里,地坛已成为史铁生心魂的外化,是生死一如的见证:只要地坛还在,文字还在,逝者就会永在人间。

跟20世纪90年代市场语境下的个性书写相比,20世纪80年代要拘谨得多。除了性欲表现得节制谨慎外,作家对个性的营造还难以摆脱政治的影响。个性的张扬,建立在政治合格、达标的基础上。与这种政治自律相应而来的,是字里行间浓重的理想性、强烈的责任感和道德意识。它们共同构成了80年代文学的特别标记。

某种程度上,史铁生的创作可视为20世纪80年代文学的重要收获。那神圣庄严的语调,执着而不无痛楚的意义追问,便是证明。现在人看史铁生,可能会感觉严肃、沉重甚至"正统"了点,但在80年代,这实在是相当自然的文学旨趣,特别是他对意义、价值的追溯寻求，一下子就让人回到了80年代。因特定的人生遭际，史铁生在文学从政治到个性建构的历史转型中，提供了一种难以复制和超越的、极具魅力的、深度的书写冒险和典范。他不是从欲望、肉身的维度去发掘和树立个性，而是直接切入对生命、存在困境（诸如苦难、生死、信仰、命运等）的凝视与追问。这不仅是个性的根基，也是政治的基础，说起来，政治不也属于人类生命的本能活动与筹划么？一种广义的"欲望"。史铁生就这样以感悟生命、存在之思的方式超越、涵容了政治，进而打造起无与伦比的个性。

2

史铁生1951年1月生于北京，1967年毕业于清华附中，属于老三届。老三届是颇具中国历史特色的一代人，由于在青春成长阶段里亲历了反右、大跃进、三年困难时期、中苏论战、文革和上山下乡等诸多剧变，这代人大多具有天然的政治情怀与抱负。史铁生也不例外。文革爆发不久，史铁生主动要求到延安插队，当了名知青。1983年，已在文坛小有名气的史铁生写下了一篇散文《几回回梦里回延安》，可见延安在他内心的分量。那是并不逊于北京地坛的精神所在，在宁静冥思的地坛背后，深藏着延安式的坚毅与理想、挫折与落寞。史铁生在延安呆了两年多，因剧烈莫名的腰腿痛回北京治疗，在友谊医院确诊为"多发性脊髓硬化症"，治了一年，结果却以双腿彻底瘫痪收场。那年史铁生21岁。他在一篇散文里详细记述了这段缠绵病榻、纠结痛苦的经历，标题就叫《我二十一岁那年》。这应该是史铁生个体记忆中最具历史意味的时间标志吧：一个触目惊心的转折，或者说是一个由疾病、创伤开启的个体"新纪元"？《我与地坛》开篇处说"地坛等我出生，然后又等待我活到最狂妄的年龄上忽地残废了双腿"，指的也是这回事。史铁生一辈子过得相对单纯、单调，他曾自嘲，"主业是生病，副业是写作"。瘫痪后，史铁生在街道工厂工作过七年，做的是在仿古家具上涂抹绘画的活。后来因急性肾损伤，回家疗养。1998年，史铁生因肾衰竭导致尿毒症开始透析。2010年的最后一天清晨，史铁生因突发脑溢血去世。此刻距离他60岁生日仅剩4天。

史铁生的写作与病痛，尤其是残疾密切相关。他的创作与残疾基本是同时发生、并行延续的。他的作品里，一个弥漫、核心的语汇就是残疾，《我与地坛》《命若琴弦》的主人公都是残疾者，并由残疾衍生到对尊严、爱情、死亡、宗教（上帝）的绵长思索与探讨。这些都是残疾者生存中必然面临的考验与问题。

《命若琴弦》写到小瞎子与兰秀儿的相恋，最终二人劳燕分飞。据说《我与地坛》中也潜伏着史铁生自己的一个优美而痛苦的爱情故事，他在最后一章的开头暗示了这点："要是有些事我没说，地坛，你别以为是我忘了……有些事只适合收藏，不能说，也不能想。它们是一片朦胧的温馨与寂寥，是一片成熟的希望与绝望。"愈是残疾的人，愈渴望关爱。身体的亏空似乎只能由爱（包括爱情、亲情和友情）来充满和弥补，至少在残疾发生的初期，人倾向于如此思维。就此而言，爱情的萌动、构思，实为残疾者自我救赎的本能行动。

在《我与地坛》里，上述爱的几种情愫都有涉及，像母亲的爱，与长跑家的友情，他和"我"之间那悖时不幸的"同病相怜"，还有那个弱智美丽的女孩与她的保护神哥哥，那对经常到园中散步的中年夫妇……他们既是"我"眼中所见的"地坛风景",又是"我"内心渴望的投射,就像作者在描述那对中年夫妇时所下的判断:"女子个子矮,也不算漂亮,我无端相信她必出身于家道中衰的名门富族;她攀在丈夫胳膊上像个较弱的孩子。"这里的"无端相信",很耐人寻味。俗话说,日有所思,夜有所梦。这话亦可反过来讲:夜有所梦,日有所见。地坛就是残疾者梦的延伸与实现,以文学的方式、写作的方式。这里的爱回到了它最初的意思,那就是人与人之间的牵系、联系。爱将残疾者重新纳入人群,给予他自信,缓解了他的孤独与异类感。

对史铁生来说,写作一方面是出于经济因素的考虑,但更重要的是来自心灵的需要:如果不想发疯或自杀的话,他就必须与残疾和解,进而在残疾的格局中踏实知足、尽量心态健康地生活下去。写作即是在践行这种希冀与可能。就此而言,史铁生的诸多作品亦可视为一部别开生面的疾病精神系列史。这是个从腿上开始思想的作家。他的写作和老瞎子的弹唱属于同类性质的构造,二者绝非单纯的艺术或谋生手段,它们就是生活本身,是残疾化存在的展开与对残疾命运的领悟、承受。

但凡遭遇残疾病患的人,都会有个锥心刺骨、徘徊不去的念头:为什么偏偏是"我"?怎么就让"我"撞上了残疾?一旦涉及残疾原因这类关乎命运密码的问题,文学的感知、思维是无法参透的,史铁生也不例外。《命若琴弦》中有个细节,兰秀儿出嫁了,这让小瞎子蓦地意识到残疾的巨大缺陷。他伤心地问师傅:"干吗咱们是瞎子!"老瞎子回答:"就因为咱们是瞎子。"这想必就是史铁生思考残疾命运的结果了。并没有一个摆在那里的命运让你去测量;追问命运,就像隔空喊话,你听到的都是自己内心的回声。换言之,所有对命运的探索,都会折返自身,它形同自我清理、自我对话、自言自语。

史铁生的写作越到后来越散文化,不仅淡化情节,忽略性格塑造,还频频采用对话的形式(《我与地坛》也是在作者与假想对象——地坛的对话中展开的),宛然一派心灵梦呓或哲学漫笔的"模样"。这种带有先锋前卫色彩的"向内转"的文体,除了外在的文学转型的感染、感应外,很大程度上是由作者对残疾命运的疼痛困惑、专注迷恋所致。那是种擒住不放的思索与抒情,洋溢着高密度的睿智和理趣,偶尔也会飘出淡淡的忧伤。

想起日本评论家竹内好对鲁迅的评价,他说鲁迅的作品是建立在虚无上的挣扎与舞蹈,史铁生的书写有类似的意味。命运越是没有应答,越是空无,人越要思索下去,越要自我对话、排遣和纾解。瞎眼师徒的问答,便是史铁生思考命运时内心两种声音胶着、辩驳的呈现。最终,个体除了接受残疾的命运安排、自我平复外,别无他途。当然,这需要时间。史铁生的自我平复,也远未结束。

为什么会这样?因为就是这样。这既是接受,亦有不甘。

3

《命若琴弦》的故事很简单。瞎子师徒翻山越岭,以弹琴说书为生。老瞎子始终记着师傅的遗言:必须亲手弹断一千根琴弦作为药引,瞎眼方可重见光明。这成了他浪迹天涯的信念与支撑。

弹断一千根琴弦的日子终于来了,老瞎子激动地从琴槽里取出师傅留下的药方单子去抓药,孰料药房伙计告诉他,那张他苦熬了五十年才等到的药方单，竟是一张无字的白纸。这让老瞎子几乎崩溃，他觉得心弦断了，身体也迅速衰老。直到想起还在等他归来的徒弟，老瞎子才慢慢振作起来。他告诉失恋的徒弟，自己之所以没有复明，是因为记错了师傅的话："得弹断一千二百根，我没弹够，我记成了一千。"而余下的二百根琴弦，老瞎子永远也弹不完了，他嘱咐徒弟继续弹下去。只要弹断一千二百根，就能看见光明。

当我们读到无字白纸的细节时，不禁愕然。但更让人惊愕的是老瞎子对徒弟的"欺骗"，虽然是善意的。历来对《命若琴弦》主旨的解读都是"过程论"：既然所有的目的、信念、希望都是虚设虚无的，既然生命注定是个自我的骗局，那就欢喜地过好每一天吧。

这种由残疾激发的人生本质的悲剧性认知，让人想到希腊神话里的希绪弗斯。希绪弗斯触犯了天条，宙斯罚他推石上山，抵达山顶后石头因自身的重量又落回原地。希绪弗斯只得永无止息地推下去。再没有比如此无望的劳作更可怕的惩罚了。这是宙斯的估计，一般人想必也是这么认为的。但倘若希绪弗斯在劳作中一直面带微笑，他甚至在推石中发现了某种奇妙的节奏，颇为享受地踩着拍子哼起小曲，那宙斯的如意算盘、他精心设置的惩罚岂非落空了？

这就是过程的超越了：不去想目的、结果，而是专注于当下的每个瞬间，如此，原本似乎注定无望的人生悲剧就变成了正剧，甚至喜剧。关于过程超越的想法，史铁生后来在散文《好运设计》中讲得更明确："对，过程，只剩过程了。对付绝境的办法只剩它了。"

《我与地坛》里有句话流传很广："一个人，出生了，这就不再是一个可以辩论的问题,而是上帝交给他的一个事实;上帝在交给我们这件事实的时候,已经顺便保证了它的结果,所以死是一件不必急于求成的事,死是一个必然会降临的节日。"这不是讴歌死亡,而是在表达悬置或放下死亡后的轻松释然。紧接着这句话,史铁生打了个比方:"比如你准备熬夜准备考试的时候,忽然想起有一个长长的假期在前面等着你,你会不会觉得轻松一点儿,并且庆幸、感激这样的安排。"话里那"长长的假期"指的应该就是人生的过程了。既然躲不开讨厌的考试,回避不了死亡与残疾,那就把过程经营好。

当老瞎子被无字白纸折磨得将死之际,他突然怀念起过去的日子来。他才意识到以往那奔波劳碌的翻山、行走、弹琴,乃至心焦、忧虑是多么快乐!为什么不能继续这样的生活呢?自己明明可以做到的。在一个自我设置的执着目标(诸如复明、重新站起或长生不老)上吊死,有意思吗?此时此刻,老瞎子终于明白了师傅的话:"记住,人的命就像这琴弦,拉紧了才能弹好,弹好了就够了。"这就是讲求过程的生命态度,是不计结果成败、注重当下的奋斗姿态和艺术人生。老瞎子经由弹琴克服了盲眼的黑暗,而史铁生则由写作改变了残疾的狭隘格局,走向自在的宁谧与充实。

"瓢虫爬得不耐烦了,累了,祈祷一回便支开翅膀,忽悠一下升空了;树干上留着一只蝉蜕,寂寞如一间空屋;露水在草叶上滚动,聚集,压弯了草叶轰然坠地摔开万道金光……"这是《我与地坛》里的句子,有股不同寻常的静气和魅力。它们是史铁生对当下的凝视与冥思,是他在最难熬的一段日子里弹响的生命旋律。作者说这些"都是真实的记录,园子荒芜但并不衰败"。就像他看似单调枯窘的人生，在旋律的鼓动下，每个瞬间竟不期然地透出了浓浓的天籁与生机。

2002年，史铁生获得首届华语传媒文学"终身成就奖"。授奖词写得极为贴切，我想以此结束我们今天的讲解："史铁生是当代中国最令人敬佩的作家之一。他的写作与他的生命完全同构在了一起，在自己的'写作之夜'，史铁生用残缺的身体，说出了最为健全而丰满的思想。通过体验生命的苦难，他表达了存在的明朗与快乐。"

大时代中的小家庭

文贵良讲杨绛《我们仨》

1

杨绛的《我们仨》是一部怀念亲人的散文集,出版于 2003 年,那一年她九十三岁。

"我们仨"指的是杨绛自己、丈夫钱锺书和他们的女儿钱瑗。女儿钱瑗因患骨结核病于 1997 年去世,不到六十周岁。仅仅一年后,1998 年,丈夫钱锺书又因病去世。两年之内,两位亲人接连离世,留下杨绛一个人孤独地生活。杨绛把自己对丈夫与女儿的思念用文字表达出来,因此这是一部写"死别"的书。生离死别中,"生离"还有团聚的希望,而"死别"再也没有团聚的可能。

"我们仨"这个标题来自杨绛女儿钱瑗的一篇散文的题目。

钱瑗在《我们仨》大题目下,列出了一组标题,依次如下:(一)父亲逗我玩。(二)母亲父亲教我读书。(三)"我们不想离开中国,不想做'白华'。"(四)我犯"混",大受批评。(五)父母互相改诗——他俩喜爱的游戏。(六)一次铭刻在心的庆祝会。(七)我得了新的"绰号"pedagogoose。pedagogoose 是钱锺书给女儿取的雅号，中文意思是"学究呆鹅"。（pedagogoose 由 pedagogue 一词加上 goose 演变而来，前者的意思为有学问的教师。）

小题目到此为止，这是钱瑗去世前还在写的文章。杨绛的《我们仨》是完成女儿没有完成的写作，借用女儿散文的题目，把女儿没有写完的文章继续写完，这是作为文学家母亲的杨绛对丈夫和女儿的最好纪念。

《我们仨》这部散文集分为三个部分，第一部分《我们俩老了》，很短，相当于小说的序幕。第二部分《我们仨失散了》，类似小说笔法，写一个梦。第三部分《我一个人思念我们仨》，这才是主体部分，记叙"我们仨"六十余年的共同生活。

杨绛称她的家是"不寻常的遇合"。"遇合"就是相遇组合；"不寻常"就是平凡而不平常。不平常指的是，他们三口之家在 20 世纪中国那些惊涛巨浪中是如何平安过渡的。

《我们仨》的主体部分从杨绛与钱锺书出国写起，时间在 1935 年 8 月。1937 年 5 月，女儿钱瑗出生在英国的牛津。然后一直写到 1998 年 12 月钱锺书去世。前后跨度六十多年。这六十多年中，中国处在大变革的大时代中：先是抗日战争、国内革命战争；紧接着新中国成立，进入开天辟地的新时代；50 年代的土地革命、公私合营、反右、"大跃进"，运动一波接一波；60 年代经过短暂的休整后，"文化大革命"爆发，又是十年的动荡不安；1978 年改革开放，1990 年推行市场经济政策，历史又揭开新的一页。

在这样的大变革中，中国不知有多少家庭在演绎着悲欢离合的故事。杨绛的"我们仨"，却是相聚的时候多，分离的日子少。经受了时代风雨的冲刷，却没有遭受太多的政治打击，平平安安。

这对于一个高级知识分子家庭来说，非常难得。

50年代没有被打成右派，"文化大革命"中没有遭受迫害，这是如何做到的？

一般人认为，是钱锺书被选入《毛泽东选集》英文翻译小组这一身份做了护身符。这自然是一个重要原因，但不能忽略其他因素。

第一，他们没有卷入政治旋涡中。如果卷入政治斗争中，很难全身而退。举一个例子：周扬，20世纪30年代是左联领导人，40年代是阐释和传播毛泽东文艺理论的理论家，新中国成立，曾担任过中央宣传部副部长、文化部副部长，对党和国家忠心耿耿，对毛泽东本人也忠心耿耿，结果如何？秦城监狱里被关了十年。

第二，他们不争权，不争名，不争利。奉行这三不主义，就不会出现处心积虑打压他们的人。尽管他们有些孤傲，不与人亲近，但也不会有仇恨他们的人。

第三，他们坚持一种沉默姿态。他们在"大鸣大放"中保持沉默，没有提任何批评意见，没有发表任何右派言论。就是有人想抓证据也抓不到。这就如钱锺书的字——默存一样。默存，即默默地生存。因为默默地生存，所以能平安地生存。因为平安地生存，所以能长久地生存。有人会批评他们作为知识分子，没有对社会中的不合理提出批评和抗议，只是明哲保身，不足为训。对于这一点，钱锺书也有自我反省。他在给杨绛的《干校六记》写的序言中，认为杨绛漏写了一篇《运动记愧》，这"愧"就是愧疚。不过，他们没有为了保全自己，去造谣诬陷他人，去落井下石。就此而言，一个知识分子的基本底线是保存了的。

杨绛一家是大时代中的小家庭；在大时代的暴风巨浪中，成了一个相对平静的港湾，相对坚实的岛屿。这是温馨的一家、和睦的一家。

杨绛和钱锺书都是知识分子，都很有个性。学会妥协和包容，是构筑温馨的家的基本条件。钱锺书才华横溢，但现实生活能力比较低下，他分不出左右。杨绛喜爱钱锺书，既要能欣赏他的才华，又要能忍受他的笨拙。杨绛在英国生女儿，住在医院里。钱锺书这段时期一个人过日子，每天到产院探望，常常苦着脸说："我做坏事了。"而杨绛每次都是鼓励。这份容忍是保持爱情持久的溶液。

抗日战争中，钱锺书回到上海与杨绛、钱瑗团聚，接到父亲钱基博从湖南寄来的信，要钱锺书去湖南一所国立师范大学任英文系系主任，并侍奉父亲。当时，钱锺书被西南联大聘任为英文系教授。该如何选择？钱家的人都主张钱锺书去湖南，与父亲一起工作，钱锺书不敢违抗父命。独有杨绛认为，钱锺书父亲身边一直有人侍奉，并不需要儿子过去。钱锺书当时就任西南联大教授，学校并没有解聘他，应该去西南联大。但最后，杨绛还是妥协了，钱锺书去了湖南。

即使是最幸福的家庭，也免不了病痛和死亡。丈夫和女儿都病了，两人住在不同医院。杨绛在两个医院之间跑动。如何来记叙这段痛苦的日子，见证亲人离开人世的最后岁月？杨绛采用艺术的表达方式，把丈夫和女儿生病最后离开人世的过程化为一个"万里长梦"。这就是《我们仨》的第二部分。亲人病重，无论对哪方都是一场噩梦。但杨绛的所谓"万里长梦"，也不排除暗示着亲人病好的希望。那场生病死别的过程，对活着的人来说，恍如梦中。把现实生活、对亲人思念而产生的梦幻般的感觉结合起来，把亲人去世的过程写得迷离恍惚。

1981年,杨绛一家搬入三里河寓所,他们拍照留念,还有题记:"我们终于有了一个家。"可见搬入三里河寓所,他们一家无限欣喜。

　　可是等到女儿与丈夫先后离去,对于老人杨绛来说,亲人没有了,家的温馨没有了。杨绛写道:"三里河寓所,曾是我的家,因为有我们仨。我们仨失散了,家就没有了。""不过三里河的家,已经不复是家,只是我的客栈了。"

　　杨绛把三里河寓所比喻为"客栈"自然寄托着对丈夫和女儿的浓浓思念,这是对于他们一家曾拥有的美好过去而言的。相对于杨绛自己的未来来说,客栈的比喻则另有含义。既然三里河寓所是客栈,那么杨绛自己就是旅客。既然是旅客,她的旅途总有一个终点。杨绛知道这个终点是什么,但没有明说。

　　神学家托马斯·阿奎那曾有一句名言:人生在世,不过是过路的旅客。也许,在阿奎那那里,过路的旅客最终将迎接神的到来。而杨绛把家作为客栈,把自己视为旅客,或许暗示着最后将去另一个世界与丈夫和女儿团聚。

神游的脚步磨得夜气发烫……
张业松讲张炜《融入野地》

1

《融入野地》这篇作品本来是张炜为他的长篇小说《九月寓言》写的"代后记",被著名文学期刊《上海文学》的编辑发现后,作为头条、并加编者按在1993年第1期隆重推出,赢来一片叫好之声,成为20世纪90年代文学中激动人心的文本。

在其后的很多年,这篇作品也一直被作为张炜本人和整个时代的代表性作品,被反复转载、选编、讨论和研究,围绕它已经产生了大量的次生文本。因此可以说,这篇产生于离我们最近的"当代"环境中的作品,也已经是被高度"经典化"了的经典作品。由于篇幅关系,我们不可能在这里系统回顾《融入野地》的阅读史,不妨先看看同时代的代表性论述。

首先是《上海文学》的"编者的话"。

一般情况下,"编者的话"会比较周全地照顾到该期的多数作品,用很大篇幅谈论其中的一篇算是例外情况。《融入野地》正是作为这样的例外被谈论,并给予了时代性定位:"我们将张炜的近作《融入野地》列为头条,因为这篇作品不仅仅是张炜的内心独白,而且堪称张炜那一代'知青作家'的一个'精神总结'。"

编者认为,其代表性在于代言了"一代'知青作家'"对于艺术的求索、忠诚和坚贞:"《融入野地》中不仅有反思,更有对于未来的心灵宣言:'这个世界的物欲愈盛,我愈从容','人需要一个遥远的光点,像渺渺的星斗。我走向它,节衣缩食,收心敛性','就为了精神上的成长,让诚实和朴素、让那份好德行,永远也不要离我','那么,漫长的消磨和无声的侵蚀,我也能够陪伴'。张炜在这篇近作中为我们刻画了一个既充满理想情怀,又脚踏实地,坚持其精神劳作的我国新一代知识分子的人格形象。我们可以将这篇文字看作小说,也可以看成是散文,是议论,是诗,是一种超越文体界限的文体。"20世纪90年代初商品经济大潮初起,整个社会和文学一度陷入精神趋向上的迷茫期,做出这样的解读和评价,看来这篇作品首先是让《上海文学》的编者感动了,使他们从中读出了知音之感:在这样的时代"首先是出于自己的需要,而并不是为着市场的需要"写作,坚守"文学性、当代性、探索性","我们并不孤单"。

王安忆则从中读出了"情感的生命",并在写于1995年的《王安忆选今人散文》的长序对之做了浓墨重彩的评述:

> 张炜所命名"野地"的那个东西,是什么呢?它是一个真正与我们肌肤相亲的世界,是我们的情感源于生长的地方。怪也怪张炜在文章开始便以排斥"城市"的说法,非此即彼地导致了乡村的概念。他说:"城市是一片被肆

意修饰过的野地,我最终将告别他。"我意识到"城市"在此地只是一种代指,代指那隔在我们与"野地"之间的所有地带。它虽是一个形象的词,但却有产生误导的影响。其实这是与城市和乡土都无关的一个概念,它指的是那个最感性的世界,就像文章开头的第二句:"我想寻找一个原来,一个真实。"……张炜在这里是以追根溯源的方式讲述感情的形态,他着重的是它的生机,健康而蓬勃而新鲜。那就像他歌颂过的玉米,从泥土里生长出来。他写了许多寻根的句子,可你切莫以为他在寻根,他要做的事比寻根困难得多,也要紧得多,他在寻找那个与我们的情感休戚相关的世界,我们的情感,全是从此有了反应,形成触动。就好像一只手在黑暗中,失去视力的帮助,去触摸那个给予凉热痛痒的光和力的源。

这是很精彩的评述。可以说是一位卓越艺术家与另一位卓越艺术家之间基于各自的艺术实践和探索经验的真正的同声相应、同气相求。王安忆以艺术家的敏锐,非常准确地把握住了作家的脉搏和作品的脉络,不仅对作品内涵的解读到位,对解读中可能存在的陷阱和误区的提醒,今天看来,也是富于洞见的。

让我们回到作品,建立对文本的直观感受。

以下是开篇:

城市是一片被肆意修饰过的野地,我最终将告别他。我想寻找一个原来,一个真实。这纯稚的想念如同一首热烈的歌谣,在那儿引诱我。市声如潮,淹没了一切,我想浮出来看一眼原野、山峦，看一眼丛林、青纱帐。我寻找了，看到了，挽回的只是没完没了的默想。辽阔的大地，大地边缘是海洋。无数的生命在腾跃、繁衍生长，升起的太阳一次次把它们照亮……当我在某一瞬间睁大双目时，突然看到了眼前的一切都变得簇新。它令人惊悸、感动、诧异，好像生来第一遭发现了四周遍布奇迹。

这是一种陌生而有力的言述方式，语言极富表现力，几乎一下子就在读者眼前拓开了一片陌生而奇异的境界，生机蓬勃，辽阔而盛大。前面说到，《融入野地》本是长篇小说《九月寓言》的"代后记"，本质上是一种通常称之为"创作谈"的文体。事实上正是如此。创作如何发生、境界如何达成、技术如何实现、追求在哪方面，如此等等，才是它真正要面对和处理的问题。所以作品中大篇幅看起来一空依傍、孑然独往的诗意化的写景、抒情和议论，并非真正意在对"野地"发思古之幽情，像后来批评者李振所说的那样，背对过度现代化的城市文明，向着失落的乡土乌托邦顶礼膜拜，"用回归乡土、融入野地消解切实的苦难和不公"、"在有意无意间走向了宿命和精神的萧条"。

正如王安忆所提醒的，"他写了许多寻根的句子，可你切莫以为他在寻根，他要做的事比寻根困难得多，也要紧得多"，在解读张炜作品时要警惕"非此即彼"的"误导的影响"。实际上作品在说的"野地"风景和处境，"只是没完没了的默想"中的情境，是在"市声如潮，淹没了一切，我想浮出来看一眼原野、山峦，看一眼丛林、青纱帐"的过程中"收视反听，耽思傍讯，精骛八极，心游万仞"的结果。简言之，这是一位作者沉浸到自己的思维和想象世界里神游的情景。有经验的写作者对此都不会陌生，它正是有质量的创作的发端和起意。

所以，《融入野地》中一切关于野地和野地经历的想象和描写，其实都不应该看得太实，而应在象征隐喻的层面去理解。作品从创作的发端和起意开始，立志寻求自己独有的创作之路，由此开始背对人群和喧嚣，舍弃在其中习得的一切装备，朝向未知的荒野，寻求自己的立身之地："这条长路犹如长夜。在漫漫夜色里，谁在长思不绝？谁在悲天悯人？谁在知心认命？心界之内，喧嚣也难以渗入，它们只在耳畔化为了夜色。无光无色的域内，只需伸手触摸，而不以目视。在这儿，传统的知与见已经失去了原有的意义。神游的脚步磨得夜气发烫，心甘情愿一意追踪。承受、接受、忍受……一个人真的能够忍受吗？有时回答能，有时回答不，最终还是不能。我于是只剩下了最后的拒绝。"

"这条长路"即是创作和思考求索之路啊，长路在长夜里伸展，长思不绝，知心认命，悲天悯人，"无光无色的域内，只需伸手触摸，而不以目视。在这儿，传统的知与见已经失去了原有的意义。神游的脚步磨得夜气发烫，心甘情愿一意追踪……"在中国文学史上，创作谈算得上是一种发达的文体，但自古以来能把创作过程说得如此诗意盎然、引人入胜而又精准到位的，我的印象里是前所未见。就创作谈而言，《融入野地》可以说是一篇高度原创性的创作谈，其中涉及的创作规律和艺术学主题，是值得好好重视，认真总结的。王安忆所论，也正是这方面的问题。

弄清楚了这一点，才能回过头来更好地讨论关于这篇作品的最基础的问题：何谓"融入野地"？

作品中说：

田野上有很多劳作的人，他们趴在地上，沾满土末。禾绿折遮着铜色的躯体，掩成一片。土地与人之间用劳动沟通起来，人在劳动中就忘记了世俗的词儿。那时人与土地以及周围的生命结为一体。看上去，人也化进了朦胧。要倾听他们的语言吗？这会儿真的掺入了泥中，长成了绿色的茎叶。这是劳动和交流的一场盛会，我怀着赶赴盛宴的心情投入了劳动。我想将自己融入其间。

这才是"融入野地"的本义，即"赶赴劳动和交流的盛会"。或更准确地说，即是投入劳动，全身心沉浸其中，使"人与土地以及周围的生命结为一体"，在其中消融了自身的存在，也使自身全部化为感觉器官，全面扩大了自身的感知。

作品在这方面感受的描摹上花费了最多的笔墨，也最为出彩，可谓处处警句金句，让人忍不住拿小本子摘抄下来，多多益善：

"我隐于这浑然一片，俗眼无法将我辨认。我们的呼吸汇成了风，气流从禾叶和河谷吹过，又回到我们中间。这风洗去了我的疲惫和倦怠，裹挟了我们的合唱。谁能从中分析我的嗓音？我化为了自然之声。我生来第一次感受这样的骄傲。"

"我所投入的世界生机勃勃，这儿有永不停息的蜕变、消亡以及诞生。关于它们的讯息都覆于落叶之下，渗进了泥土。新生之物让第一束阳光照个通亮。这儿瞬息万变，光影交错，我只把心口收紧，让神思一点点溶解。喧哗四起，没有终结的躁动——这就是我的故地。我跟紧了故地的精灵，随它游遍每一道沟坎。我的歌唱时而荡在心底，时而随风飘动。精灵隐隐左右了合唱，或是合声催生了精灵。我充任了故地的劣等秘书，耳听口念手书，痴迷恍惚，不敢稍离半步。"

"眼看着四肢被青藤绕裹，地衣长上额角。这不是死，而是生。我可以做一棵树了，扎下根须，化为了故地上的一个器官。从此我的吟哦不是一己之事，也非我能左右。一个人消失了，一棵树诞生了。生命仍在，性质却得到了转换。"

"这样，自我而生的音响韵节就留在了另一个世界。我寻求同类因为我爱他们、爱纯美的一切，寻求的结果却使我化为了一棵树。风雨将不断梳洗我，霜雪就是膏脂。但我却没有了孤独。孤独是另一边的概念，洋溢着另一种气味。从此尽是树的阅历，也是它的经验和感受。有人或许听懂了树的歌吟，注目枝叶在风中相摩的声响，但树本身却没有如此的期待。一棵棵树就是这样生长的，它的最大愿望大概就是一生抓紧泥土。"

这样的"融入野地"，是忘我、虚己的意愿和境界，是在混沌和喧嚣中使自己宁静下来，重新从根基、底部、立足点和安养自身的基础处汲取力量、自我更新、凤凰涅槃的追求。农耕文明只是其表象和喻体，"野地"与其解读为荒野之地，毋宁解读为精神上的有待开垦和拓殖之地。所以在根本上，这个文本表达的不是精神上的收缩取向，反而是投向未知、洗却浊知、获取新知的精神更生和进取之象。在近代以来的社会思想史上,这是一个经典化情境下的经典化思维形态,在每一个文明转折关头都有其表现形态。

张炜的这篇创作谈及其所附属的长篇杰作《九月寓言》,生逢世界历史和中国社会的转折阶段,表达了明确的告别("拒绝")和清算("孤独")的意愿,从身心无根状态中摆脱出来,重建生命和生存根基,使生命状态由局限到开阔,从局促到舒展,气象一新,境界全出,确实是有他的独到之处和独得之密。自那以来四分之一世纪过去了,张炜始终沉浸在自己的艺术世界里,旁若无人地独自劳作,取得了以十卷本《你在高原》(获茅盾文学奖)为代表的丰硕成果。

如果要说今天的普通读者从中能得到什么启示的话,首先应该是一个杰出的艺术生命如何被激发和再造的故事吧!

打开文本,通篇都是这个故事迷人的声音,它所提出的考验是我们是否学会了倾听:

"我消磨了时光,时光也恩惠了我。风霜洗去了轻薄的热情,只留住了结结实实的冷漠。站在这辽远开阔的平畴上,再也嗅不到远城炊烟。四处都是去路,既没人挽留,也没人催促。时空在这儿变得旷敞了,人性也自然松弛。我知道所有的热闹都挺耗人,一直到把人耗贫。我爱野地,爱遥远的那一条线。我痴迷得不可救药,像入了玄门……"

"在我眼里,孤独是可怕的,但更可怕的是放弃自尊。怎样既不失去后者又能葆住心灵上的润泽?也许真的'鱼与熊掌不可兼得',也许它又是一个等待破解的隐秘。在漫漫的等待中,有什么能替代冥想和自语?我发现心灵可以分解,它的不同的部分甚至能够对话。可是不言而喻,这样做需要一份不同寻常的宁静,使你能够倾听。"

"人需要一个遥远的光点,像渺渺的星斗。我走向它,节衣缩食,收心敛性。愿冥冥中的手为我开启智门。比起我的目标,我追赶的修行,我显得多么卑微。苍白无力,琐屑庸懒,经不住内省。就为了精神上的成长,让诚实和朴素、让那份好德行,永远也不要离我,让勇敢和正义变得愈加具体和清晰。那么漫长的消磨和无声的侵蚀,我也能够陪伴。"

这个故事所包含的信息确乎异常丰富,关于孤独与充实、冷漠与温柔、繁复与单纯、卑微与强大、德性和自尊等的辩证与确认,都足以拓展我们的想象、丰富我们的心灵,教给我们何谓有质量的内在充盈的生存……

尾声

面对暮云，不忘理想
陈思和讲巴金《随想录》

巴金先生曾经是一个有信仰的人。但是在他的晚年，这个"信仰"是否还在悄悄地起着作用？这个问题巴金生前没有给以准确的回应。在他晚年著述中，取而代之的是一再出现的"理想"、"理想主义""理想主义者"等说法，核心词是"理想"。那么，巴金早年的"信仰"与晚年的"理想"是否可以重叠？"理想"在巴金晚年构成什么样的意义？

要清晰地回答这个问题并不容易。巴金生前几乎拒绝回答研究者有关信仰的询问，有意识地规避了任何可能引起质疑的话题。但是，这种有意识的规避，似乎又透露出巴金并没有真的把这个在"文革"中曾给他带来过灾难的话题轻松放下，反而成为他越来越沉重的精神负担。弥漫在他晚年著述的字里行间挥之不去的精神痛苦，假如仅仅在世俗层面上以所谓的反思"文革"的教训、家破人亡的灾难、痛定思痛的忏悔等等理由来解释，无论是出于何种目的，都无法真正还原这份精神现象的沉重性。因为巴金在他晚年著述里所努力表达的，不是社会上普遍认同的现象，而是属于他个人的"这一个"所面对的精神困扰和危机。

《随想录》以及其后出版的《再思录》在巴金晚年著述中是一个特殊存在，是当代思想文化领域难得的一份精神自白、忏悔和呼喊的文本。作家在写作中面对种种困难，使他无法用卢梭式的坦率来表述自己内心痛苦。这里有很多障碍：首先作家是一个无神论者，他的忏悔没有明确的倾诉对象，他常常把对象内化为对自身的谴责和惩罚；其次是作家对这种越来越汹涌地浮现出来的忏悔之情或许没有足够准备，因此《随想录》文本内涵前后是有变化的，前面部分主要还是回应社会上各种引起争议的文化现象，而越到后面，他的关注点越接近自己的内心，尤其在完成《随想录》以后的各种文章里，与他早年信仰有关的话题越来越多。也就是说，越接近生命的终点，巴金越想把埋藏在内心深处的话倾吐出来，这也就是他为什么一再说要把《随想录》当作"遗嘱"的深层含义；其三，巴金晚年经历了"文革"时期的精神危机和"文革"以后的觉醒，另一方面他又理性地意识到自己身处的文化生态远没有可能自由讨论其信仰，这是他在态度上犹犹豫豫、修辞上吞吞吐吐的主要原因。巴金对信仰问题的真正想法，我们并不是很清楚，作家本人也很暧昧，或许他心里很明白，在信仰问题上他是极为孤立的，在现实社会几乎找不到真正的共鸣者，他不愿意信仰再次被庸俗化，更不愿意信仰再次遭到世俗误解与戮辱。归纳种种迹象，《随想录》是一个未最后完成的文本，它并没有把巴金想说的话毫无保留地表达出来。与其说巴金在犹豫，还不如说，他是在等待和寻找。在这个类似等待戈多的漫长过程里，巴金一再祭出"讲真话"的旗帜，不仅向人们提倡要讲真话，更可能是作家对自我信心的一种鞭策。巴金晚年著述更大的动力来自他内心倾诉的需要，希望通过向读者倾诉来化解自己心理上的沉重压力。

○ 1 ○

《随想录》是一部思想内容极为丰富的著作。它既是对刚过去不久的民族灾难的深刻反思，提醒人们不要忘记历史的惨痛教训；同时也真实记录了作家本人直接参与1980年代思想解放运动中各种论争的全过程，成为一部真实保留时代信息的百科全书式的文献。此外还有更加隐秘的含义。那就是《随想录》的书写，是巴金重塑自己的人格，重新呼唤已经失落的理想的努力；写作过程也是巴金的主体不断提升和超越的过程。《随想录》要表达这层含义，远比揭开前两层意义更为艰难。巴金开始写《随想录》的时候，已经是一个七十多岁的老人，人生七十古来稀，在政治迫害中坚持到高龄已属不易，但是在七十多岁以后还要重新反省自己的人生道路，还要追求一种对自我的否定之否定，应该说，这是他所面对的最大挑战。

在写作《随想录》过程中，巴金还遇到另一个挑战：生命渐渐老去。他多次生病住院，越来越严重的帕金森综合征让他的手无法轻易捏住笔杆挥洒写字。他既不会用电脑写作，也不愿意口述录音，就这样独自一人拿着一支笔，一个字一个字地写出来。如他所说："的确我写字十分吃力，连一管圆珠笔也几乎移动（的确是移动）不了，但思想不肯停，一直等着笔动。我坐在书桌前干着急，慢慢将笔往前后移，有时纸上不出现字迹，便用力重写，这样终于写出一张一张的稿子，有时一天还写不上两百字，就感觉快到了心力衰竭的地步。"

读到这里，我们不禁要问：巴金为什么要选择这样痛苦的写作生活？他晚年究竟是被怎样的一种激情所支配？

巴金晚年著述的真正动机，即便是他的同时代人也不太了解，很多人，包括巴金的亲朋好友，都发出过这样的疑问："他为什么活得这么痛苦？"社会一般舆论都认为这种痛苦来自巴金对历史浩劫念念不忘，然而本文试图从另外一个角度来解释：外在磨难以及对磨难的抗衡，都不可能是巴金晚年写作最根本的动力；只有来自他内心的巨大冲动，他自己觉得有些深藏在心底里的话不得不要说出来，同时又不能让深藏在心底的话随随便便地说出来而受到误解，这才是巴金晚年的最大困境。巴金在晚年著述里反复地宣告："我有话要说。"在《随想录》最后一卷《无题集》的"后记"里，他动情地说：

……我的"随想"真是一字一字地拼凑起来的。我不是为了病中消遣才写出它们；我发表它们也并不是在装饰自己。我写因为我有话要说，我发表因为我欠债要还。十年浩劫教会一些人习惯于沉默，但十年的血债又压得平时沉默的人发出连声的呼喊。我有一肚皮的话，也有一肚皮的火，还有在油锅里反复煎了十年的一身骨头。火不熄灭，话被烧成灰，在心头越积越多，我不把它们倾吐出来，清除干净，就无法不做噩梦，就不能平静地度过我晚年的最后日子，甚至可以说我永远闭不了眼睛。

这段话清清楚楚地表明，写作《随想录》的真正驱动力来自作家内心，巴金的心里有许多难以言说的话需要倾吐。为什么说是"难以言说的话"？如果这些话很容易说出来，那就用不着这么吞吞吐吐，完全可以直截了当地说出来，巴金早年文风一向是爱憎分明、简洁明白，可是到了晚年反而变得含糊委婉，这一定是有其真正"难以言说"的困难所在。他把这种言说，解释成"欠债要还"，那么我们就要了解，他究竟欠了什么债？谁的债？又如何还债？他用"十年浩劫"来影射自己内心变化，"十年浩劫"在这里应该是泛指极左路线对作家心理产生的压迫感，他不得不保持沉默，但是当"浩劫"被推向极致，成为全民族灾难的时候，他却觉醒了，有了发出声音的勇气。这里所说的"一些人"或沉默或发声，都是作家自我的指代。再接下来他直接形容内心的挣扎，形容自己要说出真话还是不说真话的纠结，他用了一系列形象的词——话、火、灰、油锅、骨头，等等，描述他内心斗争的复杂性。"话"是指作家要讲真话，"火"则代表了理性，常言道"洞若观火"，火是一种对世道的通达、透彻的理解。人的理性来自对社会生活的认知，理性会对人要"讲真话"的欲望实行管控，指令他把要说的"话"吞咽下去，藏到肚子里不要说出来。于是"话"就成了"灰"沉积在心底里。可是作为理性的"火"继续在他的内心发酵，因为理性还有另外一面，那就是良知。良知在不断地提醒他：你必须要讲真话，你必须要把藏在心里的话大胆说出来。这样一种思想的自我斗争，理性和良知的斗争，对巴金来说非常之痛苦。他用"油锅的煎熬"来形容内心挣扎，而"煎熬"的结果，就是这部提倡讲真话的《随想录》。最后一个形容词是"骨头"，不仅指代他被煎熬的身体和内心，更隐含了"风骨"和"勇气"的意义。

那么，在这一系列被艰难挑选出来的词组所形容的内心斗争过程，指向了巴金最终要表达的意思。他心中有一个最宝贵的东西，想说出来，但又不想轻易说出来，这个东西肯定不是一般的反思"文革"，也不是一般的思想文化斗争，因为这些都是思想解放运动中必须解决的问题，是当时推行改革开放路线的中共中央坚定不移的意志，如果没有这些前提，要推行经济改革路线是不可能的。巴金在《随想录》中许多言论看似尖锐，其实是当时政治生活转轨的信号，被巴金敏锐地捕捉到了。在今天的环境下来看就是一般的常识。正因为如此，关于巴金在晚年著述中最隐秘的写作激情，我们还要从另外的维度去找，那就是他曾经失落的"理想"，这与他的一生的奋斗与信仰有关。

2

现在学界已经有了定论：巴金早年是一个无政府主义者。这个结论既是对的，又不完全准确。"巴金早年是一个无政府主义者"这个定义的依据：无政府主义没有具体的政党组织，也没有约束个人的纪律，仅就他和信仰的关系而言，主要体现在思想接受和个人道德修养，并不是特指某组织系统的成员。但巴金的特殊性在于他是一位作家，在他的自述性文字里，他把自己与无政府主义的关系描写得很有戏剧性。如他对阅读廖抗夫的《夜未央》后的心情，是这样描写的：

> "它给我打开了一个新的眼界。我第一次在另一个国家的青年为人民争自由谋幸福的斗争里找到了我的梦景中的英雄，找到了我的终身的事业。"

很显然这个"终身事业",指的就是实现无政府主义的社会理想。他接着就参与了成都的几个无政府主义小团体的工作,并说:"我自称为'安那其主义者',就是从那时候开始的。"1927年,他在巴黎收到无政府主义者凡宰特从美国监狱里写给他的信,这样描写自己的激动情绪:

"我把这封信接连读了几遍,我的感动是可以想象到的。我马上写了回信去,这几天里面我兴奋得没有办法的时候,又在练习本上写了一点东西,那就是《立誓献身的一瞬间》(第十一章)了。"

这里提到的《立誓献身的一瞬间》,后来成为《灭亡》的第11章,里面写到李冷兄妹为理想而"立誓献身":

"一道光辉出现在李冷底脸上,一线希望在绝望中闪耀起来。'我们宣誓我们这一家底罪恶应该由我们来救赎。从今后我们就应该牺牲一切幸福和享乐,来为我们这一家,为我们自己向人民赎罪,来帮助人民。'……这样一瞬间在那般甘愿牺牲一切为人民谋幸福的青年,便是唯一的幸福的时候了。虽然这一瞬间就是贫困、监禁、死亡底开端,但他们却能以安静的笑容来接受。因为他们深切地明白从这时候起,他们便是做了人,而且尽了人底责任了。"

正因为有过这样一些仪式感的描写,我们似乎可以确定,巴金早年是一位自觉的无政府主义者。

但是从中国无政府主义运动的发展史来看，巴金作为一个"无政府主义者"又是不够完整的。从他在1920年阅读《告少年》《夜未央》，参加成都的"半月""均社"等小团体，到1929年他从法国回国，大约十年左右（即从15岁到25岁）。晚清民国期间，中国无政府主义运动有几个影响较大的派系，如参加同盟会从事暗杀活动的师复一系，偏重于社会政治实践与个人道德修养；与法国勤工俭学运动密切相关的吴稚晖李石曾一系，偏重于走上层政治路线；有北京大学等高校背景的黄凌霜等人，偏重于无政府主义理论研究；还有一些分散在广东、湖南、汉口等工人集中区域从事工运的无政府主义者，如区声白、黄爱、庞人铨、施洋等。后三派系的无政府主义者后来在实践中逐渐被分化，其中有许多人转变为早期共产党人，牺牲了生命。然而巴金不属于这四个派系的成员，他与他的同志们从成都到上海、南京积极办刊和从事宣传等工作，都属于边缘性的自发活动，一直没有进入无政府主义运动的核心层。唯师复是他最尊敬的前辈，也是他服膺无政府主义的楷模，但是师复早逝，没有与他发生实际的联系，倒是师复一生献给理想以及严于律己的自我道德约束，后来成为巴金精神的榜样。

事实上我们在判断"巴金早年是一个无政府主义者"时，已经排除了巴金与无政府主义运动实际构成的关系。巴金个人的无政府主义经历有几个明显的特点：第一，他是通过与国际无政府主义大师的思想交流，建构起自己的理想世界。他从阅读克鲁泡特金、巴枯宁、蒲鲁东等著名无政府主义理论家的著述，阅读廖抗夫、斯捷普尼雅克、赫尔岑、妃格念尔等作家的创作与回忆录等，直接从西方接受了无政府主义的理想及其理论；第二，他是通过与国际无政府主义活动家如高德曼、柏克曼、凡宰特等人的私人通信，直接感受到他们的人格魅力，从而在精神品格上得到提升；第三，鉴于前两个特点，巴金作为无政府主义者从一开始就有相当高的精神站位，他的无政府主义理论思想基本上来自西方，他是通过与西方大师们、偶像们、先烈们的精神对话来武装自己，而不是从中国政治运动的实际状况出发来总结经验教训，提升自己的理论。因此他对于中国实际的无政府主义运动是生疏的，也是脱节脱离的；第四，即便如此，并不表明巴金不关心或拒绝无政府主义的实际运动。1928年底，已经获得成熟理论装备的巴金回到中国，他是有心在无政府主义运动实践中发挥指导作用的，但在1929年，国民党政权已经建立了一党专制的社会体制，无政府主义运动风流云散，难起波澜。1930年10月，国内残存的无政府主义者聚集在杭州游湖开会，讨论无政府主义运动的工作。但这个会的实际结果，只是策划一个宣传理论的刊物《时代前》（月刊），只办了六期。从此中国再也没有政治意义上的无政府主义运动。严酷的现实给了巴金当头一棒，他原来规划的人生道路全部改变了。

20世纪20年代末，中国的无政府主义运动发生分化。一些头面人物采取了与国民党政权合作途径，实际上已经放弃了无政府主义理想；一部分激进的青年无政府主义者转向了共产党领导的革命实践；更有大部分怀有无政府主义理想的人转向了民间岗位，他们办教育、办农场、组织工会、从事出版，不再空谈无政府主义，而是把无政府的社会理想转化为一种伦理情感，熔铸于具体的工作热情，成为岗位型的知识分子。巴金后来多有接触的，主要就是这样一批无政府主义者。在转型过程中巴金的生活道路也开始发生变化，他走上了文学写作的道路。

巴金具有写作天才，他的写作很快就取得了成功。他想做一个政治革命家没有做成，却无意间成就了一名优秀的小说家。但是巴金以文学事业来取代理想主义的革命事业，与大多数无政府主义者——他们将理想激情转化为伦理情感与道德修养，落实在具体的岗位上，努力把工作做得尽善尽美——还是不一样的。后者有许多成功的事例，如福建泉州的黎明高中与平民中学，上海的立达学园与文化生活出版社，最杰出的代表是匡互生与叶非英。然而巴金的理想主义的文学创作并不如此，他的写作目标仍然是通过文学来宣传自己的理想，鼓动读者接受他的文学煽情，间接达到献身理想的目的。他对文学艺术本身的价值并没有太多考量，更没有因为自己创作获得市场成功而沾沾自喜，反而，文学事业的成功对他构成了一种精神压力。巴金本能地意识到，他似乎离开自己的理想越来越远了。在1933年巴金给自己的精神导师爱玛·高德曼的一封信里，如此痛苦地倾诉：

> E.G，我没有死，但是我违背了当初的约定，我不曾做了一件当初应允你们的事情。我一回国就给种种奇异的环境拘囚着，我没有反抗，却让一些无益的事情来消磨我的精力和生命……这五年是多么痛苦的长时间啊！我到现在还不明白我是怎样度过它们的。然而这一切终于远远地退去了，就像一场噩梦。剩下的只有十几本小说，这十几本小说不知道吸吮了我多少的血和泪……

这既是对自己回国以后五年写作生活的否定和忏悔，也隐含了对自己日趋平庸的未来日常生活的恐惧。当初在巴黎"立誓献身的一瞬间"似乎已经越来越遥远了。于是他在这封信里再次向高德曼起誓，许诺自己将会放下写作生活，奔赴西班牙去参加实际的革命工作。由此可见，巴金心目中的"对人类更有好处"的实际事业，就是实现无政府主义理想，而不是匡互生他们从事的教育工作或者其他民间的岗位。1930年代如火如荼的写作生活，在别人看来是巴金创作的黄金时期，而对作为无政府主义者的巴金本人来说，却似乎是一场炼狱式的煎熬。二十多年前，我曾经在《人格的发展——巴金传》里这样说："巴金的魅力不是来自生命的圆满，恰恰是来自人格的分裂：他想做的事业已无法做成，不想做的事业却一步步诱得他功成名就,他的痛苦、矛盾、焦虑……这种情绪用文学语言宣泄出来以后，唤醒了因为各种缘故陷入同样感情困境的中国知识青年枯寂的心灵，这才成为青年的偶像。巴金的痛苦就是巴金的魅力，巴金的失败就是巴金的成功。"即使到了晚年，巴金心间仍然被这样一种失败感苦苦缠绕得难以排遣。

巴金后来并没有去西班牙参加实际革命，仍然是用出版小册子的形式向中国读者介绍西班牙革命。巴金最终摆脱理想主义的焦虑和困扰，是在1935年担任了文化生活出版社总编辑以后，他渐渐适应了新的工作岗位，这期间他接近了以鲁迅为核心的左翼文坛，顺利进入中国新文学的核心层面，认识到自己的写作与出版事业价值所在。鲁迅去世以后，新文学传统的接力棒传到了巴金等人的手里，他坚持在文学创作和出版领域工作，完成了一个无政府主义理想战士向民间岗位型知识分子的转型。但是，尽管我本人竭力提倡知识分子民间岗位的价值取向，还是应该指出，民间岗位的价值取向与一般市民阶层所持的中产阶级的生活理想之间的分界，必须是以精神理想为标志的。但是这种精神理想又很难在日常生活的琐碎细节中处处体现出来。尤其像巴金那样以明确的政治社会理想为奋斗目标的知识分子,一旦转移了工作岗位和生活激情,本来就很遥远的政治理想也就变得越来越虚无缥缈了。让人热血沸腾的理想总是与年轻人在一起的,1940年代的巴金年近不惑,进入了常态的名流生活,无政府主义理想就在不知不觉中离他而去。1940年,被他称为"精神上的母亲"的爱玛·高德曼在加拿大去世,巴金没有发表任何悼念文字。

第二年,巴金写了一篇散文《寻梦》,诉说他曾经有过一个"能飞的梦",现在已经失去了,他还想把它寻找回来,可是再也找不回来了。这以后,巴金的创作风格变了,英雄主义的张扬转变为小人物失败的哀鸣,理想主义激情化做了普通人的琐碎感情。巴金在1940年代后半期写的小说,都是描写失去了理想的善良人所遭遇的悲惨命运。最有代表性的是《寒夜》,他描写一对因为共同理想而自由结合的青年夫妇,后来在贫病交困中逐渐丧失了作为精神支撑的生活理想,他们变得越来越琐碎、自私、可怜,最后男主人公患肺结核去世,妻子随他人弃家出走,留下的孩子和老人也不知所终,真是一点希望都不存在了。巴金在小说的结尾处,悲伤地写道:"夜,的确太冷了。"但就是这部《寒夜》以及他同时期创作的《憩园》,被认为是巴金最优秀的小说。就是说,巴金离开了理想主义激情以后,他的小说创作最终回到了小说艺术的价值本位。

3

巴金与自己信仰的关系是从什么时候开始发生变化的?是突

变还是渐变？我得出的结论是，巴金从一个理想型的无政府主义战士（1920—1930）到一个充满失败感的作家（1930—1935）再转而成为民间岗位知识分子（1935—1949），是三个时间节点，他的转变是在日常生活环境的影响下逐渐发生的。巴金与信仰的浮沉关系非常隐秘。正如本文开始时说的：巴金早年曾经是一个无政府主义者，但不是一个完整的无政府主义者。说他不够"完整"，一是指他仅仅在理论层面上接受了西方的无政府主义，但并没有与中国实际的无政府主义运动发生太多的联系（国内环境使然）；二是指巴金在1940年代很快转型为一个作家，一个出版家，在民间岗位上做出了许多贡献，在日常生活的消磨中，巴金逐渐离开早年的信仰所带来的激情，无政府主义理想就像一个失去的梦，再也寻不回来了。

　　这样我们就能理解巴金在1949年为什么顺理成章地留在大陆，并且很快就参与了新政权的建构。从巴金与当时中国政治环境的关系来看：第一，他对国民党政权一向采取不合作态度，与吴稚晖、李石曾等无政府主义头面人物也保持了若即若离的冷淡关系；第二，除了与一些极端的左翼作家发生过口水战外，他基本上是站在以鲁迅为核心的左翼文学立场上进行活动的；第三，更重要的是，巴金与其他作为第三种力量出现的民主党派人士不同，他既无具体的政治主张和政治行为，也没有参与新政权分一杯羹的野心，作为一个民间岗位型的知识分子，巴金始终把自己的理想与热情局限在民间的岗位，就像张元济、张伯苓等社会贤达一样，对新政权来说非但没有威胁，反而是一种团结、统战的资源；第四，即使从无政府主义立场而言，对于经历革命而建立的新型国家政权，他有理由亲眼看一下工农联盟的新政权如何实践其理想蓝图，这也是克鲁泡特金、高德曼、柏克曼等无政府主义者对待十月革命的态度。巴金的无政府主义社会理想主要来自克鲁泡特金，所以，他有较充分的理由超越具体的党派政治偏见，从建设层面上关注并有限度地参与新政权的建构。

日本学者坂井洋史著文指出：巴金在1949年7月参加全国第一次文代会时的发言题目"我是来学习的"，此语出自无政府主义者柏克曼在1920年踏上十月革命以后的俄罗斯故土面对欢迎他的群众大会上所说的一句话。巴金翻译介绍过柏克曼的这句话。从这句话的典故里，我们似乎可以看到巴金的真诚与戒备：一方面他要表明，他所面对的新政权及其建立过程中的历史洪流，他是疏离的，他是来向他们"学习"的，而不是他们其中的一个成员；另一方面，他确实在他们的实践中看到了文学的战斗性的希望。既然他提出自己作为学习者的立场，那么在他面前就存在着两种可能：一种是通过"学习"来改变自己的原来立场，让自己也成为这个集体洪流中的一个成员；另一种可能就是他的学习（自我改造）失败了，就像柏克曼一样，最终离开自己的故土。当然后一种可能，即使在巴金当时的主观愿望里，也是不愿意它发生的。

于是他就开始朝着第一种可能去努力。他在1950年代初期的一段时期，一直在小心翼翼地寻找自己的政治理想与新的政权之间可能存在的契合点：如在《奥斯维辛集中营的故事》里，他找到了反法西斯的共同立场；在一系列抗美援朝的作品里，他也暗暗地沟通了以前支持韩国流亡者追求民族独立的斗争。但同时他也越来越意识到，他早期那些充满政治激情的无政府主义理论文章将会成为他的历史包袱，甚至带来麻烦。尤其在肃反以后，他的无政府主义的朋友中有好些人被捕入狱，如毕修勺、叶非英等；虽然这些威胁暂时还没有给巴金的人生道路带来阴影，但是在心理上的压力一定是存在的。1949年以后，巴金在政治上获得很高的礼遇，他被安排在文艺界的领导岗位上，直接参与了很多国事活动。他顺应时代的发展，再也不提无政府主义的社会理想。在人民文学出版社出版14卷本的《巴金文集》时，巴金主动修改了自己的旧作，不仅把宣传无政府主义理论的文字全部排除在外，还把他的小说里涉及无政府主义的任何痕迹也都删得干干净净，部分作品的内容也做了修改。在越来越加剧的严峻形势下，巴金不做这些修改已经不可能了。许多作家在这个时候采取了回避的态度，如老舍，就拒绝再出版自己的旧作；还有更多的作家对自己的旧作进行重写或者做重大修改，如李劼人和曹禺。平心而论，巴金与他们相比，修改旧作还不算太多，但他在自己旧作中所否定的，不是艺术技巧问题或者一般的思想问题，而是他曾经心心念念要立誓献身的信仰。为此，他还写了类似检讨的说明，表示与曾经的信仰划清界限。

但尽管如此，巴金的作品依然受到了一次又一次的批判，巴金为此不得不多次做了违心的检讨。一个人，对自己曾经为之立誓献身的政治理想公开否定，且不讨论这个理想本身是否正确，对于信仰者来说，内心是痛苦的，时间久了就成为一种自我折磨。这种痛苦局外人也很难体会。巴金是一个真诚的人，他对自己的内心痛苦，既能直面相对，又苦于无法准确表达，为此他一直忍受着内心煎熬。这就是他说的"油锅反复煎了十年"的隐喻所在。《随想录》和《再思录》里一再重复的忏悔话题，其实最重要的部分，是巴金一直没有能够明白说出来的他对信仰的忏悔。

4

接下来我们就可以讨论巴金的晚年著述如何完成了他对无政府主义信仰的表述。如我前面所说，巴金在《随想录》里并没有真正说出他心里最想说的话。《随想录》里主要贯穿了三条线索。第一条线索是参与20世纪80年代思想解放运动中发生的思想文化、文学领域的各种论争，包括对于"十年浩劫"的反思和批判。从《总序》和第1篇谈《望乡》开始，到第149篇《老化》收官，是最完整的一条线索。第二条线索是反思自己在历次政治运动中的软弱表现，进行自我批判。这条线索从第29篇《纪念雪峰》开始，到最后一篇（第150篇）《怀念胡风》收官，也是比较完整地清算了自己屈服于权势、对受难者落井下石的行为，对此进行忏悔。第三条线索则是巴金对信仰问题的表述。如果说，第一、二条线索是巴金重塑自己外在形象的过程，那么第三条线索则是他重塑自己的灵魂，这是从第147篇《怀念叶非英兄》开始的，也就是说，在《随想录》将近结束的时候，巴金才涉及这个难以启齿的话题。

《怀念叶非英兄》这篇文章，巴金写得异常艰难。也许这本来不在他所计划写作的题目之内。但是随着巴金在《随想录》里高举起"讲真话"的旗帜，就有读者追问：你究竟如何看待你的信仰？还有人就巴金的"忏悔"提出怎么看待叶非英的冤案？巴金迟迟疑疑地回答：

> 我只写成我打算写的文章的一部分，朋友们读到的更少。因此这三四年中常有人来信谈我的文章，他们希望我多写，多替一些人讲话，他们指的是那些默默无闻的亡友，其中就有在福建和广东办教育的人。我感谢他们提醒我还

欠着那几笔应当偿还的债。只是我担心要把心里多年的积累全挖出来,我已经没有这样的精力了。那么我能够原封不动地带着块垒离开人世吗?不,我也不能。我又在拖与不拖之间徘徊了半年,甚至一年。

这段话里透露出很多重要信息。一是写叶非英本不在巴金的《随想录》写作计划中,也就是说,巴金并没有打算在《随想录》里公开谈他的信仰问题。二是外界有很多朋友与读者在催促他写,希望他谈谈他与那些无政府主义朋友的关系。但是一旦巴金谈他与无政府主义朋友的关系,就势必涉及他的信仰,无法回避。三,巴金的那些无政府主义朋友都不是文学圈里的人,巴金也没有在他们受迫害的时候落井下石,谈不上要"偿还的债"。但是在巴金的叙述里,这份"欠着的债"份量还不轻,他担心自己没有精力来偿还了。这个答案只能往深里追究:巴金与这些朋友毕竟不一样。这些朋友把无政府理想转换为民间岗位的工作伦理,默默无闻地工作和奉献,他们没有违背无政府主义的理想和精神,而巴金却因为特殊的身份不得不公开表态,为无政府主义理想而检讨,而划清界限,因此,真正要偿还的"债",就是清理他与无政府主义信仰的关系。四,本来巴金可以把这份自我忏悔悄悄地闷在肚子里,尽管很痛苦,但没有人知道。而现在他毅然地选择说"不,我也不能",他不能带着一肚子的忏悔离开人世。

第三条线索在《随想录》里仅仅才开了一个头,虽然《随想录》已经完工,评论界对《随想录》的解读也就定格在第一、二条线索,但巴金要说的话还是没有全部说完。他还要写作《再思录》、还要用自己的"行动"来证明自己究竟"是一个怎样的人",这也是本文要完整地提出"巴金晚年著述"这个概念的依据。只有把包括《随想录》《再思录》以及巴金编辑的《巴金全集》《巴金译文全集》等综合起来,才能把握一个伟大而丰富的心灵所能够达到的境界。

既然决心要谈他的信仰,巴金就开始考虑选择一个什么样的词,既不犯禁忌又能够让他的信仰被当下时代所接受。一年半以后,他在编辑《巴金全集》的第六卷时重新审读了《爱情的三部曲》以及写于1935年的《〈爱情的三部曲〉总序》和《〈爱情的三部曲〉作者的自白》,这是巴金创作中与无政府主义理想最为接近的作品以及作者关于信仰的最直接的自白。巴金在这一卷的《代跋》里写道:

> 有一件小事给了我以启发。多少年(四五十年吧)过去了,那些熟人中还有少数留在原地,虽然退休了,仍在做一点教育工作。去年我女儿女婿到南方出差经过那里,代我去看望了那几位老友,他们回来对我说,很少见到这样真诚、这样纯朴、这样不自私的人。真是"理想主义者"!
>
> 对,理想主义者。他们替我解答了问题。我所写的只是有理想的人……

当初巴金在《电》里描写的那些无政府主义者的原型,不一定就是现实世界里在泉州办教育的朋友,但是巴金通过他女儿的理解,把他们定位于"理想主义者",实际上是替换了对象,把"理想主义者"这个概念与《爱情的三部曲》里所描写的无政府主义者形象叠合起来。"理想"这个词是巴金以前在文章里经常使用的,但是直到这一篇代跋,"理想"与"信仰"两个词被正式叠合在一起了。巴金接着就重申：

> 今天的读者大概很难了解我这些梦话了。其实当时就有人怀疑我所说的"我有信仰"是句空话。经过五十几年的风风雨雨，我也不是当初写这《三部曲》的我了，可能这是我最后一次翻看《自白》，那么让我掏出心来，做个明确的解释：
>
> "一直到最后我并没有失去我对生活的信仰，对人民的信仰。"

尽管对"信仰"加上了含义模糊的定语修辞，但从理论上来说，这也不违反无政府主义者的初心。重要的是巴金又一次重新举起了《爱情的三部曲》里的人物的关键词："我不怕……我有信仰。"半年后，沈从文去世，巴金在写作《怀念从文》时又一次提到了信仰。他回忆1966年"文革"初期的情景：

> 在灵魂受到熬煎的漫漫长夜里，我偶尔也想到几个老朋友，希望从友情那里得到一点安慰。可是关于他们，一点消息也没有。我想到了从文，他的温和的笑容明明在我眼前。我对他讲过的那句话"我不怕……我有信仰"像铁槌在我头上敲打，我哪里有信仰？我只有害怕。我还有脸去见他？这种想法在当时也是很古怪的，一会儿就过去了。过些日子它又在我脑子里闪亮一下，然后又熄灭了。

这段话里透露出一个重要的信息：巴金在《随想录》里没有一句提到无政府主义信仰，但是在这里，他不仅要告诉读者，虽然无政府主义信仰给他带来了杀身之祸，但是在受迫害的漫漫长夜里，"我不怕……我有信仰"仍然给了他抵御迫害的希望与力量。巴金用了"很古怪""闪亮一下"等文学笔法，表达的却是信仰的正能量。在那个时候，他的脑子里一定会闪过克鲁泡特金、妃格念尔、柏克曼、门槛上的少女等形象。

在《再思录》的短小篇幅里，巴金对于信仰的表达几乎是火山爆发式的。他连续写了对他的无政府主义朋友吴克刚和卫惠林的回忆，他直接以柏克曼的名言为题写下了《没有神》的短文，他第三次写西湖，文章里深情地写道：

> ……那么我就在这里做我的西湖之梦吧。68年过去了，好像快，又好像慢。我还不曾忘记1930年10月的一个月夜，我坐了小船到"三潭印月"，那是我第一次游西湖。我离开小船走了一圈，的确似梦非梦。

这里巴金明确说到第一次游杭州西湖、参加无政府主义者聚会的具体时间（1930年到1994年，应该是64年）。他又继续写道："我今天还在怀念我的老友卫惠林伉俪，三十年代他们在俞楼住过一个时期。"那次聚会很可能是卫惠林发起的，当时他就住在杭州俞楼，邀请巴金等一班朋友到杭州开会，顺便旅游。这也是巴金在《春》里写到的觉慧去杭州旅游的故事。巴金说他在西湖做了一个梦，似梦非梦，也就是他在1941年写的散文《寻梦》里那个已经失去的"梦"。当年让他热血沸腾的无政府社会理想，已经是一个遥远的梦了。但是也不完全是梦，而是确实发生过的真实事情。所以他说"似梦非梦"。

《西湖的梦》的结尾部分，巴金意味深长地讲了一个据说是从日本报上看来的故事：两个好友被迫分离，临行时相约十年后某日某时在一个地方会见。十年后，那一天到了，那个留在东京的朋友在相约的地方等了一整天，最后有个送电报的人来了，交给他一份电报，上面写道："我生病，不能来东京践约。请原谅。请写信来，告诉我你的地址，我仍是孤零零的一个人。"收报人的地址是：某年某月某时在东京某桥头徘徊的人。

作为文学家的巴金来说，这个徘徊的收报人正是他晚年的自我写照。如他自己所说：

> 第三次的西湖之梦开始的时候，我已精疲力竭、劳累不堪。……我不是挂着木拐在宾馆门前徘徊，就是坐在阳台上静静地遥望白堤、苏堤的花树。第三次的梦是一种完全不同的梦，每次我都怀着告别的心情来到这里，每次我带着希望离开，但是我时时感觉到我要躺下来休息了。

对巴金来说，西湖的梦是做不完的。

图书在版编目（CIP）数据

中国文学课 / 陈思和等著. —成都：四川人民出版社，2020.8（2020.10重印）
ISBN 978-7-220-11581-3

Ⅰ.①中… Ⅱ.①陈… Ⅲ.①中国文学-文学欣赏-教材 Ⅳ.①I206

中国版本图书馆CIP数据核字（2019）第173500号

ZHONGGUO WENXUE KE
中国文学课
陈思和　郜元宝　张新颖　等著

策　　划	孙　晶
责任编辑	李淑云
封面设计	叶　茂
责任校对	吴　玥　申婷婷
责任印制	周　奇

出版发行	四川人民出版社（成都槐树街2号）
网　　址	http://www.scpph.com
E-mail	scrmcbs@sina.com
新浪微博	@四川人民出版社
微信公众号	四川人民出版社
发行部业务电话	（028）86259624　86259453
防盗版举报电话	（028）86259624
印　　刷	四川五洲彩印有限责任公司
成品尺寸	170mm×240mm
印　　张	45.75
字　　数	490千
版　　次	2020年8月第1版
印　　次	2020年10月第3次印刷
书　　号	ISBN 978-7-220-11581-3
定　　价	128.00元

■版权所有·侵权必究

本书若出现印装质量问题，请与我社发行部联系调换
电话：（028）86259453